Ullstein Krimi

Ullstein Krimi
Ullstein Buch Nr. 10193
im Verlag Ullstein GmbH,
Frankfurt/M – Berlin – Wien
Titel der amerikanischen
Originalausgabe:
A Savage Place
Übersetzung: Sigrid Keller
Umschlagentwurf: Atelier
Noth & Hauer, Berlin
Umschlagfoto: Bilderbox, Overath

Printed in Germany 1983
Gesamtherstellung:
Ebner Ulm
ISBN 3 548 10193 3

März 1983

Vom gleichen Autor
in der Reihe der
Ullstein Bücher:

Kopfpreis für neun Mörder (10057)
Bodyguard für eine Bombe (10103)
Finale im Herbst (10142)

CIP-Kurztitelaufnahme
der Deutschen Bibliothek

Parker, Robert B.:
Licht auf Dunkelmänner: Kriminalroman
mit Spenser / Robert B. Parker. [Übers.:
Sigrid Keller]. – Frankfurt/M; Berlin;
Wien: Ullstein, 1983.
(Ullstein-Buch; Nr. 10193:
Ullstein-Krimi)
Einheitssacht.: A savage place <dt.>
ISBN 3-548-10193-3
NE: GT

Robert B.
Parker

Licht auf Dunkelmänner

Kriminalroman mit Spenser

Herausgegeben von
Bernd Jost

Mit einem Nachwort
von Martin Compart

Ullstein Krimi

Für Joan
Niemand ist so fesselnd oder auch nur
annähernd so brillant.

And there were gardens bright with sinuous rills,
Where blossomed many an incense-bearing tree;
And here were forests ancient as the hills,
Enfolding sunny spots of greenery.
But oh! that deep romantic chasm which slanted
Down the green hill athwart a cedarn cover!
A savage place! as holy and enchanted
As e'er beneath a waning moon was haunted
By woman wailing for her demon-lover!

SAMUEL TAYLOR COLERIDGE, »Kubla Khan«

1

Ich saß in meinem Büro über der Bank, den Schlips gelockert und die Füße auf der Tischplatte, und las ein Buch mit dem Titel *Play of Double Senses: Spenser's Faerie Queene*. Susan Silverman hatte es mir mit der Behauptung geschenkt, es handele sich um meine Biographie. Aber das stimmte nicht. Es war nämlich eine Arbeit über den englischen Dichter des sechzehnten Jahrhunderts, der mit mir den gleichen Namen trägt. Der Verfasser des Buches war Präsident der Yale-Universität geworden, und ich dachte, wenn ich es las, konnte ich vielleicht Allan Pinkerton werden.

Gerade hatte ich das Kapitel mit der Überschrift *Pageant, Show and Verse* angefangen, als das Telefon klingelte. Ich nahm den Hörer ab und meldete mich mit so tiefer Stimme wie möglich: »Allan Pinkerton.«

Am anderen Ende der Leitung sagte eine Stimme, die mir bekannt vorkam: »Mr. Spenser, bitte.«

»Einen Augenblick, bitte«, sagte ich mit meiner Allan-Pinkerton-

Stimme, um dann mit meiner normalen Stimme fortzufahren: »Hallo?«

Die Stimme am Telefon sagte: »Spenser, erwarten Sie tatsächlich, jemanden mit diesem Unsinn zu täuschen?«

»Wollen Sie mal hören, wie ich Richard Nixon nachmache?« fragte ich zurück.

»Nein, danke. So viel Zeit habe ich nicht. Spenser, hier spricht Rachel Wallace. Ich nehme an, Sie erinnern sich an mich.«

»Oft«, bestätigte ich.

»Also, ich habe Arbeit für Sie.«

»Lassen Sie mich einen Blick auf meinen Terminkalender werfen.«

Sie lachte kurz auf. »Ihr Sinn für Humor ist viel zu perfektioniert, als daß Sie überlastet sein könnten.«

»Wollen Sie damit andeuten, daß ich Leute belüge?«

»Ja. Gelegentlich auch mich.«

»Nur gelegentlich?«

»Ja.«

»Was soll ich also tun?«

»Ich kenne eine junge Frau in Kalifornien, die in Schwierigkeiten steckt. Sie braucht die Art von Hilfe, die Sie bieten können.«

»Wo in Kalifornien?«

»Los Angeles. Sie hat etwas aufgedeckt, was ein großer Skandal in der Filmindustrie zu sein scheint, und fürchtet, ihr Leben könnte dabei in Gefahr geraten.«

»Und ich soll hinfliegen und mich um sie kümmern?«

»Ja.«

»Bei Ihnen habe ich mich nicht gerade mit Ruhm bekleckert.«

»Ich finde doch. Ich habe Sie dieser Frau jedenfalls empfohlen.«

»Sind Sie mit ihr befreundet?«

»Nein, wir sind uns nur einmal begegnet. Sie ist Fernsehreporterin und hat mich anläßlich einer Autorenlesung interviewt. Ich habe ihr von unseren Abenteuern berichtet. Später setzte sie sich dann über meinen Verleger mit mir in Verbindung und wollte Ihren Namen wissen.«

»Sie müssen gut über mich gesprochen haben.«

»Ich habe die Wahrheit erzählt. Sie sind stark und mutig und einfallsreich. Das habe ich ihr gesagt. Auch, daß unsere politischen Ansichten meilenweit auseinandergehen.«

»Politik ist zu abstrakt für mich«, wandte ich ein. »Ich habe da gar keine festen Ansichten.«

»Vielleicht nicht. Ich sagte ihr, wenn Sie erst einmal Feuer gefangen hätten, würden Sie niemals aufgeben, und abgesehen von Politik, seien Sie recht intelligent.«

»Intelligent?«

»Ja.«

»Ich lese gerade ein Buch des Präsidenten der Yale-Universität.«

»Na bitte, wer sagt's denn. Werden Sie der jungen Frau in Kalifornien helfen?«

»Ich brauche mehr Einzelheiten.«

»Die werden Sie von ihr direkt bekommen. Ich habe ihr nur versprochen, die Vermittlerrolle zu übernehmen.«

»Wann werde ich von ihr hören?«

»Noch heute nachmittag. Bald nach Beendigung dieses Gesprächs.«

»Wie heißt sie?«

»Candy Sloan. Werden Sie den Fall übernehmen?«

»Wahrscheinlich.«

»Gut. Grüßen Sie Susan sehr herzlich von mir.«

»Okay.«

»Wenn ich das nächste Mal in Boston bin, können wir vielleicht einmal zusammen essen gehen.«

»Ja, gern«, sagte ich. »Melden Sie sich.«

»Das werde ich tun. Auf Wiedersehen, Spenser.«

»Auf Wiedersehen.«

Ich legte den Hörer auf, erhob mich und starrte aus dem Fenster. Es war Juni. Unten, an der Ecke Berkley und Boylston, überquerten hübsche Frauen in Sommerkleidern die Straße. Viele Männer trugen Seersucker-Jacketts. Ich nicht. Susan findet, ich bin nicht der Typ dafür. Ich habe sie gefragt, was für ein Typ ich denn ihrer Meinung nach sei, und sie sagte, Lederweste ohne Hemd drunter. Ich glaube, sie wollte mich auf den Arm nehmen. Es war Juni, dreiundzwanzig Grad und wolkenlos. Die Mordrate in der Stadt hatte im Vergleich zum Vorjahr zehn Prozent abgenommen, und ich war bereit zu wetten, daß sich irgendwo irgendwer mächtig darüber die Hände rieb.

Ich warf einen Blick auf meine Armbanduhr. Halb fünf. Susan hatte wieder einen Sommerkurs in Harvard belegt, und ich sollte sie um fünf Uhr abholen. In Los Angeles war jetzt noch Mittagszeit. Wahrscheinlich saßen sie im *La Maison* und schlürften Perrier.

Gegenüber, auf der anderen Seite der Berkley Street, sah die junge dunkelhaarige Graphikerin der Werbeagentur aus dem Fenster und winkte mir zu. Ich schoß mit dem Zeigefinger auf sie, und sie lächelte. Ich lächelte zurück. Geheimnisumwittert. Romantisch wie Lord Byron. Traum meiner schlaflosen Nächte. Das Telefon klingelte.

Ich sagte: »Hallo.«

»Mr. Spenser?«

»Ja.«

»Hier spricht Candy Sloan.«

»Rachel Wallace hat mir schon von Ihnen erzählt«, antwortete ich.

»Oh, gut. Dann kennen Sie die Situation ja bereits.«

»Nur sehr allgemein. Rachel sagte, Sie würden mich über Einzelheiten informieren.«

»Du meine Güte. Per Telefon? Ich rede schrecklich ungern darüber.«

»Wie wäre es, wenn ich mir ein paar Grundsituationen ausdenke, und Sie sagen dann ganz einfach heiß oder kalt?«

»Wie bitte? Ach, Sie machen sich über mich lustig. Rachel hat mich schon davor gewarnt.«

»Vor meinem losen Mundwerk?« fragte ich.

»Nun ja, natürlich müssen Sie Bescheid wissen. Ich kann Ihnen Einzelheiten geben, wenn Sie herkommen. Im Prinzip geht es um folgendes: Ich bin Reporterin bei der KNBS-TV hier in Los Angeles. Wir recherchieren für eine Serie über Arbeitsmethoden in der Filmbranche, und ich bin dabei auf ziemlich stichhaltige Beweise gestoßen, daß Produktionsgesellschaften irgendwelchen Typen von der Gewerkschaft Gelder zahlen, um einen reibungslosen Ablauf der Dreharbeiten zu sichern.«

»Mhm-hm«, machte ich.

»Als wir ein bißchen tiefer zu graben anfingen, bekam ich einen Drohanruf, und während der letzten Tage verfolgte mich nach der Arbeit immer derselbe Wagen, ein kastanienbrauner Pontiac Firebird, bis nach Hause.«

»Was war Ihr ziemlich stichhaltiger Beweis?«

»Daß er mir drei Tage hintereinander gefolgt ist.«

»Nein, ich meine die Zahlung von Schmiergeldern in der Filmindustrie?«

»Ach so. Augenzeuge.«

»Und welche weiteren Nachforschungen haben Sie angestellt?«

»Wir begannen andere Leute aus der Branche zu befragen.«

»Irgendwelches schriftliches Material?«

»Wie Schecks, Fotos oder dergleichen?«

»Ja. Konkrete Beweismittel. Augenzeugen könnte man schließlich einschüchtern oder bestechen.«

»Nein, noch nicht.«

Ich hatte den Telefonhörer zwischen Kopf und Schulter geklemmt und die Hände in den Hosentaschen. Während ich sprach, schaute ich zum Fenster hinaus.

»Mhm-hm«, machte ich.

»Deshalb hat der Sender sich bereit erklärt«, sagte Candy Sloan, »jemanden zu engagieren, der mir mit dieser Geschichte hilft. Bei meinen Recherchen und als mein Leibwächter.«

»Warum nicht jemanden aus Los Angeles?« Ich zog meine linke Hand aus der Tasche und sah auf meine Armbanduhr. Vier Uhr sechsundvierzig. Wenn ich nicht bald Schluß machte, würde ich mich bei Susan verspäten.

»Wir kannten niemand, von dessen Zuverlässigkeit wir überzeugt waren. Zufällig hatte ich vor nicht allzu langer Zeit Rachel Wallace interviewt und mit ihr ausführlich über ihre Entführung gesprochen und wie Sie Rachel gefunden haben.«

»Hat sie auch erwähnt, daß ich sie zunächst einmal verloren habe?«

»Ja, aber sie meinte, das sei ihre eigene Schuld gewesen.«

»Mmmm.«

»Werden Sie also kommen?«

»Zweihundert Dollar pro Tag und Spesen.«

»Das geht in Ordnung. Der Sender zahlt.«

»Und Sie müssen versprechen, mir einen Filmstar zu zeigen.«

»Einen bestimmten?«

»Dale Evans.«

Am anderen Ende herrschte Schweigen.

»Oder wen Sie sonst auftreiben können«, meinte ich großzügig. »Es muß nicht unbedingt Dale sein. Mit Mala Powers wäre ich auch zufrieden.«

»Ich werde tun, was ich kann«, sagte sie. »Sind Sie wirklich immer so albern?« In ihrer Stimme schwang ein kleines Lachen mit.

»Albern?« wiederholte ich. »Wenn ich Mala Powers treffe, werde ich ihr erzählen, daß Sie das gesagt haben.«

»Also gut«, meinte sie. »Wann werden Sie ankommen? Ich hole Sie vom Flughafen ab.«

»Ich nehme die Mittagsmaschine der American Airways. Ankunftszeit ist vier Uhr.«

»Waren Sie schon in Los Angeles?«
»Ja.«
»Mögen Sie die Stadt?«
»Eigentlich schon«, erwiderte ich. »Sie stimmt mich recht heiter.«
»Gut«, sagte sie. »Fliegen Sie erster Klasse. Der Sender wird keine Einwände erheben. Ich werde Sie ausrufen lassen, wenn Ihre Maschine ankommt.«

Ich sah auf meine Uhr. Zehn vor fünf. Wenn kein allzu dichter Verkehr war, konnte ich es vielleicht noch pünktlich schaffen. »Okay«, sagte ich. »Dann also bis morgen.«

»Gut. Gibt es irgend etwas an Ihnen, woran man Sie leicht erkennen kann? Rachel hat mir nur erzählt, daß Sie groß sind.«

»Ja. Ich sehe genauso aus wie Cary Grant, wenn man ihm öfter auf die Nase geschlagen hätte.«

Sie gluckste vor unterdrücktem Lachen. Es klang nett und gefiel mir. Sie schien auch nicht allzu verängstigt zu sein, und auch das fand ich sympathisch.

»Bis morgen«, sagte sie.
»Ja«, antwortete ich und legte auf.

2

Candy Sloan erwartete mich an den Mietwagenschaltern neben der Gepäckausgabe des Flughafens von Los Angeles. Sie hatte blonde Haare mit einem kleinen Stich ins Rötliche, honigfarbene Haut und kornblumenblaue Augen. Auch der Rest konnte sich sehen lassen.

»Heißen Sie Spenser?« fragte sie.
Ich bejahte.
»Ich war nicht ganz sicher«, sagte sie. »Es hätte ja auch Cary Grant sein können.«
»Nach einem schlechten Flug«, versetzte ich.
Sie lächelte. »Ich bin Candy Sloan.«
»Gut«, sagte ich. »Zeigen Sie mir einen Filmstar.«
»Erst wollen wir mal Ihr Gepäck abholen«, meinte sie und ging durch die Tür, um auf die Drehscheibe zuzusteuern.

Ich sah ihr einen Augenblick nach. Sie trug hautenge Jeans mit dem Namen irgendeines Designers auf dem Po und hohe Absätze, und sie hatte diesen schaukelnden, armschwingenden Gang, den hochhackige Schuhe bei lebhaften Frauen bewirken. Selbst hier in der Flimmerstadt zog sie eine Menge Blicke auf sich. Ihre obere

Hälfte steckte in einem lavendelfarbenen T-Shirt mit einer offenen roten Bluse darüber. Von ihrem Hals hingen zahlreiche goldene Ketten herab, ihre Ohrringe waren golden, und an ihren Fingern steckten mehrere Goldringe.

Sie wandte sich nach mir um und lächelte wieder. »Kommen Sie?«

Ich nickte und trottete hinter ihr her. Sie war groß. Mit ihren hohen Absätzen beinahe so groß wie ich. Ihre Haare waren lang und glatt und fielen ihr bis auf die Schultern.

Auf der Drehscheibe begannen die ersten Gepäckstücke zu kreisen. Meins war noch nicht darunter.

»Haben Sie einen angenehmen Flug gehabt?« wollte sie wissen.

»Erster Klasse läßt es sich aushalten«, antwortete ich. »Neben mir saß ein ehemaliger Gouverneur.«

»Wie aufregend für Sie.«

»Nun ja, ein Tom Conway war er natürlich nicht.«

»Und auch keine Mala Powers«, fügte sie hinzu.

Wenn sie lächelte, vertieften sich zwei Falten zu beiden Seiten ihres Mundes, die auch – allerdings abgeschwächt – blieben, wenn sie ernst war. Ihre Nase war hübsch und gerade, und ihre Augenbrauen hatten einen dunkleren Farbton als ihre Haare. Ebenso ihre langen, geschwungenen Wimpern. Es gab mehrere Erklärungen für diesen Farbkontrast. Ich war gerade dabei, darüber Spekulationen anzustellen, als mein Koffer auftauchte. Ich schnappte ihn mir und deutete mit dem Kopf zum Ausgang.

»Nur ein Koffer?« fragte sie.

»Ja.«

»Mein Gott, wie können Sie mit einem einzigen Koffer reisen?«

»Er enthält vor allem Munition«, erläuterte ich. »Wenn ich nicht arbeite, reicht mir ein Turnbeutel.«

Draußen herrschte mächtige Hitze. Auf einem Zebrastreifen in einer Zone mit beschränktem Halteverbot, die nur Fahrzeugen mit einer Spezialerlaubnis vorbehalten war, stand ein Ford-Fairlane-Kombi mit Peitschen-Antenne und einem Emblem auf der Seite, das lautete: KNBS – DER KLANG DES GOLDENEN WESTENS. Darunter hieß es in kleineren Lettern: Aktueller Nachrichtendienst. Ein junger Flughafenpolizist mit blonden Haaren und einem buschigen blonden Schnurrbart lehnte mit gekreuzten Beinen und über der Brust verschränkten Armen an einem der vorderen Kotflügel. Als er Candy Sloan erblickte, kam er um den Wagen herum und öffnete ihr die Tür auf der Fahrerseite.

Sie lächelte ihn an und sagte: »Vielen Dank.«

»Gern geschehen, Miss Sloan«, versicherte er und drückte für sie behutsam die Tür zu.

Ich öffnete die Hintertür, packte meinen Koffer auf den Rücksitz, schloß die Tür, öffnete die Vordertür und ließ mich neben Miss Sloan nieder. Der Polizist nahm nicht die geringste Notiz von mir. Nachdem ich meine Tür geschlossen hatte, ließ er einen schrillen Pfiff auf seiner Trillerpfeife ertönen und hob gebieterisch eine Hand, um den Verkehr zu stoppen, während Miss Sloan losfuhr.

»Ich verdächtige diesen Mann des Sexismus«, sagte ich.

»Tatsächlich?«

»Ja. Hätte ich hier geparkt, hätte er mich erschossen.«

»Oh, das glaube ich aber doch nicht«, meinte sie. »Bei Journalisten wird öfter ein Auge zugedrückt, und das ist auch ganz richtig.« Zu meiner Erleichterung drehte sie die Klimaanlage auf volle Touren.

»Mmm.«

»Nehmen wir die Schnellstraße, oder wollen Sie etwas von der Umgebung sehen?«

»Wo müssen wir denn hin?«

»Das Beverly Hills und das Beverly Wilshire waren beide ausgebucht. Aber ich habe ein hübsches Zimmer im Beverly Hillcrest bekommen. Dort bringt der Sender immer seine Gäste unter. Es liegt an der Südkante von Beverly Hills. Beverwil Drive Ecke Pico.«

»Etwa sechs Häuserblocks hinter dem Beverly Wilshire«, ergänzte ich.

»Ja, das stimmt. Man merkt, daß Sie sich hier auskennen.«

Ich sog meine Oberlippe zwischen Unterlippe und Zähne. »Ich kenne mich überall aus, Puppe«, sagte ich.

Sie gluckste belustigt. »Bogie?« wollte sie wissen.

»So ist das Leben eben, mein Kind«, erwiderte ich.

»Das ist ja schrecklich«, meinte sie.

»Sie sollten mich mal als Allan Pinkerton hören.«

Sie schüttelte den Kopf. »Also Schnellstraße oder ein bißchen Umgebung?«

»Wie wäre es, wenn wir erst einmal ein Stück den Sepulveda Boulevard nehmen?« schlug ich vor.

Die Landschaft war abweisend und ausgedörrt. Sie wirkte nackt unter der drückenden Sonne. Ich fühlte mich in Südkalifornien immer ein wenig preisgegeben.

»Sehen Sie meine Funktion eigentlich überwiegend als Beschützer oder als Hilfskraft bei Ihren Nachforschungen?« erkundigte ich mich.

»Als Beschützer, möchte ich sagen. Recherchieren kann ich selber sehr gut. Ich brauche eher jemanden, der die Leute davon abhält, mich bei meinen Nachforschungen zu behindern.«

»Okay«, sagte ich. »Falls ich irgendwo einen geklauten Brief herumliegen sehe, sind Sie wahrscheinlich nicht böse, wenn ich das erwähne.«

»Ich wäre im Gegenteil dankbar«, erwiderte sie. »Aber Sie hatten nach den Prioritäten gefragt.«

»Ja, das stimmt.«

»Und Sie werden sich doch hoffentlich nicht zu einer männlichen Nervensäge entwickeln.«

»Das wäre allerdings die einzige Art von Nervensäge, zu der ich mich überhaupt entwickeln könnte«, versetzte ich.

»Ich meine, Sie werden mir nicht ständig einzureden versuchen, daß ich wahrscheinlich genausogut recherchieren kann wie Sie?«

»Nein.«

»Ich verstehe nämlich mein Handwerk«, versicherte sie. »Alle glauben immer, eine Frau kommt beim Fernsehen nur weiter, wenn sie fleißig mit dem Po wackelt.«

»Und?« fragte ich.

»Ein bißchen stimmt das vielleicht. Aber ich bin eine verdammt gute Reporterin.«

»Und der Po?«

Sie sah mich an, und die beiden Falten um ihren Mund vertieften sich. »Mit dem wackle ich, wo und wann ich Lust dazu habe.«

»Geben Sie mir Bescheid, wenn es wieder soweit ist«, bat ich. »Damit ich zusehen kann.«

Sie lächelte wieder. Mir fiel dabei auf, daß sie dieses Lächeln mit dem dazugehörigen Aufblitzen der Augen nach Wunsch an- und abstellen konnte. Auch ihr vergnügtes Glucksen konnte sie wunschgemäß benutzen.

Wir bogen in östlicher Richtung auf den Pico ab. »Mir geht es um folgendes«, sagte Candy. »Sie sollen begreifen, daß ich die Nachforschungen anstelle. Es ist meine Story. Und ich will sie voll ausspielen.«

»Völlig klar«, sagte ich.

»Und das stört Sie nicht?«

»Nein.«

»Halten Sie mich für zu aggressiv und ehrgeizig?«

»Ja. Sie hätten das gar nicht nötig. Aber das wissen Sie nicht. Bei mir brauchen Sie sich deswegen jedenfalls nicht zu entschuldigen.«

»Ich bin in einem harten Geschäft«, erklärte sie. »Ich habe gelernt, hart zu sein. Manche Männer schüchtert das ein.«

»Mich nicht.«

»Gut«, sagte sie. »Haben Sie etwas auf dem Herzen, was Sie unbedingt loswerden möchten?«

»Nun ja, wenn es auch stimmt, daß ich ganze Häuser mit einem Satz überspringen kann, und wenn ich auch in der Tat stärker bin als eine Lokomotive, so trifft es doch nicht zu, daß ich schneller bin als eine abgeschossene Pistolenkugel. Wenn ich Sie also schützen soll, müssen wir öfter Gewinn und Risiko gegeneinander abwägen.«

Sie nickte. »Es ist trotzdem enttäuschend.«

»Was?«

»Daß Sie nicht schneller sind als eine abgeschossene Pistolenkugel.«

»Was meinen Sie, wie ich mich erst fühle.«

Wir fuhren in die Einfahrt vom Beverly Hillcrest. »Duschen Sie«, sagte Candy. »Genehmigen Sie sich einen Drink. Lassen Sie sich Essen aufs Zimmer kommen. Erholen Sie sich von der Zeitverschiebung, und schlafen Sie aus. Morgen früh um halb neun hole ich Sie ab. Dann können Sie mit der Arbeit anfangen.«

»Heute abend kommen Sie ohne mich aus?« fragte ich.

»Ich bin auch gestern abend ohne Sie ausgekommen.«

Ich stieg aus dem Wagen. Ein Hotelboy bemächtigte sich meines Koffers, alle übrigen Angestellten starrten der davonfahrenden Candy Sloan nach. Die Leute vom Hillcrest schienen nicht viel stärker als ich mit Arbeit überlastet zu sein.

3

Wenn man vom Balkon vor meinem Zimmer im Beverly Hillcrest geradeaus blickte, konnte man auf die Hügel von Hollywood sehen, auf das riesige Schriftzeichen HOLLYWOOD und auf die vereinzelten Hochhäuser am Sunset und am Hollywood Boulevard. Schaute man nach unten, sah man auf den Parkplatz und den Seiteneingang des Hotels. Zwischen dem Parkplatz und den Hügeln breitete sich die makellose, menschenleere Stille von Beverly Hills aus.

Ich trank Kaffee, aß eine Scheibe frische Ananas und ein bißchen Knäckebrot. Es war sieben Uhr früh. Ich hatte versäumt, meinen seidenen Morgenrock mit den Samtaufschlägen mitzunehmen und war deshalb gezwungen, mich nur mit blauen Shorts bekleidet auf dem Balkon aufzuhalten. Meine Füße zeigten östliche Blässe. Ebenso meine Brust. Ziemlich demütigend. Ich beendete mein Frühstück. Um sieben Uhr fünfzehn hatte ich meine Laufschuhe und ein beigefarbenes T-Shirt mit abgeschnittenen Ärmeln an und joggte in leichtem Trab den Beverly Drive in Richtung Norden entlang. Das T-Shirt war mit einem dieser computergedruckten Bilder von Susan verziert. Bei einem Einkaufsbummel im vergangenen Dezember hatten wir die Idee ganz lustig gefunden. Ich hoffte, die Farbe Beige würde von weitem wie sonnengebräunt wirken.

Die Straßen waren sauber und frei von Fußgängern. Bei der Architektur überwog Spanisch-Tudor-Kolonial-Modern mit Einflüssen von Christopher Wren, Frank Lloyd Wright und Walter Disney. Jenseits des Wilshire Boulevard befand ich mich im Herzen der Exklusivität. Nachdem ich drei kurze Häuserblocks in etwas schärferem Tempo hinter mir gelassen und den Santa Monica Boulevard überquert hatte, war ich wieder von eleganten Wohnhäusern umgeben.

Ich rannte bis zu dem kleinen Park vor dem Beverly Hills Hotel am Sunset Boulevard weiter, machte kehrt und trabte den Rodeo Drive zurück. Mächtige Palmen mit ananasartiger Borke säumten die Straßen. Ich überquerte die beiden Santa Monicas. (Gab es das sonst noch irgendwo, überlegte ich, daß zwei Parallelstraßen den gleichen Namen trugen? Nein, dachte ich. Nirgends.) Rodeo Drive machte sogar einen noch schickeren Eindruck als Beverly Drive. Die Namen international bekannter Friseure schmückten die Schaufenster kleiner, aufgeputzter Bauten aus nachgemachtem Stein und falschem Stuck. Die Leute hier schienen nicht früh aufzustehen. Ich war noch immer so gut wie allein, und die Geschäfte waren fast alle geschlossen. Als international begehrter Coiffeur hätte auch ich vielleicht noch in den Federn gelegen. Ob alle aus dieser Branche so albernes Zeug redeten oder nur die Figaros, die ich aus dem Fernsehen kannte? Aber vielleicht mußte man solche Sprüche klopfen, um – wenn man in New York war – ins Studio 54 reingelassen zu werden.

Um acht Uhr traf ich angenehm durchgeschwitzt wieder im Hotel ein. Um acht Uhr dreißig hatte ich den Schweiß abgeduscht, mich rasiert und meine beste Warmwetterkluft angelegt. Leichter blauer Blazer, graue Hosen, gelbes Oxfordhemd von Brooks Brothers mit Button-down-Kragen ohne Schlips getragen und die beiden obersten Knöpfe geöffnet, um möglichst zünftig zu wirken. In der Brusttasche des Blazers steckte ein Ziertaschentuch aus gelber Seide, an den Füßen trug ich sommerliche Slipper und auf der rechten Hüfte eine

Pistole. Ich stülpte mir eine Sonnenbrille auf, die ich mir einmal im Fairmont Hotel in Dallas gekauft hatte, dann musterte ich mich im Spiegel. Sollte ich vielleicht das Hemd noch zwei Knöpfe weiter aufmachen und um den Hals ein Goldkettchen mit einer Pistolenkugel tragen? Nein, das war zu übertrieben. Womöglich hielt man mich für einen Agenten.

Das Telefon läutete. Ich meldete mich. Eine Männerstimme sagte: »Mr. Spenser?«

»Ja.«

»Mein Name ist Rafferty. Ich bin unten in der Hotelhalle. Candy Sloan hat mich gebeten, Sie abzuholen. Candy ist verletzt und möchte Sie sprechen.«

»Ich komme sofort runter«, sagte ich.

»Ich fahre einen gelben Mazda RX7 und erwarte Sie vor der Tür.«

Statt auf den Fahrstuhl zu warten, lief ich vom siebten Stock lieber zu Fuß hinab.

Rafferty war vor dem Hoteleingang, wie er gesagt hatte. Er stand auf der Fahrerseite des Mazda an der halbgeöffneten Tür, einen Fuß schon im Wagen.

Ich stieg ein, und Rafferty schwang sich hinter das Lenkrad, legte den Gang ein, wendete kurz und preschte die Hoteleinfahrt zum Beverly Drive hinab.

»Was ist passiert?« wollte ich wissen.

»Sie ist zusammengeschlagen worden.«

»Ist sie einigermaßen okay?«

»Wie meinen Sie das: ›Ist sie einigermaßen okay?‹ Haben Sie schon einmal jemanden gesehen, der Prügel bezogen hat?«

»Wie schwer ist sie verletzt?« fragte ich.

»Sie wird's überstehen.«

»Wer war es?«

»Fragen Sie Candy.«

Wir rollten über den Santa Monica Boulevard Richtung West Hollywood. Rafferty fuhr sehr ökonomisch und sehr schnell. Er sah durchtrainiert aus, tief gebräunt, mit einem kräftigen Nacken und muskulösen Unterarmen. Er trug ein grünes Lacoste-Polohemd, ausgewaschene Levi's Jeans und blaue Tiger-Turnschuhe mit kreuzweise geschnürten grünen Senkeln. Sein charaktervolles Gesicht war wie aus Stein gemeißelt, mit einem Grübchen in jeder Wange und einem im Kinn. Die braunen, von der Sonne etwas ausgebleichten Haare trug er ziemlich lang und zurückgekämmt. Kurz gesagt, er war männlich und eindrucksvoll. Nur hatte alles Miniaturformat. Rafferty konnte nicht größer sein als höchstens ein Meter sechzig, und er wog bestenfalls hundertvierzig Pfund.

»Es ist nicht nett von Ihnen, mich so mit Informationen zu überschütten«, beklagte ich mich. »Sehen Sie mich nur an, dann merken Sie selbst, daß ich Tatsachen nur in sehr kleinen Dosen vertrage.«

Er nahm mit Karacho eine Linkskurve, um zur Doheny Avenue abzubiegen, und fuhr dann bergauf in Richtung Sunset.

Ohne mich anzusehen, sagte er: »Versuchen Sie nicht, mich zu verarschen, Jack. Ich bin schon mit größeren Kerls fertig geworden als Sie.«

»Und die sind sicher nicht überrascht gewesen«, bemerkte ich.

Kurz vor dem Sunset verließen wir die Doheny und bogen in den Wetherly Drive ein.

»Candy wollte, daß ich Sie zu ihr bringe, und das habe ich gemacht«, sagte Rafferty. »Falls Sie hinterher das Bedürfnis haben sollten, sich mit mir anzulegen, Sie Klugscheißer, stehe ich Ihnen jederzeit zur Verfügung.«

Ich schien ihn nicht eingeschüchtert zu haben.

Wir hielten vor einem kleinen, hübschen Haus zwischen anderen hübschen, kleinen Häusern im Wetherly Drive. Sie bauen ziemlich dicht zusammen in L.A. Eine Menge gutaussehender Wein, den ich nicht identifizieren konnte, rankte an der Vorderfront des Hauses hoch. Wir gingen den schmalen Weg zwischen dem Haus und dem benachbarten Haus entlang. Rafferty schloß die Tür auf, und wir traten ein. Die Fußböden waren poliertes Hartholz, gleich rechts befand sich ein großer Wohnraum. Seine Rückwand war aus Glas und gab den Blick auf einen Swimmingpool mit kleiner Badekabine frei, der das gesamte hintere Grundstück ausfüllte. Das blaue Wasser – gefiltert, gereinigt, gechlort – schimmerte funkelnd und gab dem Raum eine erstaunliche Wirkung von Großzügigkeit.

Candy Sloan saß mit hochgezogenen Füßen auf der Couch vor der Glaswand. Sie trug ein blauseidenes Bettjäckchen mit kleinem Stehkragen. Ein Auge war völlig zugequollen, die Lippe war ebenfalls dick geschwollen und an einem Mundwinkel genäht. Auf der Stirn, über dem gesunden Auge, begann sich eine dicke Beule dunkel zu färben. Als ich eintrat, zuckte Candys Gesicht ein wenig. Vermutlich versuchte sie zu lächeln. Die Bewegung schmerzte jedoch augenscheinlich, denn ihre Züge wurden wieder starr.

«Ich glaube, die Kerle haben es ernst gemeint«, sagte sie, fast ohne die Lippen zu bewegen. Ihre Stimme war ganz normal und wirkte merkwürdig fremd zu dem lädierten Gesicht.

»Irgend etwas gebrochen?« fragte ich.

»Nein.«

»Und am Körper?«

»Sie haben mir nur ins Gesicht geschlagen«, erklärte sie. »Aber dafür recht kräftig.«

Ich nickte. Rafferty war in eine Wohnzimmernische getreten und machte sich an einer elektrischen Kaffeemaschine zu schaffen. Zu seiner Rechten konnte ich in eine winzige Küche sehen.

»Ich hätte eben hier sein sollen«, meinte er.

»Es ist doch überhaupt nicht hier passiert, Mickey«, sagte Candy. »Das haben wir nun zur Genüge durchgekaut. Fang nicht noch einmal damit an.«

»Was ist mit dem Gorilla, den du engagierst hast?« Rafferty deutete mit dem Kinn auf mich. »Der da. Wo, zum Teufel, hat er gesteckt?«

»Mickey!« Der Nachdruck, mit dem sie seinen Namen sagte, ließ ihn zusammenzucken.

Er trank von dem Kaffee, den er sich eingegossen hatte, und schwieg, aber seine Nackenmuskeln waren sichtbar gespannt.

»Jetzt erzählen Sie erst mal«, sagte ich.

»Nachdem ich Sie abgesetzt hatte«, begann sie, »fuhr ich zum Sender zurück, weil ich noch einen Dreiminutenbericht für die Sechsuhrnachrichten aufzunehmen hatte. Gleich als ich damit fertig war, bekam ich einen Anruf von einem Menschen namens Danny. Er sagte, er habe etwas Heißes für mich bezüglich der Serie, an der ich arbeite, und er wolle sich mit mir treffen. Am Telefon zu sprechen, sei ihm zu gefährlich, denn er glaube verfolgt worden zu sein. Wir verabredeten uns im Griffith Park auf dem Parkplatz für den Zoo, und er erklärte mir, er führe einen schwarzen, mit orangefarbenen Flammen bemalten Lieferwagen mit einer Zulassungsnummer aus Nevada.«

Sie hielt inne, weil das Sprechen sie anstrengte.

»Und du bist ganz allein gefahren, verdammt noch mal«, warf Rafferty ein. »Warum hast du mich, um Himmels willen, nicht angerufen?« Er hatte seinen Kaffee auf dem Tisch abgesetzt und bohrte verbissen seine rechte Faust in die linke Handfläche.

»Ich bin Reporterin, Mick«, erklärte Candy. »Nicht bloß so eine hirnlose Person, die irgendwelche fremden Texte vorliest.«

»Du bist außerdem meine Frau«, versetzte Rafferty.

»Nein, Mickey. Ich gehöre ausschließlich mir selbst.«

Rafferty stieß mit zusammengebissenen Zähnen »Scheiße« hervor, marschierte in die winzige Küche, stützte sich mit den Händen auf das Spülbecken und starrte in den Abfluß. In dieser Körperhaltung versank sein Kopf fast zwischen seinen Schultern.

Ich ging zur Kaffeemaschine hinüber, goß mir Kaffee in eine Tasse und nahm einen Schluck. Der Kaffee war schwach. »Und was dann?« fragte ich.

»Ich fuhr zum Griffith Park. Der Lieferwagen stand schon da. Ich stieg aus aus meinem Wagen und ging zu dem Lieferwagen hinüber. Als ein Mann aus dem hinteren Teil des Lieferwagens stieg, trat ich auf ihn zu. Der Mann packte mich, schob mich in den Wagen, stieg selbst wieder ein, und der Lieferwagen fuhr los. Während der Fahrt begann dann der Mann, mich zu bearbeiten.«

»Sagte er irgend etwas?«

»Ja. Er sagte: ›Diesmal werde ich dich noch nicht umbringen. Dafür wird dir erst einmal die Fresse poliert.‹ Und er schlug mich. Dann fuhr er fort: ›Wenn du weiter herumschnüffelst, mache ich dich kalt.‹ Und dann schlug er mich weiter. Ich versuchte, mich so gut es ging zu wehren, aber er war natürlich viel stärker.«

»Und weiter?«

»Nach etwa zehn Minuten warfen sie mich auf dem Ventura Freeway hinaus und fuhren weiter. Ich habe zu keiner Sekunde das Bewußtsein verloren.«

»Wer hat Sie gefunden?«

»Eine Verkehrsstreife. Sie brachten mich ins Krankenhaus, und von dort aus rief ich dann Mickey an. Er kam und brachte mich nach Hause.«

»Die Polizei hat Ihre Aussage aufgenommen?«

»Ja.«

»Und eine Personenbeschreibung des Kerls?«

»Ja.«

»Zulassungsnummer?«

»Ja. Aber da machten mir die Polizisten wenig Hoffnung. Sie meinten, wahrscheinlich sei der Lieferwagen für diesen Zweck gestohlen worden.«

Ich nickte. »Schildern Sie mir den Mann.«

»Klein, dick, sehr kräftig, beginnende Glatze, Schnurrbart und Spitzbart, Tätowierungen an den Knöcheln einer Hand und hier«, sie deutete auf das Dreieck zwischen Daumen und Zeigefinger, »auf der anderen.«

»Erinnern Sie sich an etwas, was die beiden untereinander sprachen?« wollte ich wissen.

»Herr des Himmels!« Rafferty war aus der Küche zurückgekommen. »Wie soll sie denn das? Der Kerl hat sie doch die ganze Zeit verprügelt.«

Ich sah ihn einen Augenblick an. »Mickey«, sagte ich, »wenn Sie sich dauernd einmischen und mich bei meiner Arbeit stören, lasse ich Sie draußen im Wagen warten.«

»Versuchen Sie das mal, Sie Klugscheißer. Von Ihnen lasse ich mir noch lange nichts sagen.«

»Mickey«, Candy dehnte die letzte Silbe aus. »Er muß diese Fragen stellen. Dafür habe ich ihn engagiert. Du machst es nur schwerer.«

»Nicht so schwer, wie ich könnte«, antwortete Mickey. »Du hättest ihn erst gar nicht kommen lassen sollen, diesen aufgeblasenen Wichtigtuer aus dem Osten. Er kennt sich hier draußen doch sowieso nicht aus.«

»Mickey«, sagte ich.

»Du hast schließlich mich«, wandte er sich an Candy. »Du brauchst ihn nicht.«

»Mickey«, sagte ich ein bißchen lauter.

»Sicher, er ist groß und kräftig, aber wie schnell kann er sich bewegen? Wie weit wird er sich wirklich einsetzen? Du bist ihm gleichgültig. Er ist bloß jemand, der sein Geld kassiert.«

Eine Träne lief Candy Sloans Wange herab. Dann eine zweite.

Ich fragte: »Mickey, muß ich es beweisen?«

Er antwortete nicht, sondern hob mir nur auffordernd die rechte Faust entgegen, während er mit den Füßen in Kampfstellung ging.

»O du mein Gott«, seufzte Candy.

Ich sagte: »Jetzt hören Sie mir mal zu, Mick. Ich weiß, was Ihnen zu schaffen macht. An Ihrer Stelle würde es mir genauso gehen. Vor allem, wenn ich bloß eine halbe Portion wäre. Aber was Sie hier jetzt veranstalten, ist sinnlos.«

Er machte erneut eine auffordernde Geste, die Knie gebeugt und den linken Arm geradeaus gestreckt.

»Ich bringe fünfzig Pfund mehr auf die Waage als Sie«, warnte ich ihn. »Ich war Boxer, und ich bin gut. Ja, und mehr noch, es gehört zu meinem Handwerk. Ich bin ein Profi. Niemand Ihrer Größe hat gegen mich je eine Chance gehabt.«

Er glitt, ja schlidderte fast durch den Raum und landete einen kurzen Schlag an meinem Halsansatz knapp über der Schulter. Ein Straffen der Muskeln genügte mir, den Schlag wegzustecken. Er war nicht schlecht gewesen, aber eben nur Weltergewicht. Rafferty hatte sich entschieden den falschen Gegner ausgesucht.

Ich ließ ganz langsam eine gerade Rechte kommen, die seinen Kopf dreißig Zentimeter verfehlte. Er stürzte sich auf meinen Arm, stemmte mir die Hüfte in die Seite und versuchte, mich zu werfen. Aber ich ließ ihn nicht. Ich hielt den Arm gebeugt, so daß er nicht gegen meinen Ellbogen an konnte, und machte mein vorgestelltes Bein steif, um ihn an weiteren Aktionen zu hindern. So sehr er sich auch anstrengte, es geschah nichts. Etwa eine Minute lang standen wir so da. Dann packte ich ihn mit der Linken am Gürtel und hob seine Füße vom Boden, während ich zugleich meinen rechten Arm zurückdrückte, bis ich ihn vorne am Hemd zu fassen bekam. Er versuchte sich loszureißen, doch da seine Füße keinen Halt hatten, brachte er kaum Kraft auf. Ich verlagerte mein Gewicht, bog ein bißchen das Kreuz durch, holte tief Luft, riß Rafferty über meinen Kopf hoch und hielt ihn waagerecht in der Schwebe. Die Zimmerdecke war gerade hoch genug.

»Mick«, sagte ich, darum bemüht, meine Stimme nicht angestrengt klingen zu lassen, »entweder wir einigen uns jetzt, Verbündete zu sein, oder ich schmeiße Sie durch das Fenster.«

Ich glaube nicht, daß meine Stimme tatsächlich leicht und mühelos klang.

»Schnell«, drängte ich, weil meine Arme schon ein bißchen zittrig zu werden begannen. Rafferty war zwar nicht so schwer wie eine Kugelhantel, aber dafür war sein Gewicht weniger gut ausbalanciert.

»Ja«, sagte er.

Ich ließ ihn auf seine Füße nieder. Er war sehr rot im Gesicht, und sein Atem ging schnell und kurz. Mit aufgerissenen Augen und geblähten Nasenflügeln starrte er mich an. Ein Augenlid zitterte.

Ich wartete.

Sein Atem beruhigte sich allmählich, und Rafferty nickte mehrmals ruckartig mit dem Kopf. »Ja«, sagte er.

Ich wartete weiter.

»Ja«, wiederholte er. »Ja. Ich gebe mich geschlagen.« Er atmete einmal tief durch. »Sie können über mich verfügen.« Er streckte mir die Hand entgegen.

Ich nahm sie. Seine Hand war hart, aber klein. So wie er.

Rafferty und ich tranken noch ein paar Tassen von dem schwachen Kaffee, und Candy nahm mit Hilfe eines Strohhalms in ihrem unverletzten Mundwinkel ein bißchen Fruchtsaft zu sich, während ich alles über die beiden sowie die unlauteren Geschäftspraktiken im Filmgewerbe in Erfahrung zu bringen versuchte.

»Ich arbeite als Stuntman«, erläuterte Mickey.

»Er bekommt dazu aber auch eine ganze Menge Sprechrollen«, ergänzte Candy.

Mickey zuckte die Achseln. »Aber die Sensationsdarstellungen überwiegen vorläufig noch.«

»Wohnen Sie hier?« wollte ich wissen.

Er schüttelte den Kopf. »Momentan oben im Marmont. Ich habe eine ganz nette Bude dort.«

»Auf dem Sunset?«

»Ja.«

»Eine Hütte, die aussieht wie das Schloß eines einkommenschwachen Mauren?«

Rafferty grinste. »Ja, das könnte hinkommen. Ich hause seit etwa einem Jahr dort, aber ich bin auf der Suche nach einer Bleibe irgendwo auf den Hügeln vielleicht.« Er warf einen Blick auf Candy. »Oder hier natürlich. Hier würde ich sofort einziehen.«

Candy hätte gelächelt, wenn es ihr möglich gewesen wäre. Wie die Dinge lagen, starrte sie nur auf den Teppich.

»Candy ist ein bißchen altmodisch«, fuhr Rafferty fort. »Obwohl wir jetzt schon eine ganze Weile zusammen sind, will sie noch immer nicht zu mir ziehen oder . . .«, er machte eine unsichere Handbewegung, ». . . vice versa.«

»Ich bin auch mit anderen Männern befreundet, Mickey«, sagte Candy.

Diesmal war er es, der auf den Teppich starrte.

»Wen haben Sie als Augenzeugen wegen dieser Bestechungsgeschichte?« wollte ich wissen.

Candy deutete mit einer leichten Kopfbewegung auf Rafferty.

»Ihn?« fragte ich.

»Ja«, bestätigte Rafferty. »Mich. Ich habe gesehen, wie das Schmiergeld übergeben worden ist. Ich war . . .«

Ich hob die Hand, um ihn zu unterbrechen. »Natürlich will ich jede Einzelheit wissen, aber jetzt noch nicht. Alles der Reihe nach. Sie sind also Candys Augenzeuge?«

»Ja. Ich habe alles gesehen.«

»Und gibt es noch irgendwelche anderen Zeugen?«

»Natürlich. Sam Felton und den Ganoven, den er bezahlt hat.«

»Würde einer der beiden den Mund aufmachen?« fragte ich.

Candy schüttelte den Kopf.

»Dann ist Mickey also Ihr einziger Zeuge, der aussagen kann?«

»Ja.«

Ich musterte Rafferty. »Und ausgerechnet Sie wollen auf Candy aufpassen?«

»Ich habe keine Angst vor diesen Burschen«, versicherte er.

»Aber ich. Der jämmerlichste Schlappschwanz kann sich eine Waffe beschaffen und Sie mühelos umpusten.«

Rafferty zuckte die Achseln. »Ich habe keine Angst«, wiederholte er.

»Also sitze ich hier mit allem Beweismaterial, das Sie über illegale Geldeintreibungen haben«, wandte ich mich an Candy.

»Nun ja«, antwortete sie. »Ich muß noch mit einer Menge Leute sprechen.«

»Aber wenn jetzt in diesem Augenblick hier im Zimmer eine Bombe hochgehen würde, wäre es mit allen Nachforschungen vorbei, nicht wahr?«

Candy und Rafferty sahen sich gegenseitig an.

»Wäre es so?« wollte ich wissen.

»Der Sender würde die Sache nicht auf sich beruhen lassen«, sagte Candy.

Ich holte tief Luft. »Okay, fangen wir ganz von vorn an. Mick, ich denke, Sie sollten zuerst reden.«

»Wir waren zu Außenaufnahmen für so einen Fahrradfilm mit dem Titel ›Entfesselte Pedale‹ im Gelände«, begann Rafferty, »und da sah ich Felton mit einem ziemlich schrägen Typ sprechen. Ich stand gerade hinter einem dieser Verpflegungswagen und trank eine Coke, und die beiden bemerkten mich gar nicht.«

»Wie sah der Mann aus, mit dem Felton sprach?«

»Dick, ziemlich kahl schon, mit einem Ziegenbart, aber er wirkte kräftig. Nicht einfach nur Fett, verstehen Sie, sondern auch Muskeln.«

Ich sah Candy an. »Kommt Ihnen das nicht bekannt vor?«

»Vielleicht«, meinte sie.

Rafferty ließ den Blick zwischen uns hin und her schweifen. »Sollte mir da was entgangen sein?«

»Sie waren vorhin in der Küche und haben in den Abfluß

gestarrt«, versetzte ich. »Klingt ganz nach dem Kerl, der sich gestern abend Candy vorgeknöpft hat.«

»Der?« Rafferty kniff die Augen zusammen. »Dieser fette Sack?« Er öffnete den Mund, um noch etwas zu sagen, merkte dann jedoch, daß ihm gar nichts einfiel, und schloß den Mund wieder.

»Wir werden diese Information zu den Akten nehmen«, erklärte ich. »Wer ist Sam Felton?«

»Regisseur bei den Summit-Studios.«

»Und Sie sahen ihn mit diesem fetten Mann reden?«

»Ja. Der Fette sagte: ›Hier bin ich‹ und Felton darauf: ›Hier ist Ihr Geld. Genauso wie letzte Woche?‹ und der Fette sagte: ›Natürlich. Ich treibe nicht den Preis hoch. Das ist nicht meine Art, Geschäfte zu tätigen. Abgemacht bleibt abgemacht.‹ Dann drückte ihm Felton einen Umschlag in die Hand, der Fette faltete ihn einmal zusammen und steckte ihn ohne nachzusehen in die Hosentaschen. Felton stand nur da und sagte nichts mehr, und der Fette meinte: ›Also dann bis nächste Woche. Selbe Stelle, selbe Welle‹ und grüßte mit der Hand an der Stirn. Sie wissen schon, wie beim Militär.«

»Haben Sie auch gesehen, mit was für einem Wagen er weggefahren ist?«

»Nein.«

»Warum glauben Sie, daß es sich um Erpressung handelt?«

»Was sollte es sonst sein?«

»Haben Sie irgend etwas zu Felton gesagt?«

»Nein.«

»Vielleicht hat Felton nur seinen Buchmacher bezahlt.«

»Nein, das war anders«, meinte Rafferty entschieden. »Ich weiß nicht, wie ich es erklären soll, aber so was spürt man. Es lag eine Drohung in der Luft. Die ganze Art, wie der Fette dastand und redete, und die Reaktion von Felton. Da ging etwas vor.«

»Und Sie hatten schon Gerüchte über Erpressungen gehört?«

»Ja, natürlich. Ich meine, Candy hatte erwähnt, daß sie diesbezüglich recherchiere.«

»Also hielten Sie besonders die Augen offen.«

»Allerdings. Aber ich habe mir nichts aus den Fingern gesogen. Ich sage Ihnen, die Sache stinkt. Sehen Sie sich doch außerdem an, was Candy passiert ist. Ist das etwa kein Beweis?«

»Es erhöht die Glaubwürdigkeit«, räumte ich ein.

»Ich war bei Felton«, sagte Candy. »Er hat den ganzen Vorfall abgeleugnet. Mit anderen Leuten, die bei den Außenaufnahmen dabei waren, habe ich auch gesprochen. Sie wußten nichts, aber ich spürte instinktiv, daß Felton etwas verbarg. Als habe er Angst oder fühle sich schuldig.«

»Auch so ein Gefühl, wie es Rafferty hatte?«

»Ja. Aber ich bin Reporterin. Es gehört zu meinem Beruf, auf Untertöne zu achten. Ich glaube, in allen Bogart-Filmen nannte man so etwas: einen Riecher entwickeln.«

»Und?«

»Ich hatte auch schon eine Verabredung mit dem Chef der Summit-Studios, Roger Hammond, getroffen. Und zwar für heute.« Sie schwieg eine Sekunde. »Die habe ich leider verpaßt«, fügte sie dann hinzu.

»Haben Sie Felton gesagt, daß Rafferty ihn gesehen hat?«

»Nein. Ich habe nur gesagt, ich hätte einen Augenzeugen.«

»Weiß irgend jemand, daß es Rafferty ist?«

Candy zögerte einen Augenblick. »Nur die Polizei und der Chef der Aktuellen Abteilung im Sender.«

»Haben Sie es jemand erzählt, Mick?« wandte ich mich an Rafferty.

Er zuckte die Achseln. »Nun, ich habe ein bißchen herumgefragt. Bei Leuten vom Aufnahmeteam, den Schauspielern und so weiter.«

»Es wissen also eine Menge Leute, daß Sie die Geldübergabe beobachtet haben?«

»Nun ja, und was macht das? Ich werde schon fertig mit dem, was auf mich zukommt.«

»Das will ich für Sie hoffen«, sagte ich. »Auf Candy kann ich aufpassen, aber Sie sind auf sich allein gestellt.«

»Machen Sie sich um mich keine Sorgen«, meinte Rafferty beruhigend.

»Hören Sie«, versuchte ich es noch einmal. »Ich bin Ihnen körperlich überlegen, und es gibt Leute, denen ich kräftemäßig nicht gewachsen bin. Hören Sie auf, sich ständig wie ein Gockel zu spreizen. Wenn jemand Sie umlegen will, hat er es nicht schwer.«

»Bloß weil ich gegen Sie keine Chance habe, bedeutete das noch lange nicht, daß ich mich nicht zur Wehr setze«, erklärte Rafferty. »Wer von uns beiden auch den kürzeren zieht, auf keinen Fall brauche ich mir ständig Ihre billigen Ratschläge anzuhören.«

Ich nickte. »Das stimmt. Ich werde künftig den Mund halten. Aber Sie müssen wissen, mit wem Sie es zu tun haben. Das sind keine harten Burschen, die ihre Männlichkeit unter Beweis stellen und ihre Kräfte messen wollen. Diese Kerle schießen Sie in den Rücken, wenn Sie zur Tür gehen. Oder sie überrollen Sie auf offener Straße, wenn Sie auf dem Weg zu Lucy's El Adobe die Melrose Avenue überqueren. Denen ist es egal, ob Ihnen das weh tut. Und die halten sich auch an keine Spielregeln. Die wollen bloß erreichen, daß Sie stumm sind und tot. Vor solchen Typen sollten Sie ruhig Angst haben.«

»Das überlasse ich Ihnen«, versetzte Rafferty. »Ich habe keine Zeit mehr für Ihre verdammten Vorträge.« Er sah Candy an. »Ich komme wieder vorbei. Wenn du mich brauchst, genügt ein Anruf.« Er verließ den Raum, ging den kurzen Flur entlang, öffnete die Tür, trat hinaus und schloß die Tür wieder. Fest.

Candy und ich schwiegen. Der Wohnraum schien die blaue Klarheit des Wassers draußen anzunehmen.

»Er ist sein Leben lang klein gewesen«, sagte Candy schließlich.

»Ich weiß«, antwortete ich.

Die Wände des Hauses waren massiv und schalldicht. Kein Geräusch drang von draußen herein. Nur das leise Surren der Klimaanlage war zu hören. Ein einsames Blatt trieb auf der Oberfläche des Schwimmbeckens und drehte sich langsam.

»Was jetzt?« fragte Candy.

»Jetzt ruhen Sie sich aus, und ich passe auf Sie auf. Wenn Sie sich besser fühlen, werden wir die Verabredung nachholen, die Sie heute nicht einhalten konnten.«

»Sie und ich?«

»Sie und ich.«

5

Candy hatte gutes Heilfleisch. Ich blieb zwei Tage bei ihr, während die Schwellungen zurückgingen und die Wunden sich zu schließen begannen. Ich kochte für sie Suppe und für mich, was immer ich in ihrer Küche finden konnte. Am ersten Abend machte ich Nudeln mit frischem Gemüse in einer dünnen Sahnesoße. Danach wurde es kärglicher. Candy hatte keine reichbestückte Vorratskammer, und am Ende des zweiten Tages saß ich bei Cräckern mit Erdnußbutter und einer Tasse Pulverkaffee. Nachts schlief ich auf der Couch. Tagsüber las ich, was Candy so herumliegen hatte: Rachel Wallaces neues Buch, *Vogue, The Hollywood Reporter, Variety, Redbook*, eine Sammlung von Essays von Joan Didion.

Ich bedauerte, mein Exemplar von *Play of Double Senses* nicht mitgebracht zu haben. Es hätte Candy wahrscheinlich mächtig beeindruckt. Ich hätte fallenlassen können, daß es von dem Präsidenten von Yale geschrieben war, und sie hätte mich für wunder wie gebildet gehalten. Aber das Buch lag leider in meinem Koffer im Beverly Hillcrest, zusammen mit meinem sauberen Hemd und meiner Zahnbürste. Candy besaß einen Rasierapparat, so daß ich wenigstens keine Stoppeln hatte, aber meine Zähne hätten dringend einer Bürste bedurft.

Am späten Vormittag des dritten Tages, als ich gerade Bodengymnastik trieb, kam Candy sorgfältig gekämmt und straßenfertig angezogen aus dem Schlafzimmer. Ihre Verletzungen hatte sie geschickt unter Schminke verborgen. Ich lag mit dem Rücken auf der Erde, die Füße auf der Couch hochgelagert, und musterte Candy von unten. Sie sah sehr gut aus.

»Ich bin bereit«, verkündete sie.

»Für was?«

»Für Roger Hammond, Ihnen eine anständige Mahlzeit zukommen zu lassen, mich wieder in die Arbeit zu stürzen. Nicht notwendigerweise in dieser Reihenfolge.«

»Nein«, antwortete ich. »Ganz sicher nicht. Zuerst kommt die anständige Mahlzeit.«

Sie versuchte ein Lächeln. »Okay. Es ist spät genug, um das Frühstück gleich mit dem Mittagessen zu verbinden. Schlafen Sie immer so?«

»Gehört zu meinem Fitneßprogramm«, erläuterte ich. »Stärkt Bauchmuskeln und Rücken. Aus der Waagerechten ohne Abstützen in Sitzstellung.«

»Ich dachte, dabei müßte man auch die Beine gerade halten.«

»Das ist ein Irrtum.«

Sie riskierte wieder ein Lächeln, wobei sie den Mundwinkel zu schonen versuchte, wo noch die Stiche ziepten. Ich stand auf.

»Wieviel schaffen Sie?« wollte Candy wissen.

»Hundert.« Ich schnallte das Pistolenhalfter wieder um, nahm meinen Blazer von der Rückenlehne eines Stuhles und schlüpfte hinein. Mein gelbes Hemd war ziemlich wäschereif und meine Hose ausgebeult. »Wie wäre es, wenn wir erst einmal in mein Hotel fahren, damit ich mich umziehen und mir die Zähne putzen kann? Und dann gehen wir in irgendeinem schicken Hollywood-Bistro essen.«

Sie nickte. »Ich werde telefonisch ein Taxi bestellen. Mein Wagen steht nämlich noch im Griffith Park.«

Das Taxi brachte uns zum Hillcrest, wo ich duschte, mich rasierte, mir die Zähne putzte, frische Sachen anzog und die anderen zum Reinigen gab. Diesmal hatte ich einen hellgrauen Blazer gewählt, anthrazitfarbene Hosen, weißes Hemd und ein schwarz-rot gemustertes Ziertuch in der Brusttasche.

»Krawatte?« fragte ich Candy Sloan.

Sie musterte mich vernichtend. »Ich werde versuchen, bevor Sie abreisen, ein Lokal ausfindig zu machen, wo Krawatten verlangt werden, damit Sie Ihr gutes Stück nicht umsonst mitgebracht haben.«

»Ich habe mehrere mitgebracht«, erklärte ich. »Das bin ich meiner Herkunft schuldig. Wo werden wir speisen?«

»Ich kann nicht viel essen. Gibt es irgendein Restaurant, von dem Sie gehört haben und das Sie gern ausprobieren möchten?«

»Wenn Sie mich so fragen, möchte ich am liebsten wieder zurück zu dem *Hamburger-Hafen* am Sunset.«

»In der Nähe meiner Wohnung?«

»Ja.«

»Nachdem ich Sie vorgestern abend am Kochherd beobachtet habe, hielt ich Sie eigentlich für einen Feinschmecker.«

»Das bin ich. Aber auch ein Vielfraß. Und ein Freund schlichter Genüsse. Ich mag Hamburger.«

»Na gut. Aber Sie müssen versprechen, mit mir ins *Scandia* zu gehen, wenn ich auch wieder essen kann.«

»Ich bin schon im *Scandia* gewesen. Aber mit Ihnen gehe ich gern noch einmal hin.«

Im *Hamburger-Hafen* bestellte ich mir eine eisgekühlte *Margarita* und dann einen Riesenhamburger und ein großes Bier. Candy nahm mit einiger Anstrengung ein Gericht mit dem Namen *Custard-Lulu* zu sich. Dann fuhren wir mit einem Taxi hinaus zum Griffith Park und fanden Candys Wagen, wo sie ihn geparkt hatte, in der Nähe vom Zoo-Eingang. Es war ein brauner MGB mit einem verchromten Gepäckhalter. Candy machte das Verdeck herunter, und wir fuhren zurück erst den Golden State Freeway, dann weiter den Los Feliz Boulevard bis Western Avenue und dann auf den Hollywood Boulevard.

Die Sonne war strahlend, der Smog dabei nachzulassen, und ich war erschüttert wie immer von der Schäbigkeit des Hollywood Boulevard. Es war eine kleinstädtische Schäbigkeit: niedrige Häuser mit abblätternder Farbe, Stände mit Plastikmexikanern, Plastikkakteen und Plastikeseln, Buden, die Andenken an Hollywood verkauften, andere, die Papajasaft anboten. Dazwischen Bürogebäude so groß wie in Pittsfield, Massachusetts, Tankstellen, Schallplattenläden, billige Motels und dazu ein Gemisch von herumlungernden Jugendlichen und Touristen.

»Du meine Güte«, sagte ich, »wenn sich das hier so weiterentwikkelt, wird daraus noch eine zweite Forty-second-Street werden.«

»Na, so schlimm ist es aber doch nicht«, meinte Candy abwehrend.

Wir hielten an einer Verkehrsampel am Cahuenga Boulevard. Ein junger Farbiger mit einem Haarschnitt wie Dorothy Hamill überquerte vor uns die Fahrbahn. Er trug enganliegende rosa Hosen und Stöckelabsätze. Seine langen Fingernägel waren silbern lackiert, die Wimpern schwarz getuscht und die Lippen rot geschminkt. In seiner Begleitung befand sich ein schmächtiger blonder Jüngling in Mini-Shorts und durchsichtigen Schuhen mit zehn Zentimeter hohen Absätzen. Auch er war geschminkt und mit Schmuck behängt und trug ein perlenbesetztes Täschchen unter den Arm geklemmt. Der junge Farbige warf mir eine Kußhand zu, worauf der Blonde ihn am Arm riß und etwas flüsterte. Dann eilten sie beide weiter.

Die Ampel zeigte Grün, Candy legte den Gang ein, und wir fuhren wieder an. Jenseits der dünnen grauen Linie von Häusern und Straßen erhoben sich im Norden die Hügel von Hollywood, grün von Bäumen und farbig gesprenkelt, und dahinter die karg aussehenden San Gabriel Mountains. Die alte pazifische Wildnis, kaum gezähmt. Wir bogen links auf die Fairax Avenue ab, fuhren in südlicher Richtung an CBS und dem Farmers Market vorbei und weiter über den Wilshire mit der May Company an der Ecke. Hatte Mary Livingstone dort wirklich gearbeitet?

Wir überquerten den Olympic und bogen dann nach rechts auf den Pico ab. Auf dem Pico befanden sich zahlreiche koschere Lebensmittelgeschäfte. Nachdem wir noch einen kleinen Hügel genommen hatten und an einer Filiale von *Big-Boy*-Burger vorbeigekommen waren, fuhr Candy in die Einfahrt von Summit-Studios. Sie zeigte ihren Presseausweis, und der Torwächter verschwand in seinem kleinen Häuschen, um zu telefonieren. Nach einer Minute kam er wieder heraus und winkte uns durchzufahren.

Rechts des Eingangstores erstreckten sich die nachgemachten Fassaden eines Straßenzugs im Stil der Jahrhundertwende. Dahinter ragte die Gleisanlage einer alten Hochbahn auf. Candy hielt sich nach links und stellte ihren Wagen dann auf einem Parkplatz mit dem Schild »Für Besucher« vor einem zweistöckigen Gebäude ab, über dessen Vorderfront sich ein balkonähnlicher Gang zog.

Die Gesamtanlage der Summit-Studios wirkte wie eine Art permanenter Jahrmarkt mit einer großen Anzahl undefinierbarer kleiner Gebäude innerhalb einer Einzäunung. Keines dieser Gebäude war besonders neu, und die meisten hätten dringend frischer Farbe bedurft.

Wir stiegen die Treppe an einem Ende des Balkons empor, gingen bis zu einer Tür mit der Aufschrift ROGER HAMMOND und betraten das Vorzimmer. Eine etwas ältliche Sekretärin bat uns, auf der Couch Platz zu nehmen, Mr. Hammond führe gerade ein Ferngespräch.

Ich warf Candy einen Blick zu. »Ferngespräch«, wiederholte ich lautlos.

Sie nickte und lächelte. »Ich habe noch nie, wenn ich zu einem Interview kam, erlebt, daß jemand, der gerade telefonierte, nur ein Stadtgespräch führte«, sagte sie gedämpft.

Die Sekretärin machte sich wieder an ihre Arbeit. Einige Telefone klingelten. Sie nahm die Gespräche entgegen. Nach etwa zehn Minuten erschien Roger Hammond an der Bürotür zur Linken der Sekretärin und sagte:

»Candy Sloan! Ich sehe Sie immer mit Begeisterung auf dem Bildschirm.«

Wir erhoben uns beide.

»Treten Sie näher«, forderte Hammond uns auf. »Es tut mir schrecklich leid, daß Sie warten mußten. Aber ich hatte ein Ferngespräch in der Leitung.«

Ich lächelte. Candy machte uns miteinander bekannt, und Hammond schüttelte mir etwa eine halbe Sekunde länger als nötig die Hand. Er war ein schlanker, hellblonder, irisch aussehender Mann mit einem feinen Netzwerk geplatzter Äderchen auf den Wangen, die wie gesunde Gesichtsfarbe wirkten, wenn man nicht richtig hinsah. Dazu hatte er ziemlich tiefe Geheimratsecken und kurzgeschnittene Haare ohne Koteletten. Gekleidet war er nach Western-Art, mit dunkelblauen Jeans, halboffenem karierten Hemd und stilisierten Cowboystiefeln mit passendem breitem, silberbeschlagenem Ledergürtel.

»Sind Sie auch beim Fernsehen, Spenser?« wollte er wissen.

»Nein.«

»Nein?«

»Spenser unterstützt mich bei einer besonderen Aufgabe, Mr. Hammond. Wir untersuchen die Behauptung, in der Filmbranche mache sich organisiertes Gangstertum breit.«

»Ich habe schon gehört, daß Sie an einer Serie darüber arbeiten, Candy. Oder zumindest, daß eine solche Serie geplant ist. Haben Sie schon irgendwelche Anhaltspunkte?«

»Vor ein paar Tagen bin ich zusammengeschlagen worden.«

»Mein Gott, tatsächlich? Jetzt, wo Sie es erwähnen und ich richtig hinschaue, sehe ich noch die Spuren davon. Du lieber Himmel, Candy, das ist ja schrecklich.«

»Ich werde es überstehen.«

»Und Spenser soll Sie jetzt wohl beschützen, wie?« Er wandte sich an mich. »Sind Sie Candys Leibwächter?«

Ich zuckte die Achseln.

»Aber sicher«, bestätigte Hammond sich selbst. »Sie haben die Statur dafür. Sie sehen aus wie ein Mann, der sich nichts gefallen läßt. Halten Sie sich schön an diesen Herkules, Candy.«

Candy lächelte und nickte. »Was können Sie mir nun zu diesem Thema sagen, Mr. Hammond?« erkundigte sie sich.

»Roger«, sagte er. »Nennen Sie mich einfach Roger.«

Candy lächelte erneut und nickte. »Was können Sie mir sagen?« wiederholte sie.

Hammond zog demonstrativ die Schultern hoch und hob mit angewinkelten Armen die Handflächen. »Ich wünschte, ich könnte Ihnen weiterhelfen, Candy, aber leider ist mir das unmöglich. Ich habe nicht die geringste Kenntnis von irgendwelchen illegalen Praktiken, und auf mich ist auch noch niemals Druck ausgeübt worden. Sicher sind mir gewisse Gerüchte zu Ohren gekommen, aber nichts, worauf ich konkret die Hand legen könnte.«

»Ich habe einen Augenzeugen, der sagt, ein Regisseur einer Ihrer Filme habe bei Außenaufnahmen einem Ganoven einen Umschlag mit Geld zugesteckt.«

Roger sah Candy Sloan sekundenlang an. Dann preßte er die Hände zusammen und berührte mit den Fingerspitzen die Unterseite seines Kinns. Er ließ sich mit seinem hochlehnigen Direktorendrehsessel zurückschnellen, starrte an die Decke und ließ sich wieder vorschnellen, bis seine Ellbogen auf der Schreibtischplatte ruhten, sah Candy noch einmal an und sagte, die Fingerspitzen noch immer unter dem Kinn: »Candy, das ist eine reine Latrinenparole.« Um seine Worte zu bekräftigen, deutete er mit den Fingerspitzen auf Candy.

Sie schüttelte den Kopf. »Nein, Roger. Es ist keine Latrinenparole. Ich habe den Augenzeugen. Der Regisseur war Sam Felton. Und der Film, bei dem die Geschichte passiert ist, heißt *Entfesselte*

Pedale. Wollen Sie behaupten, Sie wüßten von nichts?«

Roger schüttelte den Kopf. »Candy, Candy, Candy«, sagte er. »Das ist schlechter Stil.« Er schüttelte weiter den Kopf und bewegte dabei die Hände mit. »Das ist übelster Asphaltjournalismus, Candy. Sind Ihre Einschaltquoten so mäßig?«

»Roger, ich habe den Augenzeugen. Aber natürlich wollte ich Ihnen eine Chance geben, sich zu äußern, bevor wir mit der Sache an die Öffentlichkeit gehen.«

»Candy, Sie haben überhaupt nichts«, versetzte Roger. »Allenfalls einen neuen Fernsehdirektor, der zur dritten Garnitur gehört und um seinen Job zittert. Niemand in meiner Gesellschaft zahlt irgendwem irgend etwas. Das ist die Erklärung, die ich abgebe. Wenn Sie einen Augenzeugen haben, zeigen Sie ihn vor. Wer ist es?«

Candy schüttelte den Kopf.

Roger nickte. »Ja, genauso habe ich es mir gedacht, Candy. Sie haben einen Augenzeugen, aber einen ohne Namen. Sie und Joe McCarthy.« Er löste seine Hände voneinander und machte eine angewiderte Geste, als wolle er lästige Insekten vertreiben.

Candy bedachte ihn mit einem Lächeln und schwieg. Er schwieg auch und ich ebenfalls. Roger starrte Candy an, ließ seinen Blick dann zu mir wandern und starrte schließlich wieder auf Candy. Er preßte erneut die Hände zusammen, stützte das Kinn darauf und legte die Fingerspitzen gegen seinen Mund. Candy hatte die Beine übereinandergeschlagen und ließ ihre hübschen Knie sehen. Auch der Umriß ihres Schenkels unter dem weißen Rock war sehr reizvoll. Sexismus.

»Wenn Sie einen Zeugen haben, Candy«, sagte Roger, »möchte ich mit ihm oder ihr konfrontiert werden. Und falls Sie beweiskräftiges Material über illegale Machenschaften innerhalb meiner Gesellschaft besitzen, sind Sie es mir schuldig, die Karten auf den Tisch zu legen.«

»Ich halte das für meinen Zeugen für zu gefährlich«, erwiderte Candy.

Roger war entrüstet. Er deutete mit beiden Daumen gegen seine Brust. »Sie meinen, Ihrem Zeugen könnte von mir Gefahr drohen? Ausgerechnet von mir? Was denken Sie eigentlich von mir?«

»Sie bestreiten also jegliche Kenntnis von illegalen Praktiken, zum Beispiel Erpressungen und der Zahlung von Schmiergeldern in den Summit-Studios?« fragte Candy.

»Absolut«, antwortete Roger. »Ganz entschieden. Und lassen Sie mich das eine sagen, Candy. Mir mißfällt in höchstem Maß die

Unterstellung, ich könnte der Komplizenschaft schuldig sein. Es gibt da Gesetze zum Schutz der Persönlichkeit, und ich werde mit unserer Rechtsabteilung sprechen.«

»Sam Felton mußte sich das Geld von irgendwoher beschaffen«, sagte Candy. »Ich nehme an, er hat es nicht aus eigener Tasche bezahlt. Könnten Sie mich an Ihren Finanzdirektor weitervermitteln, Roger? An Ihren Schatzmeister, Kontrolleur oder wie das hier genannt wird?«

»Ich denke überhaupt nicht daran! Candy, das reicht jetzt. Ich habe mich bemüht, Ihnen entgegenzukommen, aber Sie sind nicht bereit, vernünftig zu sein. Sie kommen hier herein, erheben wilde Anschuldigungen und wollen den Namen unseres Finanzchefs wissen.« Er sah mich an und lehnte sich ein bißchen vor. »Spenser, was, zum Teufel, soll ich mit ihr machen?«

»Es ist nicht allein, daß Sie meinen Namen vermanscht haben«, versetzte ich. »Mir mißfällt auch die Art, wie Sie mich auf Ihre Seite zu ziehen versuchen: Was fangen wir vernünftigen Männer mit dieser albernen Gans an? Dieser Stil liegt mir nicht.«

»Mein Gott, ich habe nun mal ein schlechtes Namensgedächtnis«, sagte Hammond. »Vielleicht habe ich vorhin auch nicht richtig gehört. Wie hießen Sie doch gleich?«

»Spenser«, antwortete ich. »Wie Edmund, mein berühmter Namensvetter aus dem sechzehnten Jahrhundert.«

»Entschuldigen Sie, Spenser. Natürlich. Ich wollte die Frauen keineswegs etwa abwerten. Ich frage Sie lediglich nach Ihrer Meinung. Sie wirken wie ein Mann, der nicht von gestern ist, Spenser. Können Sie ihr nicht ein bißchen Vernunft beibringen?«

»Nicht mein Job«, erklärte ich. »Aber wenn ich Sie wäre, würde ich Candy ernst nehmen.«

»Ich will sie ja ernst nehmen«, antwortete Hammond. »Ich werde Sie beide ernst nehmen, wenn Sie mir abgesehen von diesem verdammten angeblichen Augenzeugen irgendwelche Beweise geben. Haben Sie Beweise?«

»Auf jeden Fall genug, um mich weiter für die Sache zu interessieren«, sagte Candy.

»Irgend etwas an den Haaren herbeizuziehen, sollten Sie lieber sagen. Wenn Sie etwas Konkretes in der Hand hätten, wären Sie nicht hier.«

»Aber es gibt etwas«, hakte Candy ein. »Ich habe es nur noch nicht ausgegraben. Ist es das, was Sie meinen?«

»Drehen Sie mir nicht die Worte im Munde herum, Sie unverschämte Person«, sagte Hammond.

»Roger«, ergriff ich das Wort. »Ich habe den Standardvertrag für Leibwächter unterschrieben, um Candy vor Stockschlägen, Steinen und gebrochenen Knochen zu schützen. Ich bin nicht sicher, ob dabei auch Beschimpfungen eingeschlossen sind. Aber ich bin geneigt, den Vertrag sehr locker auszulegen.«

»Spenser, wollen Sie mir drohen?«

»Scheint so zu sein, Rog. Wenn Sie Candy weiter beschimpfen, werde ich Ihnen einen Knoten in Ihre Ralph-Lauren-Jeans knüpfen.«

Hammond erhob sich halb und stemmte die Arme auf die Schreibtischplatte. »Jetzt langt es mir aber. Ich betrachte dieses Interview als beendet. Und ich werde mich nicht davon abhalten lassen, die leitenden Herren der KNBS darüber zu informieren, welcher totalen Unfähigkeit ich heute hier begegnet bin.«

»Der Name unseres Direktors ist Wendall B. Tracey«, sagte Candy.

»Ich kenne den Namen«, versetzte Hammond schroff.

Inzwischen waren wir alle drei aufgestanden. Candy öffnete die Tür und ging von mir gefolgt hinaus.

6

Auf dem Rückweg zum Wagen fragte Candy: »Wollen wir in der Kantine noch einen Schluck trinken?«

»Besteht eine Chance, daß ich Vera Hruba Ralston sehen werde?«

»Nein.«

»Ach, gehen wir trotzdem. Vielleicht entdecken wir etwas Interessantes.«

Wir schlenderten über einen offenen Platz an einer Tontribüne und zwei Baracken vorbei und standen gleich darauf vor der Kantine. Sie bestand aus einem weißgetünchten Flachbau mit kleiner Terrasse davor. Im Anschluß an die Hinterfront erstreckte sich eine mäßig große Rasenfläche. Drinnen waren die Wände mit grellfarbigen, allegorisch wirkenden Darstellungen weiblicher Personen geschmückt.

»Die neun Musen?« erkundigte ich mich bei Candy.

»Schon möglich«, meinte sie. »Ich wußte nicht einmal, daß es neun sind.«

»Genau wie eine Baseballmannschaft«, erläuterte ich.

»Jetzt habe ich wirklich einen Drink nötig«, sagte Candy. »Was wollen wir denn nehmen? Eine *Margarita*?«

»Das Salz könnte brennen«, gab ich zu bedenken.

»Stimmt. Dann nehme ich lieber einen Martini.«

Ich bestellte ein Bier.

»Was glauben Sie?« fragte Candy, nachdem sie einen Schluck von ihrem Martini genommen hatte. Am Nebentisch saßen Leute, die mir irgendwie bekannt vorkamen, aßen belegte Brötchen und lachten ausgiebig. Die Besetzung einer Fernsehschau. Mir fiel bloß nicht ein, welcher.

»Ich bin der Meinung, Roger lügt.«

»Wieso?«

»Nun ja«, ich trank von meinem Bier und beobachtete, wie sich ein Filmsternchen in einem sehr enganliegenden Kleid an einem Tisch zu meiner Rechten niederließ. Sie ließ sehr viel Schenkel sehen, als sie sich auf ihrem Stuhl zurechtrückte. Ich hatte sie schon in irgendeinem Film gesehen. Einem Western.

»Was: Nun ja?« drängte Candy.

»Oh, ich war gerade von der Anwesenheit dieser Schauspielerin abgelenkt worden.«

»Wohl eher von der Innenseite ihres rechten Oberschenkels.«

»Da kann man mal sehen, wie weit es mit Hollywood gekommen ist«, sagte ich. »Das ist, was wir heutzutage Anwesenheit nennen.«

Candy steckte die Olive aus ihrem Martini in den Mund und kaute sehr vorsichtig. Trotzdem zuckte sie unwillkürlich zusammen.

»Das ist die Salzlösung, in der die Olive eingelegt ist«, meinte ich. »Scharfe Speisen werden Sie beim Essen brennen, bis alles endgültig verheilt ist. Spülen Sie mit ein bißchen Martini nach.«

»Warum glauben Sie, daß Hammond lügt?« wollte Candy wissen.

»Sie haben doch mit Felton gesprochen, nicht wahr?«

Sie nickte, während sie Martini in ihrem Mund kreisen ließ.

»Es ist völlig unwahrscheinlich, daß er Hammond nichts von Ihrem Vorwurf erzählt hat. Ist er unschuldig, hätte er Hammond informiert, um sich dessen Unterstützung gegen eine mögliche schlechte Presse zu versichern. Ist er schuldig, mußte ihm daran gelegen sein, seine Version der Geschichte vorzutragen, bevor Sie zu Hammond kamen. In jedem Fall mußte er davon ausgehen, daß Hammond der nächste auf Ihrer Liste sein würde. Dennoch tat Hammond so, als habe er von der ganzen Anschuldigung nie etwas gehört. Das widerspricht der Logik.«

»Vielleicht dachte Felton, die Prügel würden mich abschrecken, zu Hammond zu gehen, und die ganze Geschichte würde einschlafen.«

»Möglich. Aber er muß immer noch den nichtidentifizierten Augenzeugen fürchten. Sie einzuschüchtern, bedeutete nicht notwendigerweise auch dem Zeugen angst zu machen.«

Eine üppige blonde Frau in einem lila Kleid und goldenen hochhackigen Schuhen blieb an unserem Tisch stehen und beugte sich über Candy.

»Candy, wie geht's? Haben Sie eine neue, heiße Story auf Lager?« Sie lächelte und musterte mich. »Oder etwa einen heißen Flirt?«

»Hallo, Agnes. Wie nett, Sie zu treffen. Setzen Sie sich zu uns«, sagte Candy. »Darf ich Sie zu einem Drink einladen? Spenser, dies ist Agnes Rittenhouse.«

»Was für ein männlich aussehender Bursche«, stellte Agnes anerkennend fest.

»Das kommt, weil mein Herz so rein ist«, erläuterte ich.

»Oh«, meinte Agnes, »wie enttäuschend.« Sie ließ sich nieder und bestellte eine *piña colada*. Candy und ich ließen für uns noch einmal das gleiche kommen.

»Agnes kümmert sich um die Publicity der Summit-Studios«, wandte sich Candy erklärend an mich.

»Die Bezahlung ist mäßig«, ergänzte Agnes, »aber ich darf alle Männer behalten, die ich mir schnappen kann.«

Sie war stark geschminkt und rundlich, ohne direkt fett zu sein. Nicht schlecht proportioniert, nur in einem größeren Maßstab, mit messingfarbenen Haaren und stark gezupften Augenbrauen.

Der Ober brachte die Getränke. »Kann ich Ihnen irgendwie behilflich sein?« fragte Agnes. Sie leerte die Hälfte ihrer *piña colada* mit einem Schluck.

»Vielleicht. Mr. Spenser ist aus dem Osten zu Besuch bei mir und interessiert sich sehr dafür, wie so ein Filmstudio funktioniert. Ich habe schon überlegt, ob wir uns vielleicht mit jemand aus der Finanzabteilung unterhalten könnten. Wie heißt denn der Verantwortliche dort?«

»Sind Sie auch Reporter, Mr. Spenser?« wollte Agnes wissen. »Für einen Buchhalter sind Sie eigentlich nicht der Typ.«

»Richtig getippt«, antwortete ich. »Bei einem Schwesterunternehmen in Boston. Derselbe Eigentümer, die Multi Media. Ich bin unterwegs, um Material für ein paar Sendungen von allgemeinem Interesse zu sammeln – Besuche bei Filmstars, Blicke hinter die Kulissen der Traumfabrik, Informationen, wie das Filmgeschäft läuft.«

Agnes kippte den Rest ihrer *piña colada* hinunter und hielt automatisch nach dem Ober Ausschau. »Falls Sie von Ihrer Tätigkeit einmal genug haben, Big Boy, und lieber Gigolo werden wollen, kann ich Ihnen für regelmäßige Arbeit garantieren.«

»Dazu müßte ich mir vorher wahrscheinlich erst die Nase begradigen lassen und meinen Foxtrott aufpolieren«, erwiderte ich. »In der Zwischenzeit könnten wir aber vielleicht doch erst einmal um eine Unterhaltung mit Ihrem Finanzdirektor bitten.«

Agnes öffnete den Mund, um etwas zu sagen, machte ihn jedoch wieder zu und starrte über meine Schulter hinweg. Ich wandte den Kopf und erblickte hinter mir Roger Hammond in Begleitung von drei uniformierten Wächtern.

»Sie sind hier unwillkommen«, sagte Roger zu Candy.

Agnes riß die Augen weit auf. »Roger«, mischte sie sich ein, »die Medien . . .«

»Sie ist unwillkommen«, wiederholte Roger lauter mit einem scharfen Blick auf Agnes.

»Was befürchten Sie von uns? Daß wir etwas herausfinden?« fragte Candy.

»Dies ist mein Studio. Sie sind ein lästiger Eindringling. Entweder Sie verschwinden freiwillig, oder ich lasse Sie hinauswerfen.«

Der Ordnungshüter, der Hammond am nächsten stand, trug auf seinem Ärmel Sergeantenstreifen. Er war ein Farbiger um die Vierzig mit ergrauenden Haaren und ziemlich viel Narbengewebe um die Augen. Er blickte mich an, und ich blickte zurück. Er hatte breite Hände mit leicht vergrößerten Fingerknöcheln und verdickte Gelenke. Während er mich ansah, fuhr er sich nachdenklich mit der Zunge über die Lippen, wobei nur die Zungenspitze unter dem buschigen graumelierten Schnurrbart hervorschaute.

Ich ließ den Blick zu den beiden anderen Wächtern wandern. Sie waren beide weiß, ziemlich spillerig und kaum älter als zweiundzwanzig. Einer von ihnen hatte ein großes rotes Muttermal auf der rechten Wange und Halsseite. Die beiden konnte ich vergessen.

Der Schwarze würde das Problem sein.

Wir musterten uns gegenseitig, und er verzog den Mund zu einem trägen Lächeln. Candy sagte zu Hammond etwas von Pressefreiheit, worauf dieser mit erhobener Stimme wiederholte: »Ich will, daß Sie verschwinden. Ich will, daß Sie verschwinden.«

Agnes hatte sich ein Stück vom Tisch entfernt und beobachtete die Szene. Dabei bemühte sie sich, den Tisch zu umkreisen, um auf Hammonds Seite zu gelangen. Mit glänzenden Augen ließ sie den

Blick zwischen dem farbigen Wächter und mir hin und her wandern.

Die meisten Leute in der Kantine hatten sich inzwischen umgewandt und spähten zu uns herüber.

»Ray, bringen Sie die beiden hinaus«, sagte Hammond zu dem farbigen Wächter.

»Ihn auch?« vergewisserte sich Ray.

»Natürlich.«

»Er hat nichts mit dem Fernsehen zu tun«, wandte Ray ein.

»Das weiß ich«, sagte Hammond.

»Wenn er sich sträubt, wird es Trümmer geben«, meinte Ray.

»Meine Güte, Ray, ihr seid schließlich zu dritt«, versetzte Hammond.

Ray warf seinen beiden Kollegen einen flüchtigen Blick zu. Dann sah er mich an. »Die beiden können die Frau übernehmen«, sagte er gelassen. Er stand in gelockerter Haltung, die Hände leicht geöffnet, einen Fuß ein paar Zentimeter vor den anderen gestellt. Ich saß noch.

»Wollen wir Widerstand leisten?« fragte ich Candy.

Sie schüttelte den Kopf. »Nein. Es ist mein Beruf, Vorfälle aufzudecken und darüber zu berichten«, antwortete sie. »Ich möchte nicht meinerseits irgendwelche Sensationen liefern.«

»Sie sind nicht beim Fernsehen?« wandte sich Agnes an mich.

Der farbige Wächter kicherte unterdrückt.

»Er ist ein bezahlter Leibwächter, Agnes«, erklärte Hammond. »Ein Schläger.«

»Ein Schläger«, wiederholte ich an die Adresse des farbigen Wächters gerichtet.

»Das bezweifle ich nicht«, sagte Ray. »Gehen wir jetzt?«

»Roger, darüber sollten wir noch einmal reden«, sagte Agnes. »Kann ich nachher zu Ihnen ins Büro kommen?«

»Nein«, versetzte Hammond. Er deutete mit dem Finger auf Candy Sloan und dann mit demselben Finger zur Ausgangstür. Hochdramatisch. Unverkennbar kreativ.

Candy bedachte mich mit einem auffordernden Kopfnicken. Während ich mich erhob, entfernte sich Ray unauffällig aus meiner unmittelbaren Reichweite. Ein Ober näherte sich unschlüssig mit der Rechnung. Hammond nahm sie entgegen und stopfte sie in seine Tasche, worauf der Ober eilig wieder verschwand.

Wir begannen uns in Marsch zu setzen. Candy voran, dann ich flankiert von Ray, dem seine beiden Kollegen folgten.

»Sorgen Sie dafür, daß beide das Gelände verlassen«, sagte

Hammond. »Und vor allem, daß sie nicht wieder zurückkommen.«

»Wir werden in der Prärie hausen müssen«, sagte ich zu Candy. »Jenseits von Eden.«

»Ja«, nickte sie, aber sie sah nicht amüsiert aus.

Wir verließen die Kantine. »Wo haben Sie geparkt?« wollte Ray wissen.

Candy sagte es ihm.

»Haben Sie jemals an der Küste geboxt?« wandte Ray sich an mich.

»Nicht an dieser«, antwortete ich.

Er nickte. »Ich dachte mir schon, daß Sie nicht von hier stammen. Ich bin nie in den Osten gekommen.«

Als wir Candys MG erreicht hatten, hielt ich ihr die Wagentür auf, um sie einsteigen zu lassen. Ray und seine Assistenten lehnten sich derweil an die Seitenfront eines blau und gold lackierten Dienstwagens der Summit-Studios, der auf der Rasenfläche hinter uns stand. Ich ging um den MG herum und setzte mich neben Candy. Sie startete den Motor, legte den Gang ein und fuhr los. Der Dienstwagen folgte uns bis zum Tor. Dann waren wir wieder auf dem Pico und rollten in Richtung Osten. Candy war schweigsam.

»Zu schade«, sagte ich bedauernd. »Ich glaube, ich war der Typ von Agnes.«

»Jeder, der Hosen trägt, ist der Typ von Agnes«, erklärte Candy.

»Oh.«

Candy warf mir einen Seitenblick zu und lächelte. »Nun ja, vielleicht waren Sie sehr viel mehr ihr Typ als andere.«

»Das dürfte der Fall gewesen sein.«

7

Candy bog nach links auf den La Cienega ab.

»Wohin jetzt?« wollte ich wissen.

»Wir fahren zu einem Agenten, mit dem ich öfter geschlafen habe. Er weiß besser über Hollywood Bescheid als irgend jemand sonst in der Stadt.«

»Haben Sie etwas dagegen, wenn ich mich erkundige, wie es war?« fragte ich.

»Wie was war?«

»Wenn er mit Ihnen zu schlafen pflegte.«

»Finden Sie es schockierend, wenn ich das so beiläufig erwähne?«

»Nein, aber es scheint mir ein wenig forciert zu sein.«

»Sie meinen ein bißchen allzu sachlich und unnötig indiskret?«

»Ja.«

Sie schwieg. Ich hatte sogar den Eindruck, als sei sie leicht errötet. Wir kreuzten den Olympic Boulevard. Hinter uns kam ein blauer Pontiac, Baujahr 1970, mit schwarzem Vinylverdeck aus dem Olympic und bog in den La Cienega ein. Er überholte einen Wagen und ordnete sich dann hinter uns ein. Am Wilshire Boulevard war er noch hinter uns. Und auch noch am San Vincente.

»Nehmen Sie den San Vincente«, sagte ich zu Candy. »Und fahren Sie am Beverly Boulevard auf den La Cienega zurück.«

»Hier darf man aber nicht links abbiegen«, antwortete Candy.

»Ist egal. Machen Sie es trotzdem.«

Sie bog in den San Vincente ein. »Haben Sie einen bestimmten Grund für diesen Schlenker?«

»Vielleicht. Hinter uns ist ein Wagen. Ich möchte feststellen, ob er uns folgt.«

Candy spähte in den Rückspiegel. »Ein alter blauer Pontiac?«

»Ja.«

Wir überquerten die Kreuzung an der Third, und der Pontiac blieb hinter uns. Er hatte sich ein Stück zurückfallen lassen, so daß jetzt zwei andere Wagen zwischen uns waren. Der San Vincente Boulevard zieht sich in nordwestlicher Richtung ein kurzes Stück durch kleinere Straßen vom Pico Boulevard zur Melrose Avenue. Er kreuzt La Cienega zwischen Wilshire Avenue und Third Street. Am Beverly Boulevard bogen wir rechts ab, fuhren drei Blocks in östlicher Richtung, bogen dann links ein und befanden uns wieder auf dem La Cienega. Als wir die Melrose Avenue überquerten, schaute ich zurück und sah den blauen Pontiac wieder hinter uns.

Candy warf mir einen Blick zu.

»Okay«, sagte ich. »Jemand folgt uns also. Es wäre gut zu wissen, wer es ist.«

»Was mag er Ihrer Meinung nach von unserem kleinen Manöver am San Vincente gehalten haben?«

»Wenn er kein Idiot ist, hat er begriffen, daß wir ihn bemerkt haben und uns überzeugen wollten, ob er uns wirklich folgt.«

»Er weiß also, daß wir Bescheid wissen.«

»Ja.«

»Aber es scheint ihm nichts auszumachen.«

»Stimmt.«

»Was bedeutet das?«

»Es kann bedeuten, daß er uns irgendwie attackieren will. Es kann auch bedeuten, daß er unbedingt wissen möchte, was wir unternehmen, und deshalb sogar auf Diskretion verzichtet. Und es kann bedeuten, daß es ein Polizist ist.«

»Ein Polizist?«

»Polizisten scheren sich manchmal den Teufel um etwas«, sagte ich.

»Was sollen wir machen?«

»Wir brauchen eine Stelle . . . Fahren Sie die Melrose Avenue in Richtung Osten und dann die Fairfax Avenue hinunter zum Farmers Market.«

Der Pontiac blieb jetzt ganz ungeniert hinter uns, ohne sich die Mühe zu machen, zwischen irgendwelchen Wagen wegzutauchen. Er war sogar ziemlich dicht herangekommen. Ich drehte mich auf meinem Sitz um, stützte das Kinn auf die Unterarme und studierte über das heruntergeklappte Verdeck des MG hinweg unseren Verfolger.

»Es sind zwei«, stellte ich fest. »Anscheinend haben sie den Lieferwagen irgendwo stehenlassen und sind auf den Pontiac umgestiegen. Der Kerl auf dem Beifahrersitz ist glatzköpfig und hat einen schwarzen Schnäuzer und ein Ziegenbärtchen. Da er sitzt, ist es nicht ganz leicht zu beurteilen, aber er scheint recht beleibt und kräftig zu sein. Klingt das vertraut?«

»O mein Gott«, sagte Candy. Sie schluckte trocken.

»Keine Aufregung«, beruhigte ich sie. »Diesmal sind wir ja vorbereitet.«

»Aber es sind zwei.«

Ich sah sie an und ließ bedeutungsvoll meine Bizeps spielen.

»Ich verstehe schon, was Sie meinen. Aber es tut mir leid, ich habe trotzdem Angst. Was ist, wenn sie mich diesmal umbringen wollen?«

»Ich werde schließlich nicht umsonst vom ›Klang des Goldenen Westens‹ bezahlt«, versetzte ich. »Wenn wir zum Farmers Market kommen, fahren Sie ganz dicht an eine der Türen heran und halten. Ganz egal, ob parken erlaubt ist oder nicht. Vergeuden Sie keine Sekunde. Dann springen Sie aus dem Wagen, stürzen hinein in den Market und verschwinden in der nächsten Damentoilette. Kennen Sie sich aus dort?«

»Ja, natürlich.«

»Okay. Sie bleiben in der Toilette, bis ich nach Ihnen rufe. Ich reiße einfach die Tür auf und brülle Ihren Namen.«

»Hoffentlich werden Sie nicht als Voyeur festgenommen«, versuchte Candy trotz ihres Unbehagens zu scherzen.

»Dann müssen Sie beschwören, daß ich die ganze Zeit die Augen fest geschlossen hatte«, sagte ich.

Sie lächelte gezwungen. »Also gut. Und was werden Sie tun, während ich mich in der Damentoilette verstecke?«

»Ich werde mir unsere Anhänger hier vorknöpfen und sehen, ob ich ein paar Informationen bekomme.«

Der Pontiac war noch näher herangekommen.

»Legen Sie einen Zahn zu«, sagte ich zu Candy. »Ich brauche einen kleinen Vorsprung, wenn wir Farmers Market erreichen.«

Der MG erhöhte sein Tempo, doch der Pontiac blieb uns auf den Fersen. »Er läßt sich nicht abhängen«, stellte ich fest. »Aber dieser kleine Flitzer ist zumindest wendiger und flinker. Versuchen Sie, Verkehrslücken auszunützen und ein bißchen Zickzack zu fahren.«

»Spenser, ich habe diesen Wagen gekauft, weil er hübsch ist, nicht wegen seiner Schnelligkeit. Und ich bin keine besondere Fahrkünstlerin.«

»Versuchen Sie trotzdem, was Sie können. Ich möchte verhindern, daß die Kerle uns womöglich hier auf der Fairfax Avenue auf die Hörner nehmen.«

Candy biß die Zähne zusammen, trat das Gaspedal durch und zwängte sich zwischen einen Laster und einen Lincoln, der fast die gleichen Ausmaße hatte. Der Pontiac scherte aus, um den Laster zu überholen, fiel dann aber wieder hinter den Laster zurück. Candy ging rechts an dem Lincoln vorbei und wurde von einem rotgesichtigen, zigarrenrauchenden Mann in einem rosa Hemd ärgerlich angehupt. Wir schossen rücksichtslos durch den Verkehr, veranlaßten ein paar weitere Autofahrer erbost zu hupen und landeten mit quietschenden Rädern auf dem Parkplatz an der Nordseite von Farmers Market.

Die Gesamtanlage von Farmers Market südlich der CBS-Studios an der Ecke von Fairfax Avenue und Third Street war ein weiträumiger weißer Flachbau, umgeben von Parkplätzen, auf denen sich die Wagen drängten. Candy quetschte sich mit dem MG durch einen Fußgängerweg, der zu einem der Eingänge führte. Dann sprangen wir hinaus und eilten in den Markt. Gleich hinter der Eingangstür befand sich ein Stand, der gegrillte Köstlichkeiten feilbot. Ein Stück weiter den Mittelgang entlang wies ein Schild den Weg zu den Toiletten. Ich deutete mit dem Finger darauf, und Candy folgte dem Schild mit eiligen Schritten. Ich begleitete sie, bis ich sie in der richtigen Tür verschwinden sah, dann verdrückte ich mich hinter einen Stand mit mexikanischen Spezialitäten. Ich bewegte mich vorsichtig weiter zwischen den Ständen hindurch, ohne den Eingang, durch den wir hereingekommen waren, aus dem Auge zu lassen. Bis ich den dicken Mann erspähte. Candy hatte recht. Er war zwar fett, aber man durfte sich nicht täuschen lassen. Er war auch kräftig.

Er schaute sich um, während ich mich von ihm absetzte, vorbei an einem Stand mit Heidelbeerkuchen, die mir das Wasser im Munde zusammenlaufen ließen. Ich passierte einen Stand mit Lebensmitteln aus China und trat dann hinaus auf den Parkplatz, der sich eine Ecke von dem unseren entfernt befand.

Der Pontiac parkte in zweiter Reihe zwischen dem Markt und einem Souvenirladen, in dem man mexikanischen Schmuck, Cowboyhüte aus Leder und Bilder vom Observatorium im Griffith Park, eingesiegelt in durchsichtige Plastikhüllen, kaufen konnte. Candys MG stand nicht weit davon auf dem Fußgängerweg. Menschen zwängten sich kopfschüttelnd an ihm vorbei, um in den Markt zu gelangen. Ein Mann meinte zu seiner Frau, der Fahrer des MG sei ein Arschloch. Ich fand, er hatte sein Urteil ohne ausreichenden Beweis gefällt.

Der Fahrer des Pontiac stand mit verschränkten Armen gegen den Wagen gelehnt. Er war groß und sonnengebräunt und hatte einen dichten Schnurrbart, der an den Enden leicht hochgezwirbelt war. Die ziemlich langen blonden Haare waren mit Pomade zurückgekämmt. Er trug ein halb aufgeknöpftes weißes Hemd mit Schulterklappen und einer Tasche auf dem linken Ärmel und um den Hals zwei dünne Goldkettchen. Dazu helle, schmal geschnittene Cordhosen und handgearbeitete Cowboystiefel. Seine Taille war schmal, aber sein Oberkörper muskulös wie bei einem Gewichtheber.

Ich trat lautlos von hinten an ihn heran.

»Sind Sie Troy Donahue?« fragte ich.

Er wandte langsam den Kopf und musterte mich. Er duftete nach Brut und Haarspray. Auf seinem Schnurrbart glänzte Wachs.

»Verpiß dich«, sagte er.

Ich verpaßte ihm einen kräftigen linken Haken, der ihm das Kinn zurückriß, gefolgt von einer rechten Geraden, die ihn flach auf den Rücken streckte. Als er wieder klar sehen konnte, hielt ich ihm den Lauf meiner Pistole an die Nasenspitze.

»Dies ist ein öffentlicher Platz, Troy«, sagte ich. »Bald wird jemand die Polizei rufen, und dann dürfte es unangenehm werden. Erzähl mir jetzt also ganz schnell, warum du mich verfolgt hast, oder ich blas dir ein Loch mitten ins Gesicht.«

»Ich bin nicht Troy Donahue«, sagte er.

»Du bist auch nicht Albert Einstein, wie ich vermute. Aber schnell«, ich stieß ihm die Pistole gegen die Nase, so daß die Öffnung des Laufs auf seine Oberlippe wies, »warum bist du mir gefolgt?« Ich drückte mit dem Daumen den Abzugshahn zurück. Das war zwar nicht nötig, weil das im Ernstfall automatisch funktionierte, aber diese Geste verfehlte selten ihre Wirkung.

»Ich laß mich tageweise anheuern«, erklärte Troy. »Ich sollte bloß den Wagen fahren und aushelfen, falls es eine Prügelei gibt.«

»Wer hat dich engagiert?«

»Er.« Er machte eine Augenbewegung. »Franco, der Dicke.«

»Franco wie noch?«

»Ich weiß nicht. So genau kenne ich ihn nicht.«

»Ist Franco sein Vor- oder sein Nachname?«

»Weiß ich auch nicht.«

Aus der Ferne hörte ich eine Polizeisirene. Ich steckte meine Pistole weg, stieg in den Pontiac, startete und fuhr los. Im Rückspiegel sah ich, wie Troy sich aufrappelte und zum Markt strebte. Auf dem Sitz neben mir lag halb versteckt unter einer Zeitung ein Colt .32 Automatik.

Ich manövrierte den Pontiac zwischen einer Weinhandlung, die Proben ausschenkte, und der Rückfront von Farmers Market entlang, überquerte die Third Street und den Parkplatz eines Einkaufscenters und landete auf einer Seitenstraße, die zum Wilshire führte. Etwa einen Block hinter dem Einkaufscenter befand sich ein Baugelände. Dort stellte ich den Pontiac ab, setzte meine Sonnenbrille auf, zog mein Jackett aus, zerrte das Hemd aus der Hose, um mein Pistolenhalfter zu verdecken, und stopfte meine Waffe vorn in den Gürtel unter dem Hemd.

Dann ging ich eine kleine Seitenstraße hinunter und kam auf dem Fairfax heraus. Ich faltete meine Jacke zusammen und legte sie in das Gras neben dem Bürgersteig. Anschließend kehrte ich zu Farmers Market zurück. Meine Erfahrung mit Augenzeugen sagte mir, daß ich meine äußere Erscheinung ausreichend verändert hatte. Sie hatten einen adrett gekleideten Mann mit grauem Jackett ohne Sonnenbrille gesehen. Jetzt war ich ein schlampiger Typ ohne Jacke, mit heraushängendem Hemd und Sonnengläsern auf der Nase. Ich betrat den Markt von der Third-Street aus. Es herrschte nicht viel Betrieb. Der fette Mann war nirgends zu sehen. Die Polizeisirenen hatten ihn wahrscheinlich verscheucht. Sein Kumpel Troy war vermutlich durch den Markt geflüchtet und irgendwo im Gelände verschwunden. An den Türen am anderen Ende des Marktes drängten sich Menschen. Dort waren jetzt sicher die Polizisten zugange: Was ist passiert? Zwei Männer haben miteinander gekämpft, einer hatte eine Pistole. Wo sind die beiden jetzt? Ich weiß nicht. Einer ist weggefahren. Wie haben die beiden ausgesehen? Klein. Groß. Dick. Dünn. Blond. Dunkelhaarig. Alt. Jung. Wer hat die Polizei angerufen? Weiß ich nicht. Na, fabelhaft.

Ich erreichte die Tür der Damentoilette, drückte sie einen Spalt breit auf und rief: »Hallo, Candiii.«

Candy kam bereits heraus, bevor ich den Mund geschlossen hatte.

»Was ist denn, um Himmels willen, los?« wollte sie wissen.

»Das erzähle ich Ihnen später. Holen Sie jetzt Ihren Wagen. Wenn ein Polizist Sie anspricht, lächeln Sie bloß. Zeigen Sie ihm Ihren Presseausweis und fragen Sie, was passiert ist. Wackeln Sie ein bißchen mit dem Po, falls Sie es für angebracht halten. Dann fahren Sie, wenn Sie können, den Fairfax hinunter in Richtung Wilshire. Dort werden Sie mich entlangspazieren sehen. Halten Sie, und lassen Sie mich einsteigen. Alles andere erkläre ich Ihnen, während wir zu dem Agenten fahren, mit dem Sie öfter geschlafen haben.«

Sie warf mir einen strafenden Blick zu, aber sie tat, was ich ihr gesagt hatte.

8

Ich holte mir mein Jackett ab. Es lag noch an derselben Stelle, wo ich es zurückgelassen hatte, und ich trug es salopp über eine Schulter gehängt, als Candy Sloan am Bordstein hielt und einmal kurz auf die Hupe drückte. Ich stieg ein.

»Irgendwelche Schwierigkeiten?« fragte ich.

»Nein. Einer der Polizisten erkannte mich und sagte nur, ich dürfe dort nicht parken. Ich habe gelächelt und ein bißchen gewackelt und bin losgebraust.«

»Gut«, sagte ich. »Fahren wir jetzt also zu Ihrem priapischen Agenten.«

»Warum hören Sie nicht endlich auf damit?« meinte Candy. »Ich bedauere ja, das gesagt zu haben.«

Ich nickte. Candy bog in Richtung Osten in den Wilshire ein, und wir kamen an dem L.A. Country Museum of Art und den La-Brea-Teergruben vorbei. An der La Brea Avenue schlug Candy die Richtung nach Norden ein.

»Worum ging denn die ganze Aufregung? Was ist mit den

Männern passiert, die uns verfolgt haben?« fragte Candy.

Ich berichtete ihr von Troy Donahue und dem fetten Mann. Außerdem stopfte ich mir mein Hemd wieder in die Hose und verstaute den Colt im Handschuhfach des MG.

»Wissen Sie, wie man mit so einem Ding umgeht?« fragte ich Candy.

»Nein.«

»Dann werde ich es Ihnen zeigen. Es könnte sich als nützlich erweisen.«

Sie stieß einen tiefen Seufzer aus. »Ich fürchte auch. Wessen Pistole ist das?«

»Ich hab sie Troy weggenommen.«

»Ist sie nicht schrecklich klein?«

»Ja.«

In gerader Richtung über der La Brea Avenue erhoben sich die Hügel von Hollywood wie eine schlechte Theaterkulisse. Wir bogen nach links in den Sunset ab und fuhren nach Westen Richtung Beverly Hills. Unter uns erstreckte sich weit und flach Los Angeles. Die modernen Wolkenkratzer Downtown um Figueroa Street und Sixth fingen die schrägen Strahlen der Nachmittagssonne auf und glitzerten über der Herde flacher kalifornischer Häuser, die das Becken von L.A. füllten. Ich hatte noch nie ein besiedeltes Gebiet gesehen, wo sich die natürlichen Konturen des Landes so erhalten hatten, wo sich die Erinnerung an die Vergangenheit so aufdrängte.

Je mehr wir uns West Hollywood-Beverly Hills näherten, desto pompöser wurde der Sunset Boulevard: kleine stuckverzierte Häuser mit Glas und Messing und aufgemaltem Eichendekor, Restaurants mit nachgemachten antiken Eingangstüren, Boutiquen, zweistöckige Bungalows mit den Namen von Produktionsgesellschaften und Agenten in Blattgold auf den Türen, gelegentlich ein Hochhaus.

Hinter Robertson, nicht weit von Doheny Avenue, fand Candy eine Lücke an einer unbesetzten Parkuhr. Bis zum *Hamburger-Hafen* waren es von dort aus nur ein paar Schritte. Unsere letzte Mahlzeit lag schon Stunden zurück. Ich hätte ganz gut einen kleinen Imbiß vertragen. Candy hatte eine etwas verbissene Miene aufgesetzt. Mein Vorschlag, uns erst einmal zu stärken, würde bei ihr wohl kaum auf Gegenliebe stoßen, deshalb unterdrückte ich ihn lieber.

»Im Zentrum von Boston«, sagte ich, »ist nie eine unbesetzte Parkuhr zu finden.«

»Das trifft auf Downtown Los Angeles genauso zu«, erwiderte Candy. »Aber ich wette, ich dem Teil Bostons, der bei uns Beverly

Hills entspricht, hat man eher Chancen.«

»Der Teil von Boston, der Berverly Hills entspricht, ist ein Einkaufszentrum in Chestnut Hill«, erklärte ich. »Und da gibt es einen großen Parkplatz.

Wir steuerten auf ein zweistöckiges weißes Gebäude zu, dessen schmalen Eingang ein Baldachin schmückte und ihm das Aussehen eines Begräbnisinstituts verlieh. Auf der Stirnseite des Baldachins stand: THE MELVIN ZEECOND AND TRUMAN FINNERTY AGENCY.

»Hier«, sagte Candy. Wir traten ein. In einem kleinen Vorraum saß von einer Glaswand geschützt eine Empfangsdame vor einem Klappenschrank.

»Ich bin Candy Sloan«, wandte sich Candy an sie. »Ist Zeke da?«

Die Empfangsdame bat uns, im Foyer Platz zu nehmen. Was wir auch taten. Das Foyer war oval und groß genug, zwei gepolsterten grauen Sofas und vier oder fünf lederbezogenen Sesseln mit hölzernen Armlehnen Platz zu bieten. Auf einem Tisch vor einem der Sofas lagen einige Ausgaben von *Daily Variety* und *People*. Die Decke war leicht nach oben gewölbt, und ein paar fluoreszierende Glühbirnen in einer Mulde am Unterrand der Wölbung tauchten den Raum in indiskretes Licht. Das Foyer hatte vor kurzem einen frischen Anstrich bekommen, und an einigen Stellen an der Mulde war die alte Farbe nicht richtig entfernt worden.

Vom Foyer gingen mehrere Flure ab, die wiederum zu diversen Büros führten. Sämtliche Leute, die ich durch die geöffneten Bürotüren sehen konnte, schienen zu telefonieren. Eine Sekretärin in einem grünen Kleid, dessen Rock bis zum Oberschenkel geschlitzt war, kam aus einem der Korridore und sagte: »Miss Sloan?«

»Ja«, nickte Candy.

»Zeke hat gerade ein Ferngespräch in der Leitung«, erklärte die Sekretärin. »Sobald er fertig ist, kommt er zu Ihnen.«

Ich grinste zu der gewölbten Foyerdecke hoch. »Wie schnell die Menschen vergessen«, murmelte ich.

»Halten Sie bloß den Mund«, drohte Candy.

Die Sekretärin fragte: »Wie bitte?«

»Sie waren nicht gemeint«, sagte Candy. »Wir werden warten.«

Die Sekretärin und ihr geschlitzter Rock verschwanden den Flur hinab.

»Ferngespräch«, sagte ich.

»Halten Sie den Mund.«

»Wenn es ein Ortsgespräch wäre, würde er wahrscheinlich gleich auflegen und herauskommen.«

»Sie sollen den Mund halten.«

»Womöglich sogar mit einem Fläschchen weißen Bordeaux in einem silbernen Weinkübel.«

»Champagner«, korrigierte Candy.

Wir schwiegen beide. Außer uns war niemand in dem Warteraum. Ich hatte das Gefühl, alle anderen seien bereits aufgerufen worden. Vielleicht wurden hier überhaupt nur gelieferte Waren abgestellt.

Eine große Frau mit vorstehenden Zähnen und einem dreiteiligen grauen Kostüm eilte durch das Foyer und steckte ihren Kopf in das offenstehende Büro auf dem Flur gleich rechts neben uns. Zu dem Kostüm trug sie eine mohnrote Bluse mit Bubikragen und einem schmalen schwarzen Strickschlips. Sie eilte durch das Foyer zurück. Dann erschien ein Mann im mittleren Korridor und sagte: »Candy, Schätzchen, das ist ja phantastisch.«

Er war groß, schlank und tief gebräunt und hatte schneeweiße Haare zu einem jugendlichen Gesicht mit einem schwarzen Schnurrbart. Er trug einen Glencheck-Anzug mit Weste und ein schwarzes, am Hals geöffnetes Hemd, das einen kleinen Büschel weißer Haare sehen ließ. Sein Alter hätte ebensogut vierzig wie sechzig sein können. Am kleinen Finger seiner linken Hand steckte ein goldener Ring mit einem roten Stein.

»Hallo, Zeke.«

»Tritt doch näher.«

Sie folgte ihm den Flur entlang, und ich schloß mich ihr an. Als wir sein Büro erreicht hatten, stellte sie mich ihm vor. Wir schüttelten uns die Hände. Er hatte einen kräftigen Griff, ich hielt mich jedoch zurück.

Er bedachte mich mit einem Lächeln. »Um bei den Rams zu spielen, dürften Sie schon ein bißchen zu alt sein, schätze ich. Sind Sie Stuntman?«

»So etwas ähnliches«, antwortete ich.

»Spenser ist mir bei den Recherchen zu einer Serie behilflich, an der ich gerade arbeite«, erklärte Candy.

Das Büro lag ebenerdig und hatte ein kleines Erkerfenster mit gerafften grauen Vorhängen, das auf den Sunset und die Menschen, die dort vorübergingen, hinausblickte. An der Wand hingen mehrere signierte Schauspielerfotos. Eine Seite des Raums füllte eine Kombination aus Bücherschrank, Hausbar und Stereoanlage. Neben einem Schreibtisch mit zwei Telefonen standen zwei weitere lederbezogene Sessel mit hölzernen Armlehnen wie im Foyer. Zeke ließ sich hinter seinem Schreibtisch nieder, und wir nahmen auf den beiden Sesseln Platz. Die Wände hatten einen hellgrauen Anstrich, der Teppich war anthrazit.

»Candy.« Zeke faltete die Hände auf der Schreibtischplatte und neigte sich ein wenig vor. »Wie kann ich dir helfen?«

»Ich muß ein paar Dinge über Summit-Pictures und Roger Hammond wissen.«

Zeke ließ die Hände gefaltet und lehnte sich in seinen Stuhl zurück. Die Bewegung ließ die Hände bis zur Schreibtischkante gleiten.

Er sagte: »Oh?«

»Ich brauche die Informationen, Zeke. Sie sind wichtig für mich.«

»Erzähl mir, worum es geht.«

Candy folgte seiner Aufforderung. Sie verschwieg nur den Namen ihres Augenzeugen. Zeke saß regungslos und sah sie unverwandt an, während sie sprach.

»Und wenn du diese Geschichte ans Licht bringst, bedeutet das sehr viel für deine Karriere«, bemerkte er, nachdem sie geendet hatte.

»So ist es«, bestätigte Candy. »Mehr Sendezeit, mehr Features, mehr Reportageaufträge, vielleicht einen Versuch beim Hörfunk, wer weiß. Ich weiß, daß es noch immer schwer ist für eine Frau, sich im Journalismus gegen die männliche Konkurrenz durchzusetzen. Und wenn ich mit einer brisanten Story nicht zu Rande komme, wenn es kitzlig zu werden droht, wird es um so schwerer werden.«

Zeke nickte. Er warf mir einen Blick zu. Ich hatte die Arme verschränkt und beobachtete einen Fußgänger, der draußen zufällig vorbeiging. »Das erklärt den kräftigen Burschen hier«, meinte Zeke.

»Er ist ein Leibwächter«, bestätigte Candy. »Mit den Recherchen direkt hat er nichts zu tun.«

»Keine Kopfarbeit«, ergänzte ich, »nur Körpereinsatz.«

Zeke nickte und saugte nachdenklich an seiner Oberlippe. »Ein Agent macht sich nicht gerade beliebt, wenn er Informationen über leitende Köpfe aus der Filmbranche ausgerechnet an Reporter weitergibt«, meinte er dann.

»Ich weiß. Natürlich würde ich meine Quelle niemals verraten. Dein Name bleibt selbstverständlich unerwähnt«, versicherte Candy.

Zeke saugte noch immer an seiner Lippe.

»Es geht mir nicht allein um meine Karriere, Zeke«, fuhr Candy fort. »Es kommt noch dazu, daß mich dieser fette Kerl so verprügelt hat. Und nicht genug damit, er hat mich hinterher wie eine leere Coca-Cola-Dose auf den Ventura Freeway geschmissen.«

Die große Frau mit dem grauen Kostüm steckte ihren Kopf zur Tür herein.

»Entschuldige, Zeke«, sagte sie, »aber wir lassen jetzt die Proben durchlaufen, die Universal herübergeschickt hat.« Sie sprach mit zusammengebissenen Zähnen und ohne die Lippen zu bewegen. Sie wirkte wie vom zentralen Besetzungsbüro herübergeschickt, um eine Emanze zu spielen. Ich musterte Candy. Sie merkte es gar nicht, denn sie hielt den Blick beschwörend auf Zeke gerichtet. Zeke sah auf seine Armbanduhr und dann auf Candy.

»Fangt schon ohne mich an, Mary Jane. Ich kann jetzt hier nicht weg.«

Ein Punkt für den alten Zeke.

»Sollen wir den Termin verschieben?« fragte Mary Jane.

Zeke schüttelte den Kopf und machte mit den drei ersten Fingern seiner rechten Hand eine entlassende Geste.

»Ich werde dir eine Aktennotiz über meinen Eindruck hereingeben, Zeke«, sagte Mary Jane und zog ihren Kopf zurück.

Zeke löste seine Hände voneinander und massierte mit Daumen und Mittelfinger seinen Nasenrücken. »Ich stecke schon bis zum Hals in Aktennotizen von Mary Jane.«

»Was weißt du über die Summit-Studios, Zeke?« drängte Candy.

Er wies mit einem Kopfnicken zur Tür. »Würden Sie so nett sein und die Tür schließen?« bat er. Ich stand auf und drückte die Tür zu.

»Und Roger Hammond«, sagte Zeke, nachdem ich die Tür geschlossen hatte.

Candy nickte.

»Ich habe gehört«, begann Zeke, »daß Hammond vor etwa fünf Jahren mächtige Schwierigkeiten mit dem Fiskus hatte und daß ihm damals eine Mafia-Familie von der Westküste herausgeholfen hat.«

»Wie hießen die Gangster?«

»Das weiß ich nicht.«

»Waren seine Schwierigkeiten privater oder beruflicher Art?« wollte Candy wissen.

»Geschäftlich. Ich hörte, er hatte das Studio durch Fehlplanungen in eine wirtschaftliche Krise geführt. Die Gelder, die er investierte, zahlten sich nicht aus. Er hatte schlechte Stoffe gekauft, sie wenig überzeugend bearbeiten lassen, und sie erwiesen sich als Pleiten. Schließlich ging es so weit, daß er keinen Verleih mehr für diese

Produkte fand. Er soll dann angefangen haben, von den gewinnbringenden Produktionen Gelder abzuzweigen, um die Verluste zu decken und auch die Bücher zu frisieren, um seine Bosse über das Ausmaß der Pleiten hinwegzutäuschen.«

»Seine Bosse sind wer?« fragte Candy dazwischen.

»Oceania Limited: Petroleum, Holz, Erzförderung und Filmproduktion.« Zeke verzog die Mundwinkel.

»Ist die Oceania dahintergekommen?« fragte ich. Candy warf mir einen Blick zu und runzelte die Stirn. »Oh«, sagte ich. »Habe ich meine Grenzen überschritten?«

Sie schüttelte etwas angeärgert den Kopf und blickte wieder auf Zeke. »Sind sie ihm auf die Schliche gekommen?«

Zeke zuckte die Achseln. »Hammond hat seinen Job noch immer.«

»Weil er vom Syndikat Geld bekommen hat, um seine Verluste zu decken?«

Zeke nickte. »Das wurde mir zugetragen.«

»Und was bekam das Syndikat dafür?« fragte Candy.

»Keine Ahnung«, erwiderte Zeke. »Und ich wollte ehrlich gesagt auch lieber nicht allzuviel davon wissen. Seiner schönen Augen wegen haben sie ihm bestimmt nicht aus der Patsche geholfen.«

»Sie haben Hammond bekommen«, warf ich ein.

»Was meinen Sie mit ›bekommen‹?« fragte Candy.

»Wie Mephisto den Doktor Faust ›bekommen‹ hat«, erwiderte ich. »Nur gedulden sie sich nicht so lange mit dem Kassieren.«

»Wieso sind Sie so sicher?« wollte Candy wissen.

»Das ist doch ganz einfach. Sie sanieren ihn und haben ihn ab sofort in der Hand. Damit sind sie im Filmgeschäft, und er dient als Aushängeschild. Schmutziges Geld wird hineingesteckt und sauberes kommt heraus.«

»Sie glauben, das Syndikat kontrolliert Summit Pictures?« fragte Candy.

»Falls stimmt, was Zeke gehört hat, bin ich fast überzeugt davon«, antwortete ich.

Candy warf Zeke einen Blick zu. »Was meinst du?« fragte sie ihn.

Er zuckte die Achseln. »Er dürfte da besser Bescheid wissen als ich, nehme ich an.«

Candy sah wieder zu mir zurück. »Jedenfalls klingt es einleuchtend, nicht wahr?«

Ich nickte.

»Ich werde strikt leugnen, je etwas über diese Geschichte gesagt zu haben«, erklärte Zeke.

»Das wirst du gar nicht nötig haben«, versicherte sie. »Ich werde dich unter keinen Umständen erwähnen. Du kannst mir vertrauen.«

Er nickte. »Mit jemand anders hätte ich auch nie und nimmer darüber gesprochen.«

»Es wäre schön, wenn ich das glauben könnte, Zeke«, sagte Candy.

Sie sahen sich sekundenlang gegenseitig an, und ich starrte aus dem Fenster. Dann sagte Candy: »Vielen Dank, Zeke.« Und wir standen auf und gingen.

9

»Ich möchte zum Abendessen ausgehen«, erklärte Candy. »Und ich möchte, daß Sie mich begleiten.«

»Das Risiko werde ich auf mich nehmen«, erwiderte ich.

Wir fuhren zum *The Palm* am Santa Monica. Die Wände waren mit grobstrichigen Karikaturen von Größen aus dem Schaugeschäft bedeckt. Meinen Teller bedeckten dagegen zarte Lammkoteletts und Spargel mit Sauce hollandaise.

Ich nahm einen Schluck Bier. »Haben Sie einen bestimmten Plan?« wollte ich wissen.

»Weiter mit Leuten reden und sie befragen«, antwortete Candy. Sie schob sich vorsichtig eine Muschel in den Mund. »Darin besteht im Grunde alles Recherchieren: reden und fragen, fragen und reden!

Ich nickte. »Wen wollen Sie sich als nächsten vornehmen?«

»Jemand von der Oceania.«

»Haben Sie einen Namen?«

»Nein. Irgendwelche Vorschläge?«

»Warum nicht den Präsidenten? Man soll nicht kleckern, sondern klotzen.« Ich aß ein Stück von meinem Lammkotelett.

Ein Mann neben uns – dunkler Anzug, weiße Klappmanschetten, große Onyx-Manschettenknöpfe – sagte zu dem Ober: »Geben Sie Frank Bescheid, daß ich hier bin, und richten Sie ihm aus, er soll mir das Mittelstück geben, das er für mich aufgehoben hat.«

Der Ober, ein alter Mann mit ausdruckslosem Gesicht, erwiderte: »Jawohl, Sir. Wie wünschen Sie das Fleisch?«

»Wie ich es wünsche?« wiederholte der Mann. »Frank weiß verdammt genau, wie ich es haben will. Noch fast lebendig.« Während er sprach, hob er beide Hände, als wolle er einen Fisch abmessen.

»Sehr kurz gebraten, Sir. Ich werde es ausrichten«, bestätigte der Ober und entfernte sich.

Der Mann befand sich in Begleitung einer schicken rothaarigen Frau mit einem tief ausgeschnittenen grünen Kleid sowie eines jüngeren Mannes in grauem Anzug mit Weste und einer gestreiften Krawatte. Alle drei tranken Rotwein.

»Wartet bloß ab, bis ihr das Roastbeef seht, das Frank für mich haben wird«, fuhr der Mann fort. Er wandte den Kopf in meine Richtung, um zu sehen, ob ich beeindruckt war. Am kleinen Finger seiner rechten Hand blitzte ein Brillantring. »Du hättest dir auch eins bestellen sollen, Schätzchen«, sagte er zu der jungen Frau neben sich. Sie lächelte und meinte, ja, vielleicht, aber eine solche Portion könne sie nie im Leben schaffen. Der junge Mann in dem grauen Anzug trank hastig seinen Wein.

»Würde es meinen Vertrag verletzen, wenn ich diesem Menschen sage, er soll uns mit seinem verdammten Roastbeef nicht länger auf die Nerven gehen?« fragte ich Candy.

Sie schmunzelte. »Ich finde, Sie sollten sich ganz darauf konzentrieren, mich zu beschützen. Mit Etikettefragen sollten Sie sich in Ihrer Freizeit beschäftigen.«

Als wir aufbrachen, verschlang der Mann am Nachbartisch ein Stück blutiges Rindfleisch und ließ sich mit vollem Mund über die Schwächen der französischen Küche aus und die Probleme, die er während seiner letzten Europareise damit gehabt habe.

Mit ein bißchen Druck vom »Klang des Goldenen Westens« hatten wir Candy unter einem falschen Namen im Zimmer neben dem meinem im Hillcrest eingemietet. Während wir zum Hotel fuhren, waren die Straßen in Beverly Hills so still wie ein leeres Theater.

In der Hotelhalle befand sich keine Menschenseele. Wir waren allein im Fahrstuhl.

Vor Candys Zimmertür nahm ich ihren Schlüssel und öffnete als erster die Tür. Im Zimmer war nichts zu hören. Ich langte hinein und drückte auf den Lichtschalter. Niemand war im Raum. Ich öffnete die Tür zum Bad und spähte in die Duschkabine, öffnete die Schiebetüren des Kleiderschranks und schaute unter das Bett. Auch dort war niemand.

Candy stand auf der Türschwelle und beobachtete mich. »Es ist Ihnen ernst damit, nicht wahr?«

»Natürlich. Bloß weil es blödsinnig ist, sich unter dem Bett zu verstecken, heißt das noch nicht, daß es niemand tun würde.«

Ich machte die Türen auf, die auf den kleinen Balkon führten. Wieder niemand. Dann ging ich zu der Tür, die ihr Zimmer mit dem meinen verband. Sie war abgeschlossen.

»Vergessen Sie nicht, die Verbindungstür aufzuschließen, bevor Sie ins Bett gehen«, sagte ich. »Es ist sinnlos, daß ich nebenan bin, wenn ich nicht zu Ihnen kann.«

»Ich weiß. Am besten schließe ich gleich jetzt auf.«

»Nein. Warten Sie, bis ich auch das andere Zimmer überprüft habe.«

»Oh«, sagte sie. »Ja, natürlich.«

»Ich gehe jetzt hinüber. Verschließen Sie die Tür zum Flur hinter mir, und legen Sie die Kette vor. Ich rufe durch die Verbindungstür, wenn alles okay ist.«

Sie nickte. Ich ging hinaus und in mein Zimmer und vergewisserte mich, daß es leer war. Die Verbindungstür war auch von meiner Seite her verriegelt. Ich schob den Riegel zurück und rief: »Okay, Candy.«

Ich hörte, wie sie den Schlüssel herumdrehte, und dann ging die Tür auf. Candy war am Telefon. Die Schnur hatte sich über das Bett gestrafft, während Candy sich bemüht hatte, die Tür zu öffnen. Als ich eintrat, sagte sie gerade: »Vielen Dank« und legte den Hörer auf.

»Ich habe eine Flasche Kognak und Eiswürfel bestellt«, erläuterte sie. »Haben Sie Lust, einen Schluck zu trinken?«

»Selbstverständlich. In Ihrem Zimmer oder in meinem?«

»Das soll keine Annäherung sein«, sagte sie. »Ich möchte nur auf dem Balkon sitzen, Kognak trinken und mich ruhig unterhalten. Ich habe ein bißchen Angst.«

Ich überlegte wegen des Balkons. Wir befanden uns im siebten Stock an einer Ecke. Uns gegenüber gab es keinen Balkon. Der neben uns gehörte zu meinem Zimmer. Die Balkone vom achten Stock lagen genau über uns. Keine gute Möglichkeit, von dort aus zu schießen. Außerdem hätte es beträchtlicher Raffinesse oder einer Menge Glück bedurft, ein Zimmer über uns mit genau dem richtigen Schußwinkel zu bekommen.

»Okay«, sagte ich, »der Balkon ist genehmigt. Aber wir machen das Licht aus. Es ist ja nicht gerade nötig, eine besonders gute Zielscheibe abzugeben.«

Der Page brachte die Flasche Rémy Martin, einen Sodasiphon, zwei Gläser und einen kleinen Eimer mit Eiswürfeln. Ich sah zu, wie Candy ihm ein Trinkgeld gab und die Rechnung abzeichnete. Dann knipsten wir die Lampen aus und nahmen das Tablett mit hinaus auf den Balkon.

Die Hügel von Hollywood waren von Lichtern gesprenkelt. Gedämpfte Tanzmusik klang von der Dachterrasse über uns herab. Auf dem Beverwil Drive rollte langsam ein Taxi. Ich öffnete die Flasche, tat Eiswürfel in die Gläser und füllte den Kognak mit einem Schuß Soda auf. Candy hob ihr Glas zum Mund und nahm einen Schluck. Sie hatte ihre Schuhe abgestreift und die bestrumpften Beine auf die Betonbrüstung des Balkons gelegt. Sie trug ein pflaumenblaues Wickelkleid, dessen Rock bis zu den Oberschenkeln zurückgefallen war. Ich stand an den Türrahmen gelehnt und beobachtete die übrigen Balkone. Vorwiegend.

»Erzählen Sie mir etwas von sich, Spenser«, forderte Candy mich auf. »Ich weiß, die Frage klingt albern, aber ich stelle sie trotzdem. Was sind Sie für ein Mensch? Wie sind Sie ausgerechnet in einem so merkwürdigen Beruf gelandet?«

»Weil ich zu alt wurde, um weiter Pfadfinder zu bleiben«, erklärte ich.

Die laue kalifornische Nacht roch nach Blütenduft. Candy nippte an ihrem Kognak. Die Eiswürfel klirrten leise gegen das Glas, das sie geistesabwesend zwischen den Händen drehte. Mit dem Blumenduft vermischte sich der Duft von Candys Parfüm.

»Das war keine völlig unernst gemeinte Antwort, nicht wahr?« fragte sie.

»Nein.«

»Sie möchten Menschen helfen.«

»Ja.«

»Warum?«

»Es verschafft mir Befriedigung«, versetzte ich.

»Aber warum auf diese Weise? Pistolen, Fäuste, Halunken?«

»Weil es leider Halunken gibt.«

»Wenn Sie sich auch über mich lustig machen, so schnell lasse ich mich nicht abschrecken. Dazu bin ich eine zu gute Reporterin. Ich frage weiter. Warum sind Sie nicht Arzt geworden oder Lehrer oder . . .« Sie hob beide Hände, in einer Hand ihr Glas. »Sie verstehen, worauf ich hinaus will.«

»Die Systeme«, erwiderte ich. »Das System kommt dazwischen. Man endet dabei, der Medizin zu dienen oder der öffentlichen Erziehung. Ich habe es einmal bei der Polizei versucht.«

»Und?«

»Sie hielten mich für zu kreativ.«

»Gefeuert?«

»Ja.«

Candy schenkte sich Kognak nach, den ich mit einem Schuß Soda ergänzte. »Fühlen Sie sich von Gewalt angezogen?« wollte sie wissen.

»Vielleicht. Bis zu einem gewissen Grad. Aber es kommt hinzu, daß ich selbst gewalttätig sein kann. Es besteht ein Bedürfnis nach solchen Personen. Jemand muß den fetten Kerl daran hindern, Ihnen das Gesicht zu zerschlagen.«

»Wenn Sie nun aber jemandem begegnen, der besser ist als Sie?«

»Undenkbar«, versetzte ich.

»Nein«, widersprach sie. »Das ist durchaus nicht undenkbar. Sie sind ein zu vernünftiger Mensch, um nicht selbst schon darüber nachgedacht zu haben.«

»Wie wäre es dann mit *unwahrscheinlich*?«

»Vielleicht. Aber was geschieht dann? Wie empfinden Sie bei der Vorstellung?«

Ich holte tief Luft. »Ernsthaft über mich selbst zu reden, ist mir immer etwas unwürdig erschienen. Aber . . .« Das Taxi auf dem Beverwil hatte endlich eine Fuhre bekommen. Ich hatte den Eindruck, Beverly Hills schloß bei Sonnenuntergang.

»Aber was?« drängte Candy.

»Aber die Möglichkeit, jemandem zu begegnen, der besser ist als man selbst, gehört zum Bestandteil . . .« Ich machte eine hilflose Handbewegung. »Wenn es diese Möglichkeit nicht gäbe«, sagte ich dann, »wäre das so, als spiele man Tennis ohne Netz.«

Candy leerte ihr Glas und füllte es erneut nach. Dann starrte sie nachdenklich in die bräunliche Flüssigkeit, bevor sie mich anblickte. Sie nahm einen Schluck, preßte das Glas mit beiden Händen gegen ihr Kinn und musterte mich weiter.

»Es ist eine Art Spiel«, meinte sie schließlich.

»Ja.«

»Ein ernstes Spiel.«

Ich schwieg. Dafür schenkte auch ich mir einen kleinen Schuß Kognak nach, fügte eine Menge Eiswürfel dazu und reichlich Soda. Es wäre doch peinlich gewesen, vor einer Klientin einen über den Durst zu trinken.

»Aber warum können Sie das gleiche Spiel nicht im Rahmen eines Systems spielen? Einer großen Organisation?«

»Jetzt reden Sie von sich selbst«, bemerkte ich.

»Vielleicht«, räumte sie ein. Das t kam ihr nicht mehr ganz deutlich über die Lippen.

Auf der Dachterrasse hatte offenbar jemand eine Tür oder ein Fenster geöffnet. Die Musik klang lauter, das Glenn-Miller-Arrangement von *A Nightingale Sang in Berkeley Square*.

»Ich kann innerhalb eines Systems sehr gut arbeiten«, stellte Candy fest.

»Das kann ich mir vorstellen.«

»Was ist also falsch daran?«

»Nichts.«

Wir schwiegen beide. Die Kapelle auf der Dachterrasse spielte *Indian Summer*. Der Blumenduft schien verflogen zu sein. Der Duft von Candys Parfüm war stärker. Mein Mund war trocken.

»Ist Tanzen zu systemgebunden für Sie?« fragte Candy.

»Nein.«

Sie stand auf und streckte mir die Arme entgegen. Wir begannen zu tanzen und uns dabei auf dem schmalen Balkon in einem kleinen Kreis zu bewegen, während die Musik zu uns herabdrang. Ohne Schuhe war Candy beträchtlich kleiner und reichte mit dem Kopf nur bis zu meiner Schulter.

»Sind Sie allein?« fragte sie.

»Hier in L.A.?«

»Nein, in Ihrem Leben.«

»Nein. Ich bin fest mit einer Frau namens Susan Silverman liiert.«

»Schränkt Sie das nicht in Ihrer Freiheit ein?« Candy ließ den Kopf an meine Schulter sinken, während wir uns langsam im Dunkeln drehten.

»Doch«, bestätigte ich. »Aber das ist unsere Verbindung wert.«

»Sie sind also nicht völlig autonom?«

»Nein.«

»Gut. Das macht es leichter, Sie zu verstehen.«

»Warum meinen Sie, mich verstehen zu müssen?« fragte ich.

Sie löste ihre rechte Hand aus meiner Linken und faßte damit auf meinen Rücken, um sie mit ihrer linken Hand zu verschränken. Sofern ich nicht willens war, mit einer Hand, wie bei einer römischen Brunnenfigur in die Luft gereckt, weiterzutanzen, hatte ich nichts weiter zu tun, als die Hand um Candy zu legen. Das tat ich.

»Ich muß Sie verstehen können, um Sie unter Kontrolle zu behalten«, erklärte Candy.

»Ihre augenblickliche Technik ist recht wirkungsvoll.« Meine Stimme klang belegt. Ich räusperte mich unterdrückt, darauf bedacht, keinen Lärm zu machen.

»Haben Sie eine trockene Kehle?« erkundigte sich Candy.

»Das ist nur meine Andy-Devine-Masche«, erwiderte ich. »Manchmal imitiere ich auch Aldo Ray.«

Mir war die Kehle eng, und in meinen Adern schien mehr Blut zu sein als am Anfang des Abends. Candy kicherte leise.

»Hätten Sie etwas dagegen, mir beim Ausziehen zu helfen?« fragte sie.

»Ich wüßte nicht, wobei ich Ihnen lieber helfen würde.« Ich klang wie Andy Devine mit einer Erkältung. Ich spürte die alte, rote, alles auslöschende Woge nahen, die mich immer in Situationen wie dieser verschlang. Die Kapelle auf dem Dach spielte *The Man I Love* mit einem Solisten, aber nicht Lionel Hampton, am Vibraphon.

»Da sind zwei Knöpfe.« Candy nahm meine Hände in die ihren. »Einer ist hier.« Wir bewegten uns weiter langsam im Rhythmus der Musik. »Und einer hier.« Sie ließ das aufgeknöpfte Kleid über ihre Arme herabgleiten und auf die Erde fallen. Der matte Mondschein wurde von der erleuchteten Dachterrasse und dem Licht aus den Hotelfenstern verstärkt. Candys Büstenhalter hatte die gleiche pflaumenblaue Farbe wie ihr Kleid.

»Drei Haken untereinander«, murmelte sie.

Der BH rutschte ihre Arme hinab und fiel zwischen uns zu Boden. »Die Strumpfhose beim Tanzen zu schaffen, ist eine echte Herausforderung«, flüsterte ich. Nicht einmal, um überflüssige Geräusche zu vermeiden. Ich konnte nicht anders reden.

»Versuch es.« Candy stand fast still, nur ihr Oberkörper wiegte sich leicht im Rhythmus. Ihre Hände führten die meinen. Es ist schwer, graziös zu bleiben, wenn man eine Strumpfhose auszieht. Es gelang uns nicht völlig. Aber wenigstens hatten wir mit der Strumpfhose Erfolg. Als ich mich aufrichtete, trug Candy nur noch ihre Goldketten um den Hals. Ich kam mir schrecklich *overdressed* vor.

»Und jetzt du«, sagte Candy.

»Immer problematisch, was man in einer solchen Lage mit einer Pistole macht«, krächzte ich.

Schließlich waren wir beide nackt und tanzten auf dem Balkon. Die Pistole samt Halfter lag auf dem Tisch neben der Kognakflasche. Falls ein Attentäter hereinstürmte, konnte ich sie in weniger als fünf Sekunden erreichen.

»Was spielen die denn gerade?« fragte Candy an meinem Ohr.

»*I'll Never Smile Again*«, antwortete ich.

»Mir wäre lieber, sie würden Ravels ›Bolero‹ spielen«, seufzte Candy.

»In meinem Alter«, brachte ich mühsam hervor, »muß man sich

womöglich mit dem ›Lied der Wolgaschiffer‹ begnügen.«

»Heb mich hoch«, bat sie, jetzt auch flüsternd. »Trag mich ins Bett.«

»Bevor ich das tue, möchte ich eins klarstellen«, sagte ich. »Die Sache führt zu nichts. Sie bedeutet nicht mehr als den Augenblick.«

»Ich weiß. Heb mich trotzdem hoch und trag mich.«

Ich tat es. Sie war nicht schwer. Die Pistole schnappte ich mir auch noch vom Tisch und nahm sie mit, als wir im Schlafzimmer verschwanden.

10

Wir aßen Corned-beef-Haschee bei *Don Fernando* auf dem Beverly Wilshire. Candy hatte darauf beharrt, daß es das beste Haschee der Welt sei, und ich war bereit, sie in diesem Glauben zu lassen. Sie hatte eben noch nie im *R. D. Diner* in South Glens Falls, New York, gefrühstückt.

Candy trank in kleinen Schlucken ihren Kaffee. Als sie die Tasse absetzte, war auf dem Rand ein Lippenstiftabdruck. Auch Susan hinterließ immer Lippenstiftspuren an ihrer Tasse.

»Irgendwelche Schuldgefühle?« fragte Candy.

Ich nahm eine Gabel voll Haschee, biß ein Stück Toast ab, kaute und schluckte. »Ich glaube nicht«, meinte ich.

»Was ist mit der Frau, an die du dich gebunden fühlst?«

»Ich fühle mich noch immer an sie gebunden.«

»Wirst du es ihr erzählen?«

»Ja.«

»Wird es ihr etwas ausmachen?«

»Nicht sehr viel«, erwiderte ich.

»Würde es dir etwas ausmachen, wenn es anders herum wäre?«

»Ja.«

»Ist das fair?«

»Das hat nichts mit fair zu tun«, erklärte ich, »oder unfair. Ich bin eifersüchtig. Sie nicht. Vielleicht ist es eine reale Einschätzung der Lage, daß bei ihr eine Affäre eine Herzensangelegenheit wäre, während es bei mir sozusagen nur um Fleischeslust geht.«

»Mein Gott, was für eine romantische Unterscheidung«, sagte Candy. »Und so blumig ausgedrückt.«

Ich nickte und führte die Kaffeetasse zum Munde.

»Mehr als blumig«, fuhr Candy fort. »Viktorianisch. Frauen lieben, und Männer bumsen.«

»Kein Grund, zu verallgemeinern. Wir haben letzte Nacht mehr getan als nur gebumst. Trotzdem lieben wir uns nicht. Für Susan müßte es nicht unbedingt Liebe sein, aber sie würde Gefühle mit einbringen, die du und ich nicht haben: Interesse, Spannung, innere Beteiligung, vielleicht eine gewisse Faszination. Für Suze würde es echtes Engagement bedeuten. Was ich in bezug auf dich nicht sagen kann. Obwohl ich annehmen möchte, daß alles ein wenig mit diesem Agenten zu tun hatte, mit dem du öfter geschlafen hast. Für mich war es Befriedigung eines sexuellen Bedürfnisses. Ich mag dich. Ich finde dich schön. Du schienst es selber zu wollen. Man könnte, glaube ich, sagen, es war zuneigungsvolle Lust, die mich bewegt hat.«

Candy lächelte. »Du verstehst es zu reden«, stellte sie fest. »Und das ist nicht das einzige, was du verstehst.«

»Du machst mich erröten«, wehrte ich ab.

»Aber wenn du ihr davon erzählst – wie war ihr Name?«

»Susan.«

»Wenn du Susan davon erzählst, bereitest du ihr dann nicht ganz sinnlos Kummer?«

»Es mag ihr ein bißchen Kummer bereiten, sinnlos ist mein Eingeständnis jedoch nicht.«

»Weil es dein Gewissen erleichtert?«

»Das ist Küchenpsychologie.«

»Wie meinst du es dann?«

»Die Welt ist nicht so primitiv und einfach. Ich erzähle es ihr, weil es zwischen uns nichts geben sollte, was wir uns nicht gegenseitig sagen.«

»Würdest du auch Bescheid wissen wollen?«

»Unter allen Umständen.«

»Und wenn du es erfahren würdest, wäre es damit zwischen euch zu Ende?«

»Nein. Nur der Tod kann für mich und Suze das Ende sein.«

»Also bist du gar nicht so ein Ritter ohne Furcht und Tadel. Du riskierst nicht viel, wenn du es ihr erzählst.«

»Stimmt«, nickte ich.

»Aber?«

»Aber was?«

Candy hatte ihr Haschee noch kaum angerührt. Sie stocherte nur mit der Gabel darin herum.

»Aber es steckt mehr dahinter«, meinte sie. »Ich habe es wieder zu sehr vereinfacht.«

»Natürlich.«
»Erkläre es mir.«
»Ich möchte es wissen«, beharrte Candy. »Ich habe noch nie jemanden wie dich kennengelernt. Ich möchte es einfach wissen.«
»Okay«, sagte ich bereitwillig. »Ich würde nichts tun, was ich ihr nicht erzählen könnte.«
»Schämst du dich wegen vergangener Nacht?«
»Nein.«
»Würdest du etwas tun, weswegen du dich schämen müßtest?«
»Nein.«
Sie legte ihre Gabel aus der Hand. »Mein Gott«, sagte sie. »Ich glaube, du tätest es tatsächlich nicht. Das haben schon öfter Leute behauptet, denen ich es nicht abgenommen habe. Wahrscheinlich haben sie es nicht einmal selber geglaubt. Aber dir ist es ernst damit.«
»Es ist eine andere Art, sich seine Freiheit zu bewahren.«
»Aber wie . . .«
Ich schüttelte den Kopf. »Iß jetzt endlich dein Haschee. Wir haben noch allerhand auf dem Programm heute, für das wir uns stärken müssen. Reden können wir auch später noch.«
Candy öffnete den Mund, um etwas zu sagen, schloß ihn dann aber wieder und nickte lächelnd. Wir beendeten unser Frühstück schweigend. Dann zahlten wir die Rechnung, gingen hinaus, stiegen in Candys MG und fuhren nach Centur City.
Die Büroräume der Geschäftsleitung von *Oceania Industries* befanden sich im Obergeschoß einer der Türme. Das Wartezimmer war mit großen Ölgemälden von Oceanias verschiedenen Unternehmungen bestückt: Öltürmen, einer Darstellung, in der ich eine Gipsmine zu erkennen meinte, Szenen aus einem der jüngeren Summit-Filme und einem Bild von einer langen Reihe mächtiger Fichten. Auf Tischen lagen Exemplare des Jahresberichts sowie einige Hauspublikationen der verschiedenen Abteilungen aus. Sie hatten Titel wie *Gypsum Jottings* und *Timber Talk*.
Im Vorzimmer empfing uns eine Dame mit silberlackierten Fingernägeln. Sie thronte hinter einer riesigen halbkreisförmigen Theke und sah aus wie Nina Foch.
»Kann ich Ihnen behilflich sein?« fragte sie. Elegant. Allererster Stall.
»Sind Sie Nina Foch?« fragte ich zurück.
»Wie bitte?« meinte sie befremdet.
»Haben Sie das Filmgeschäft diesem Job zuliebe aufgegeben?«

fragte ich weiter.

»Kann ich Ihnen behilflich sein?« wiederholte sie mit erhobener Stimme, aber deswegen nicht weniger kultiviert.

Candy reichte ihr eine Geschäftskarte. »Ich vom KNBS. Wir hätten gern Mr. Brewster gesprochen.«

»Waren Sie angemeldet?« wollte Nina wissen.

»Nein. Aber vielleicht würden Sie so freundlich sein und Mr. Brewster fragen . . .«

Nina kniff leicht die Augen zusammen. »Es tut mir leid«, fiel sie Candy ins Wort. »Mr. Brewster empfängt grundsätzlich niemanden ohne Voranmeldung.«

»Die Angelegenheit ist ziemlich wichtig«, erklärte Candy.

Ninas Miene wurde noch reservierter. »Es tut mir leid, Miss, aber Ausnahmen sind nicht möglich. Mr. Brewster ist . . .«

»Sehr beschäftigt«, kam ich ihr zuvor.

»Ja«, bestätigte sie. »Er ist schließlich Präsident einer der größten Konzerne der Welt.«

Ich warf einen Blick auf Candy. »Läuft dir vor Ehrfurcht nicht eine Gänsehaut über den Rücken?«

Candy legte die Hände auf die Theke und beugte sich vor. »Gegen Mr. Brewster sind ein paar schwerwiegende Vorwürfe erhoben worden«, sagte sie zu Nina Foch. »Aus Gründen der Fairneß wollte ich ihm eine Chance geben, dazu Stellung zu nehmen, bevor wir damit in den Achtzehnuhrnachrichten an die Öffentlichkeit gehen.«

Nina starrte uns auf distinguierte Weise sekundenlang an. Dann stand sie abrupt auf und entschwand durch die große Kassettentür aus heller Eiche zwischen dem Gemälde mit den Fichten und dem Gemälde mit den Ölttürmen. Nach etwa drei Minuten war sie wieder zurück.

Sie ließ sich wieder hinter ihrer mächtigen halbrunden Theke nieder und sagte: »Mr. Brewster wird Sie in Kürze empfangen.« Die Tatsache mißfiel ihr sichtlich.

»Pressefreiheit ist ein Flammenschwert«, sagte ich.

Candy sah mich verständnislos an.

»Nutze es weise«, fuhr ich fort. »Halte es hoch. Hüte es gut.«

»A.J. Liebling?« fragte Candy.

»Steve Wilson von *The Illustrated Press*. Du bist zu jung.«

Sie schüttelte den Kopf und gab ihr unterdrücktes Glucksen von sich. »Manchmal bist du wirklich zu albern.«

Ein hochgewachsener Mann mit platinblondem Haar und beginnendem Bauchansatz kam herein und eilte an uns vorbei zu der hellen Eichentür. Sein Glencheck-Anzug saß gut, aber seine Schuhe waren schäbig und hatten schiefgelaufene Absätze. Er verschwand durch die Tür, die sich geräuschlos hinter ihm schloß.

Nina Foch thronte mit ausdruckslosem Gesicht hinter ihrer Empfangstheke. Anscheinend hatte sie keine andere Beschäftigung. Sie blickte elegant zu der Doppeltür, die auf den ganz gewöhnlichen Flur hinausführte.

Ein kleinerer Mann mit einem Grübchen im Kinn und dem Aussehen eines Sportlers kam durch die Doppeltür hereingeschlendert. Nina bedachte ihn mit einem Lächeln. Er nickte ihr zu, ohne uns einen Blick zu schenken. Er trug einen Anzug aus Donegal-Tweed und ein weißes Hemd mit roter Fliege. Seine Schuhe waren aus genarbtem braunen Leder. Auch er verschwand durch die helle Eichentür.

»Der Anzug muß hier in Kalifornien wie der Teufel kratzen«, bemerkte ich zu Candy. Sie lächelte. Nina schlug hinter ihrer Theke die Beine übereinander und zupfte ihren Rocksaum zurecht.

Ein dritter Mann kam durch die Doppeltür herein. Er begrüßte Nina mit einem Kopfnicken. Auf halbem Weg durch den Raum blieb er vor der Couch stehen und betrachtete uns. Erst Candy und dann mich. Dann schaute er wieder auf Candy, nickte und ließ den Blick noch einmal ziemlich lange auf mir ruhen. Er mochte etwa meine Statur haben und trug einen grauen dreiteiligen Anzug mit einem dünnen rosa Überkaro. Seine Haare waren so lang, daß sie fast völlig die Ohren bedeckten. Seine Brille hatte bernsteinfarben getönte Gläser. Während er uns musterte, hielt er die Hände in die Hüften gestemmt. Sein Jackett stand offen.

»Sind Sie Grumpy, Sneezy oder Doc?« erkundigte ich mich. Candy verbiß sich nur mit Mühe ein Kichern.

»Sie kenne ich«, sagte er, den Blick auf Candy gerichtet, die Hände noch immer in die Hüften gestemmt, so daß sich sein Jackett mit den doppelten Rückenschlitzen nach hinten blähte. »Aber Sie nicht«, wandte er sich an mich. »Wer sind Sie?«

»Ich habe Sie zuerst gefragt«, versetzte ich.

»Wenn Sie mir mißfallen, bekommen Sie Schwierigkeiten«, sagte er.

»Ach, verflixt, ich hätte es wissen müssen. Sie sind Grumpy –«

Candy beugte den Kopf in den Schoß. Ihre Schultern bebten. Das war kein Kichern. Sie lachte. Die bernsteinfarbenen Brillengläser blieben noch etwa zehn Sekunden auf mich gerichtet, dann kehrte er sich ab und verschwand ebenfalls durch die Eichentür.

Candys Gesicht war rot angelaufen, und ihre Augen glänzten, als sie wieder den Kopf hob. »Spenser«, sagte sie. »Du bist unmöglich. Was meinst du wohl, wer das gewesen ist?«

»Der Sicherheitschef«, antwortete ich. »Darauf möchte ich wetten.«

Wir warteten noch etwa fünf Minuten. Dann schlug eine sanfte Glocke an Nina Fochs Empfangsdeck an. Sie hob den Hörer eines weiß-goldenen Telefonapparats ab, der aussah, als stamme er aus dem Schloß von Versailles, lauschte und legte den Hörer wieder auf.

»Sie können jetzt hineingehen«, sagte sie, wobei man ihr einen Widerwillen anmerkte.

Der Teppich, auf dem wir zur Tür schritten, war so hochflorig, daß man darin einen Dackel hätte verlieren können. Ich öffnete Candy die Tür. Sie war so präzise eingepaßt, daß sie gewichtlos zu sein schien. Candy holte tief Luft.

»Du hast mich an deiner Seite, Baby«, sagte ich.

Sie lächelte, warf mir einen schnellen Blick zu und nickte. »Darüber bin ich auch froh«, sagte sie. Dann traten auch wir über die Schwelle.

11

Wir befanden uns in einem Raum mit hohen Bücherregalen und lederbezogenen Polstermöbeln. Auf einem runden Mahagonitisch in der Mitte des Zimmers stand ein großer Globus. Am gegenüberliegenden Ende des Raumes gab es eine zweite Tür, die geöffnet war. Das angrenzende Zimmer wirkte sehr hell.

Candy ging mir voran. Sneezy, Grumpy und Doc saßen auf einer langen Couch zu unserer Rechten. Die Wand gegenüber der Tür war völlig aus Glas, und die Aussicht auf die gepflegten Grünanlagen des L.A. Country Klub darunter überwältigend. Vor der Wand, im rechten Winkel zur Couch, stand ein Schreibtisch von den Ausmaßen Detroits. Dahinter saß ein Mann mit großen weißen Zähnen und dunklem, graumeliertem Haar. Sein Gesicht zeigte intensive Sonnenbräune. Er trug einen dunkelblauen Anzug mit Nadelstreifen und einer Weste, die Aufschläge hatte. Seine Krawatte war von einem schimmernden Graublau und unter einem von einer Nadel gehaltenen weißen Kragen zu einem kleinen Knoten gebunden. Er sah aus wie das Mittelblatt in *Fortune*.

»Sie sind Miss Sloan«, sagte er. »Ich kenne Sie aus dem Fernsehen. Und Ihr Begleiter?«

»Das ist Mr. Spenser«, stellte Candy mich vor.

»Ich bin Peter Brewster«, erklärte der Mann. »Dies ist Tom Turpin, unser Direktor der Public-Relations-Abteilung.« Er deutete auf den Mann mit dem Glencheck-Anzug und den schäbigen Schuhen. »Und Barrett Holmes, unser Rechtsberater.« Der sportliche Typ mit dem Grübchen im Kinn. »Und Rollie Simms. Mr. Simms ist der Leiter unserer Sicherheitsabteilung.« Ich bedachte Candy mit einem Grinsen. »Da mir gesagt wurde, Sie beabsichtigen eine Anschuldigung gegen mich vorzubringen, hielt ich es für geraten, diese Herren als Zeugen hinzuzuziehen. Barrett, falls nötig, möchte ich, daß Sie sofort gerichtliche Schritte unternehmen.«

Ich wandte mich an das Trio auf der Couch: »Entschuldigen Sie, aber wer von Ihnen dreien redet nicht mit gespaltener Zunge?«

Brewster musterte mich mit einem Basiliskenblick. »Ich habe sehr wenig Zeit für Humor«, sagte er.

»Dafür um so mehr Gelegenheit, selbigen zu beweisen«, meinte ich.

Er musterte mich wieder vernichtend.

»Mr. Brewster«, sagte Candy. »Ich habe Kenntnis davon, daß die Summit-Studios von organisiertem Verbrechertum infiltriert worden sind. Wollen Sie dazu einen Kommentar abgeben?«

»Sollten Sie diese Frage nicht lieber Roger Hammond bei Summit direkt stellen?«

»Das habe ich getan.«

»Und seine Antwort?«

»Er hat uns vom Studiogelände weisen lassen.«

Brewster nickte. »Die Natur Ihrer Information?«

»Ich kann Ihnen keine Details geben, aber ich habe einen Augenzeugen.«

»Wofür?«

»Für eine Transaktion, an der ein Beschäftigter von Summit und ein Angehöriger der Unterwelt von L.A. beteiligt waren.«

»Die Art der Transaktion?«

»Eine Geldzahlung.«

Brewster nickte wieder. Dann sah er mich an.

»Ist das Ihr Augenzeuge?«

»Nein.«

»Wer ist es dann?«

Candy schüttelte den Kopf. »Er muß vorläufig anonym bleiben.«

»Natürlich«, sagte Brewster. »Natürlich muß er das. Ihr Journalisten seid doch alle gleich, nicht wahr? Sie haben eine Information, aber Sie können mir keine Einzelheiten sagen. Sie haben einen Augenzeugen, aber er muß anonym bleiben.«

»Möchten Sie sich zu den Beschuldigungen äußern?« fragte Candy.

»Die Anschuldigung entbehrt jeder Grundlage«, versetzte Brewster. »Und Ihnen fehlt es an Berufsethos. Ich werde mich in Kürze mit den leitenden Herren der KNBS über Sie unterhalten.«

»Ich versuche nur meine Arbeit zu tun, Mr. Brewster«, erklärte Candy.

»Und ich bezweifle ernsthaft, daß Sie noch sehr lange Gelegenheit dazu haben werden«, erwiderte Brewster.

»Soll das heißen, Sie wollen veranlassen, daß ich rausgeschmissen werde?« Candys Blick war fest, aber ihre Stimme war ein bißchen sanfter geworden.

»Genau«, sagte Brewster.

Ich richtete den Blick auf Holmes, den Hausjuristen. »Nennt man so etwas nicht Erpressung?« fragte ich.

»Und von Ihrem unverschämten Gerede habe ich schon lange genug.« Brewster bedachte mich wieder mit seinem vernichtenden Blick. »Wer ist Ihr Vorgesetzter?«

»Ich habe keinen«, antwortete ich. »Und ich bin mir nicht einmal sicher, ob es jemanden gibt, der mir angemessen wäre.«

»Spenser«, sagte Candy. »Bitte! Das führt doch zu nichts. Haben Sie eine Erklärung für mich, Mr. Brewster?«

»Ich habe gesagt, was zu sagen war. Und jetzt wünsche ich, daß Sie beide verschwinden. Sofort.«

»Mr. Brewster«, wandte Candy ein. »Ich . . .«

»Sofort«, wiederholte Brewster.

Simms, der Sicherheitschef mit der getönten Brille, erhob sich. Ich sah ihn an. »Simms«, sagte ich, »dieser Affenarsch, für den Sie arbeiten, hat mich ganz schön auf die Palme gebracht. Falls Sie mehr tun als nur aufstehen, sind Ihnen zwei Wochen im Streckverband sicher.«

Simms sagte: »Hey!«

»Ich habe es ernst gemeint«, sagte ich. »Setzen Sie sich wieder.«

Candys Gesicht war gerötet. Sie stellte sich vor mich. »Komm jetzt«, sagte sie. »Du machst es bloß noch schlimmer. Komm, ich möchte nach Hause.«

Brewster drückte auf den Knopf seines Zwischensprechgeräts. »Miss Blaisdell«, sagte er, »schicken Sie mir sofort ein paar Sicherheitsleute herein.«

»Siehst du, was du getan hast?« sagte Candy. »Jetzt komm endlich. Laß uns hier verschwinden.«

»Es ist würdelos, einfach so wegzulaufen«, protestierte ich.

»Komm jetzt«, drängte sie und strebte zur Tür.

Mir blieb nichts weiter zu tun übrig. Brewster zu drohen, daß er noch von mir hören würde, schien mir zu albern. Ich dachte daran, ihm einen Fußtritt zu versetzen, aber bis ich um den Schreibtisch herumgekommen war, würde es im Vorzimmer von Sicherheitsleuten wimmeln. Ich zögerte noch ein paar Sekunden in der Hoffnung, Simms würde vielleicht Hand an mich legen. Aber ich hatte kein Glück. Niemand rührte sich. Alle starrten mich bloß an. Ich kam mir vor, als sei ich in einen Italo-Western hineingestolpert.

Candy war bereits durch die Bürotür verschwunden. Sie wartete nicht. Schließlich war es meine Pflicht, sie zu beschützen. Ich folgte ihr. Auf dem Weg hinaus nahm ich den Globus vom Tisch in dem Raum mit den Bücherregalen und warf ihn auf die Erde. Jetzt hatte ich es ihnen wenigstens gezeigt.

12

Im Fahrstuhl standen Candy Tränen in den Augen. Im Parkhaus zitterte ihre Unterlippe. Und in ihrem Auto, als wir auf den Santa Monica Boulevard hinausfuhren, weinte sie.

»Wenn du mir verrätst, warum du weinst«, sagte ich, als wir den Badford Drive passierten, »spendiere ich dir in der *Red Onion* eine große, eisgekühlte *Margarita* und vielleicht einen *Nacho supreme*.«

Sie schluchzte. Wir überquerten den Camden Drive.

»Es ist hier unten, Dayton Ecke Beverly. Wenn du immer weiter fährst und heulst, entgeht dir eine vorzügliche *Margarita*«, sagte ich.

Sie hörte zwar nicht zu weinen auf, aber sie bog nach rechts auf den Rodeo Drive ab, fuhr an Geschäften vorbei, die Latzhosen für achthundert Dollar anboten, und parkte kurz vor der Ecke des Dayton Drive. Dann ließ sie den Kopf auf das Lenkrad sinken und ihren Tränen erst richtig freien Lauf. Ich schob meinen Sitz so weit wie möglich nach hinten, lehnte mich zurück, streckte die Beine aus, verschränkte die Arme über der Brust, schloß die Augen und wartete.

Es dauerte fünf Minuten, bis sie endlich aufhörte. Sie hob den Kopf vom Lenkrad, schob sich den Rückspiegel zurecht und begann ihr Gesicht zu studieren. Ihr Atem ging noch immer unregelmäßig und wurde von einem letzten halben Schluchzer unterbrochen.

Dann holte sie ihr Make-up aus der Handtasche und fing an, ihr Gesicht wieder herzurichten. Ich schwieg. Als sie schließlich fertig war, sagte sie: »Also dann los.«

Wir gingen das kurze Stück bis zur *Red Onion*. Rosa Tünche, mexikanische Ziegel, eine Bar auf einer Seite des Foyers und das Restaurant auf der anderen. Die Bar war von jungen, sehr schmalhüftigen Mädchen in hautengen Jeans mit Designer-Etikette auf der Gesäßtasche belagert. Sie unterhielten sich mit sehr schmalhüftigen jungen Männern, die ebenfalls hautenge Jeans mit Designer-Etiketten auf den Gesäßtaschen trugen.

Wir betraten das Restaurant und tranken jeder eine *Margarita*. Dann bestellten wir zwei *Nacho supremes* und zwei weitere *Margaritas*. Die Serviererin entfernte sich.

»Was ist denn bei der Oceania passiert, daß du so geweint hast?« wollte ich wissen.

»Sie waren so . . .« Candy schüttelte den Kopf. »Sie waren so . . . gemein.«

»Nette Burschen arbeiten in der Postzentrale«, sagte ich.

Sie nickte. Die Serviererin erschien mit den frischen *Margaritas*.

»Ich weiß«, sagte Candy. »Ich weiß das. Ich meine, bei Funk und Fernsehen ist es dasselbe. Ich weiß. Aber sie waren so . . .« Sie hob beide Hände, machte eine kleine hilflose Geste und ließ die Hände wieder sinken.

»Also erst einmal: Warum sagst du immer ›sie‹? Die drei Glucken auf der Couch haben doch kaum den Mund aufgemacht. Simms hat bloß ein paar Sicherheits-Chef-Töne von sich gegeben. Wie hätten wir sonst merken können, was für ein harter Bursche er ist?«

»Na ja, es war eigentlich . . .« Sie spielte mit dem Stil ihres Glases. »Es war eigentlich wohl nur er. Und die anderen sahen bedrohlich aus.«

»Mit ›er‹ meinst du Brewster?«

«Ja.«

»Er hat dir mit seinem Gerede, daß er zu deinen Chefs gehen würde, Angst eingejagt?«

»Nein, das nicht. Aber . . .« Sie nahm einen Schluck von der blaßgrünen Margarita. »Der Leiter eines Senders steht meist auf recht gutem Fuß mit wichtigen Persönlichkeiten der Stadt. Ich meine, solche Leute können wirklich Einfluß nehmen, wenn es zum Beispiel um eine Lizenzerneuerung geht oder wenn sie mit anderen wichtigen Leuten über Reklameaufträge reden.«

»Du könntest tatsächlich rausfliegen?«

»Unmöglich ist es jedenfalls nicht. Vielleicht bekomme ich auch einfach keine Gehaltserhöhung mehr oder keine lohnenden Aufträge. Oder ich gerate in den Ruf, ständig Schwierigkeiten heraufzubeschwören – erst beschwert sich Hammond und jetzt auch Brewster beim Sender.«

»Deshalb hast du geweint?«

»Nicht nur deshalb.«

»Warum sonst noch?«

»Nun ja, ich war allein, und sie standen alle gegen mich.«

»Also ganz allein warst du ja nun doch nicht«, protestierte ich.

»Du hast es bloß schlimmer gemacht.«

»Zugegeben. Es fällt mir immer besonders schwer, in Chefbüros, Penthäusern und Vorstandsetagen den Mund zu halten. Das ist eine schlechte Angewohnheit. Aber ich war trotzdem auf deiner Seite. Du warst nicht allein.«

»Du bist ein Mann«, sagte sie.

Ich hatte mit den Ellbogen auf die Tischplatte gestützt gesessen. Jetzt lehnte ich mich zurück und legte die Hände in den Schoß.

»Du meine Güte«, sagte ich.

»Ich befand mich allein mit fünf Männern, von denen mir vier absolut feindlich gesonnen waren. Das ist sehr hart. Du weißt nicht, wie man sich in einer solchen Situation fühlt. Er hat mich wie ein lästiges Insekt abgefertigt. Wie Ungeziefer. Wie ein Nichts. ›Verschwinden Sie‹, hat er gesagt. ›Ich werde mit Ihrem Chef sprechen‹.«

»O Gott.«

»Und mein Chef wird sagen: ›Natürlich, Pete, alter Junge, sie ist eine ehrgeizige Ziege. Ich werde künftig auf sie verzichten.‹«

Ich hob die Hand und massierte meine untere Gesichtshälfte. Die *Nacho supremes* wurden serviert. Wir bestellten zwei Flaschen *Dos-Equis*-Bier.

»Okay«, sagte ich. »Du hast also Angst um deinen Job.«

Ihre Augen füllten sich wieder mit Tränen. »Die einzige Frau«, erwiderte sie.

»Die einzige mag sein«, sagte ich. »Aber allein stimmt nicht.«

»Das verstehst du nicht.«

Suze, wo bist du, wenn ich dich brauche. »Erklär mir noch ein bißchen mehr«, bat ich. »Vielleicht verstehe ich dann doch.«

»Du warst nicht *bei* mir. Du warst nur da, um mich zu *beschützen*.«

»Aha«, sagte ich.

Sie sah mich an, aber es war kein Humor in ihrem Blick. Ihre Augen waren naß, und ihr Gesicht blieb ernst. »Was heißt das?«

wollte sie wissen.

»Ich hätte genausogut ›ohhoh‹ sagen können. Es heißt, daß du dich, seit ich gekommen bin, zwischen Scylla und Charybdis befunden hast. Du brauchst mich, damit ich dich beschütze, aber diese Tatsache nagt an deinem Selbstgefühl.«

»Sie macht mir meine weibliche Abhängigkeit bewußt.«

»Und in dem Büro da oben hattest du schlicht Angst. Und weil du Angst hattest, warst du froh, daß du mich bei dir hattest, und dieses Gefühl hat dir deine weibliche Abhängigkeit nur noch mehr bewußt gemacht.«

Sie zuckte die Achseln.

»Als du mir sagtest, du könntest Informationen von einem Agenten bekommen, mit dem du öfter geschlafen hast«, fuhr ich fort, »war das kein Beweis weiblicher Selbstbefreiung, sondern du warst bitter. Du hast versucht, die Erkenntnis zu überspielen, daß du, um zu bekommen, was du brauchtest, zu einem Mann gehen und gewissermaßen eine Entschädigung für sexuelle Beziehungen einfordern mußtest.«

Candy spießte ein kleines Stück von ihrem Nacho auf die Gabel. Er hatte fast die Ausmaße eines Thunfisches und war wirklich von ausgezeichneter Qualität. »Das hast du mißverstanden.«

»Kann sein. Aber jetzt habe ich dich nicht mißverstanden.«

»Vielleicht.«

Ich leerte mein Bier.

Candy bedachte mich mit einem kleinen Lächeln. »Du bist ein lieber Kerl«, sagte sie. »Ich weiß, du magst mich. Aber du bist außerdem ein männlicher Weißer. Du kannst die Lage von Minderheiten nicht begreifen. Das ist nicht deine Schuld.«

Ich machte der Serviererin ein Zeichen, mir noch ein Bier zu bringen. Candy hatte ihrs überhaupt nicht angerührt. Unbegreiflich.

Während ich auf das Bier wartete, widmete ich mich dem Nacho. Als das Bier kam, trank ich ein Viertel davon in einem Zug und sagte dann zu Candy: »Wenn du diese Logik konsequent weiterverfolgst, muß man zu dem Schluß kommen, daß niemand einen anderen verstehen kann. Vielleicht ist die Frage des Verständnisses überbewertet worden. Vielleicht brauche ich deine Situation gar nicht zu verstehen, um ihr Interesse entgegenzubringen. Um dir zu helfen, diese Situation zu ändern. Um auf deiner Seite zu sein. Ich habe auch noch niemals Hunger gelitten und bin trotzdem dagegen, daß Menschen verhungern. Und wenn mir Hunger begegnet, versuche ich ihn zu lindern. Ich sympathisiere mit seinen Opfern. Die Frage, ob ich ihre Lage begreife, stellt sich gar nicht.«

Sie schüttelte den Kopf. »Das ist etwas anderes.«

»Vielleicht nicht. Vielleicht ist Zivilisation, wenn überhaupt, nur möglich, weil sich Menschen über Lebensbedingungen Gedanken machen, die sie nicht am eigenen Leibe erfahren haben. Vielleicht brauchst du Verständnis so nötig wie ein Fisch ein Fahrrad.«

»Du bist ziemlich rührend«, sagte sie, »für einen Mann deiner Größe.«

»Du bist noch nie so groß gewesen wie ich«, versetzte ich. »Das kannst du überhaupt nicht beurteilen.«

13

Die Polizei fand Mickey Rafferty auf der Türschwelle seines Zimmers, die Füße in den Flur gestreckt und in der Brust drei Kugeln. Jemand in der Nachbarschaft hatte Schüsse gehört und die Polizei angerufen. Aber niemand hatte etwas gesehen, und niemand wußte etwas.

Candy und ich wurden von einem Kriminalbeamten namens Samuelson davon unterrichtet. Wir befanden uns in dem leeren Studio, in dem vormittags von neun bis zehn eine Talkshow mit dem Titel *New Day L.A.* produziert wurde. Jetzt war es vier Uhr fünfzig nachmittags. Um sechs hatte Candy ein paar Nachrichten zu lesen.

»Wir haben ihn heute früh aufgefunden«, erläuterte Samuelson. »Vor etwa zwölf Stunden. Inzwischen haben wir mit ein paar Leuten hier im Studio gesprochen und erfahren, daß er Ihnen nahestand.«

Candys Gesicht war blaß und ausdruckslos. Sie saß mit übereinandergeschlagenen Beinen auf einem Sofa, das zur Dekoration gehörte, und hielt die Hände im Schoß. Sie nickte.

»Es tut mir leid, daß ich Ihnen diese Nachricht überbringen muß«, sagte Samuelson.

Candy nickte wieder. Samuelson hatte sich mit verschränkten Armen auf der Ecke des Mischpultes niedergelassen. Er war beinahe kahl, hatte ein viereckiges Gesicht mit einem mächtigen, herabhängenden Schnurrbart und trug eine Brille mit Goldrand und getönten Gläsern.

»Ich vermute«, fuhr er fort, »jemand hat an die Tür geklopft und Rafferty, als er öffnete, sofort in die Brust geschossen.«

Candy schüttelte mit kleinen ruckartigen Bewegungen den Kopf, fast als ob sie zittere.

»Haben Sie schon etwas herausgefunden?« wollte ich wissen.

»Noch nicht.« Samuelson kaute einen Bubblegum und ließ in Abständen eine Blase platzen. »Ich hatte gehofft, Miss Sloan würde uns vielleicht weiterhelfen können.«

Candy schüttelte noch einmal den Kopf. »Ich weiß nichts«, sagte sie. »Ich habe keine Ahnung, was für einen Grund jemand gehabt haben könnte, Mickey umzubringen.«

»Und wie steht es mit Ihnen, Boston?« Samuelson blähte seinen Kaugummi in meine Richtung.

»Fehlanzeige«, versetzte ich. »Leider bin ich ihm nur einmal begegnet.«

»Ich weiß, es ist jetzt ein ungünstiger Zeitpunkt, darüber zu reden, Miss Sloan«, sagte Samuelson. »Ich möchte mich aber doch noch einmal etwas ausführlicher mit Ihnen unterhalten. Ginge es morgen?«

Candy nickte.

»Vielleicht könnten Sie zu mir ins Büro kommen«, schlug Samuelson vor. »Sagen wir morgen mittag gegen zwei Uhr.« Er holte seine Brieftasche hervor, entnahm ihr eine Karte und reichte sie Candy. »Falls Ihnen etwas dazwischenkommen sollte, rufen Sie mich an, damit wir einen anderen Termin vereinbaren können.«

Candy nahm die Karte entgegen.

Samuelson richtete den Blick auf mich. »Könnte es nicht sein, daß Raffertys Ermordung etwas mit den Recherchen zu tun hat, bei denen Sie Miss Sloan helfen, Boston?«

Ich zuckte die Achseln.

»Falls sich das herausstellen sollte, setzen Sie sich sofort mit uns in Verbindung, Boston, nicht wahr?« Er drückte auch mir seine Karte in die Hand.

»Das ist die Pflicht eines jeden Staatsbürgers«, sagte ich.

»Ja. Okay.« Samuelson erhob sich von seiner Ecke. Er war groß und sah durchtrainiert aus. Kein Schwergewicht, eher Tennisspieler oder Schwimmer. Seine Bewegungen waren geschmeidig.

»Ich erwarte Sie also morgen, Miss Sloan. Und Sie kommen bitte auch mit, Boston«, sagte er.

Candy murmelte ein leises Ja. Und Samuelson verließ das Studio. Es war totenstill. Die schwere Studiotür schwang hinter ihm zu. Candy stand auf, trat an die Tür und spähte durch das kleine Doppelfenster. Dann kam sie zu mir zurück.

»Sie haben ihn umgebracht«, sagte sie.

»Ich nehme an, wir sagen der Polizei nicht alles, was wir wissen?« fragte ich.

»Sie haben Mickey umgebracht«, wiederholte Candy. »Beweist das nicht . . .« Sie hob mit einer bedeutungsvollen Geste die Hände.

»Das beweist eine ganze Menge«, bestätigte ich. »Aber lange darüber zu reden bringt nichts. Falls *sie* ihn getötet haben und *sie* dieselben Leute sind, die dich zusammengeschlagen haben, bedeutet es, daß sie es ernst meinen.«

»Daß sie womöglich auch versuchen, mich umzubringen?«

»Damit müssen wir rechnen. Aber ich werde sie bestimmt daran hindern.«

Candy wandte sich ab und durchquerte das leere Studio, wobei sie vorsichtig über die Kabel stieg. Am Ende des Raumes blieb sie stehen, drehte sich zu mir um, stützte ihre Arme auf eine Kamera und stellte einen Fuß auf den Schutzring am unteren Ende des Kamerawagens.

»Du hältst dich für mächtig hart, nicht wahr? Menschen sterben, Menschen werden verletzt. Das läßt du alles von dir abrieseln. ›Sie werden vielleicht versuchen, dich umzubringen, Mädchen. Aber keine Sorge, ich passe schon auf dich auf. Ich, der große, starke Held.‹ Aber was zum Beispiel, wenn sie auch *dich* umbringen? Hast du auch schon einmal daran gedacht?«

»Nicht öfter, als unbedingt nötig«, antwortete ich.

»Das wäre unmännlich, nicht wahr?«

»Es würde niemandem helfen«, korrigierte ich.

Sie starrte mich über die Kamera hinweg an. »Was sollen wir machen, Spenser? Was, zum Teufel, sollen wir machen?«

»Ein Teil der Entscheidung liegt bei dir«, sagte ich. »Vielleicht hast du dich bereits entschieden. Zum Beispiel, was wir Samuelson sagen und wieviel? Vor ein paar Minuten hast du ihm nichts gesagt. Willst du dabei bleiben?«

»Soll ich?«

»Es ist nicht meine Entscheidung.«

»Ich fürchte, wenn die Polizei davon erfährt, wird sie sich in den Fall einmischen, und die Beteiligten machen den Mund überhaupt nicht mehr auf. Und das wäre das Ende meiner Story.«

»Oder die Polizei klärt alles und macht mit den Schweinereien endgültig Schluß«, sagte ich. »Auch das ist nämlich möglich.«

»Aber dann würde die Polizei die Lorbeeren ernten, nicht ich. Und ich will nicht, daß mir jemand die Schau stiehlt.«

»Falls die Polizei sich der Geschichte bemächtigt, besteht aber für die Gangster kein Grund mehr, dir etwas anzutun«, gab ich zu bedenken. »Ihr Hauptziel ist es doch, dich mit deinen Informationen nicht an die Öffentlichkeit und damit bis zur Polizei gelangen zu lassen.«

»Ich brauche diese Story«, beharrte Candy.

»Okay. Aber bilde dir nicht ein, Samuelson wird sich so einfach abspeisen lassen. Polizisten hassen Zufälle. Erst engagierst du einen Detektiv aus Boston für nicht näher definierte Recherchen, und dann wird dein Freund ermordet.«

»Er ist nicht mein Freund. Das heißt, er war es nicht.«

»Darum geht es nicht. Man hat ihn dafür gehalten. Samuelson wird nicht sehr glücklich sein mit der Hypothese, daß es da keinen Zusammenhang gibt.«

»Das ist sein Problem«, sagte Candy. Sie hatte das Kinn auf ihre verschränkten Arme gestützt und starrte an mir vorbei auf den glatten, weißen Vorhang, der den Hintergrund für Studioaufnahmen bildete.

»Er ist freundlich mit dir umgegangen und vorsichtig, weil du Journalistin bist, und er weiß, daß du ihm Ärger machen kannst. Aber Polizisten haben in dieser Beziehung ein ziemlich dickes Fell. Wenn er sich dazu gezwungen sieht, wird er sich einfach hinter den Buchstaben des Gesetzes verschanzen. Und dann kann er für dich zum Problem werden . . . und für mich.«

»Ich nehme an, du könntest durch ihn Schwierigkeiten bekommen.«

»Zurückhaltung von Beweismitteln. Dagegen sind nicht nur Polizisten, sondern auch Richter und Staatsanwälte im allgemeinen allergisch.«

»Du kannst nach Boston zurückfliegen.«

»Während du was tun wirst?«

»Ich brauche diese Story.« Sie starrte jetzt nicht mehr auf den weißen Vorhang, sondern auf mich.

»Ebenso wie die Polizisten«, sagte ich, »behandeln dich auch die Ganoven ein bißchen vorsichtiger, als sie es mit anderen tun würden. Eine Reporterin zu ermorden, erregt eine Menge Aufsehen. Erinnerst du dich an die Reporterin, die seinerzeit in Arizona umgebracht wurde?«

Candy nickte.

»Die Ganoven erinnern sich natürlich auch noch daran, und vielleicht verschonen sie dich deshalb, wenn es irgendwie geht. Aber wenn du herumrennst und mit deinen Recherchen mehr Aufsehen erregst, als es deine Ermordung tun würde, scheint mir die Logik unausweichlich zu sein.«

»Das heißt also, ich sollte deiner Meinung nach die Polizei informieren?«

»Nein«, sagte ich. »Das heißt, ich werde bleiben.«

14

An diesem Abend wurde nicht auf dem Balkon getanzt. Wir ließen uns Abendessen aufs Zimmer bringen, verzehrten es in fast völligem Schweigen und zogen uns dann zeitig ins Bett zurück. Was für einen Unterschied ein Tag ausmachen kann.

Ich lag in meinem Zimmer auf dem Bett ausgestreckt und sah mir im Fernsehen ein Spiel der Angels an, bis ich müde wurde. Dann knipste ich alles aus und schlüpfte unter die Decke. Schlaf. Bruder des Todes.

Am nächsten Morgen fuhren wir zu Candys Wohnung, um nach der Post zu sehen, ihren automatischen Anrufbeantworter abzuhören und ein paar saubere Sachen zu holen. Die Sonne glänzte auf dem Wasser des Swimmingpools und füllte den Raum. Es herrschte eine leichte Brise. Die sanfte Bewegung des Wassers ließ das Licht tanzen und zittern. Candy stand im Wohnzimmer an ihrem Schreibtisch und blätterte ihre Post durch. Sie trug ein dunkelblaues Kostüm mit goldenen Litzen. Während sie die Post las, drückte sie auf die Taste des Aufnahmegeräts, und Mickey Raffertys Stimme erklang.

»Candy«, sagte die Stimme, »wo, zum Teufel, steckst du? Ich habe dich den ganzen Tag über zu erreichen versucht. Ich habe Felton zur Rede gestellt, und ich weiß, daß er Angst hat. Wir brauchen jetzt weiter nichts zu tun, als ihn unter Druck zu setzen, und er wird zusammenbrechen. Ich werde weiter anrufen, bis ich dich erwische. Ich liebe dich, Baby.«

Candy ließ die Post fallen, ging in die Knie, schlang beide Arme um ihren Körper, ließ sich auf die Fersen zurücksinken und begann, sich mit hängendem Kopf langsam hin und her zu wiegen. Ich trat an den Recorder und stellte ihn ab.

Candy murmelte etwas.

»Was?« fragte ich und beugte mich herab, um sie besser verstehen zu können.

»Eine Stimme aus dem Grab«, sagte sie und kicherte leicht hysterisch. »Aus dem Jenseits, durch den Zauber der Technik.« Sie kicherte wieder. Dann war sie still und wiegte sich weiter hin und her.

Ich hockte mich neben ihr nieder und sagte: »Möchtest du, daß ich dich in die Arme nehme und ein bißchen tröstend streichle, oder würde das alles bloß noch schlimmer machen?«

Sie schüttelte den Kopf, aber ich wußte nicht, was sie damit meinte, ob Umarmung oder nicht. Deshalb blieb ich einfach neben ihr hocken, ohne etwas zu tun, was ich wahrscheinlich öfter machen sollte, und nach einer Weile hörte sie auf, sich hin und her zu wiegen, streckte eine Hand aus, um sich auf meinen Oberschenkel zu stützen, und stand auf. Ich erhob mich ebenfalls.

»Armer, kleiner Mickey«, sagte sie. »Er hat sich immer so tapfer gebärdet.«

»Er war tapfer«, erklärte ich. »Er war nur klein.«

»Groß oder klein«, meinte sie. »Die Kugeln hätten ihn so oder so getötet.«

Die restlichen Botschaften auf dem Anrufbeantworter mußten auch noch abgehört werden. Ich überlegte, wie ich das anstellen sollte.

»Wäre ich beim Wetterdienst tätig gewesen«, sagte Candy, »würde Mickey noch leben.«

»Du hast eine Menge durchgemacht. Deshalb hast du ein Recht, törichte Dinge zu sagen«, meinte ich tröstend. »Aber übertreibe es nicht. Du weißt, daß du an seinem Tod nicht schuld bist.«

»Wer ist dann daran schuld?«

»Vor allem der Kerl, der ihn erledigt hat. Ich vermute, es war der fette, alte Franco. Ein bißchen ist aber auch Mickey selber dran schuld. Er hat sich mit Dingen abgegeben, von denen er nichts verstand. So etwas ist immer gefährlich.«

»Franco?«

»Ja, der fette Kerl, der dich zusammengeschlagen hat. Sein Name ist Franco.«

»Woher weißt du das?«

»Ich habe es von dem Blonden erfahren, mit dem ich vor dem Farmers Market gesprochen habe.«

»Und du glaubst, er hat Mickey umgebracht?«

»Du hast mit Felton gesprochen und bist von Franco verprügelt worden. Mickey hat mit Felton geredet und wurde erschossen. Würdest du nicht auch auf Franco tippen?«

»Doch.«

»Ihn müssen wir als Ansatzpunkt in der ganzen Geschichte benützen«, sagte ich.

»Als Ansatzpunkt?«

»Ja. Bisher haben wir unsere Zeit nur damit verbracht, mit Leuten zu reden, gegen die wir nichts in der Hand hatten. Franco können wir bereits Entführung und tätlichen Angriff nachweisen. Wahrscheinlich ist er nur von irgend jemand engagiert worden. Deshalb hat er keinen Grund, seinen Auftraggeber zu decken, wenn es ihm selbst an den Kragen geht.«

»Das leuchtet mir ein. Aber er ist nicht derjenige, hinter dem ich her bin«, sagte Candy. Sie begann sich zu konzentrieren. Allmählich ließ der Schock nach.

»Nein, das nicht. Aber um das Knäuel zu entwirren, mußt du erst einmal den Anfang der Schnur finden. Franco ist ein Anfang.«

»Okay.« Candy runzelte interessiert die Stirn. »Okay. Das klingt logisch. Jetzt ist das Problem, wie wir Franco aufstöbern.« Sie trommelte mit den Fingern auf ihren Oberschenkel. »Hast du da schon eine Idee?«

»Wie hast du ihn ausfindig gemacht?« fragte ich.

»Gar nicht. Er hat mich gefunden.«

»Und Mickey?«

»Ich kapiere. Er hat auch Mickey gefunden. Ich habe mit Felton gesprochen, und Franco erschien. Mickey hat mit Felton gesprochen, und Franco erschien wieder. Willst du mir zu verstehen geben, ich soll noch einmal mit Felton reden und mich zur Zielscheibe machen?«

»Du oder ich.«

»Du solltest es nicht tun«, sagte sie. »Mickey war nicht dein Freund. Du bist nicht hierhergekommen, um ein, ja was denn, ein . . .«

»Opferlamm, eine Tontaube, einen Lockvogel abzugeben, meinst du?«

Sie nickte. »Ja, so etwas ähnliches. Nein, das ist mein Job.«

»Okay«, sagte ich.

»Kein großes Imponiergerede von wegen Männerarbeit und so weiter?«

»Nein. De facto macht es sowieso keinen Unterschied. Falls ich es mache, muß ich mich und dich beschützen. Falls du es machst, muß ich dich und mich beschützen.«

Sie hörte zu trommeln auf und sah mich sekundenlang ausdruckslos an. »Ja«, sagte sie dann, ohne den Blick von mir zu wenden. »Ja, das stimmt. Wenn es mir vielleicht auch nicht gefällt, so ist es. Du kannst mich sehr viel besser beschützen, als ich mich selbst schützen kann. Ich werde es tun.«

»Ja«, nickte ich. »Das dachte ich mir.«

Sie trat an die Glastür und starrte auf ihren blauen Swimmingpool hinaus. Ihre Finger trommelten wieder gegen ihren Oberschenkel. »Weißt du, ich wohne jetzt seit drei Jahren in diesem Haus und möchte wetten, daß ich nicht öfter als zweimal in diesem verdammten Pool war.«

»Wenn alles überstanden ist«, sagte ich, »werden wir ein Siegesschwimmen veranstalten.«

»Wenn es überstanden ist«, wiederholte sie, den Rücken mir noch zugewandt. »Mein Gott, ich wünschte, ich hätte es längst hinter mir.«

Ich schwieg.

»Als ich zum erstenmal auf diese Geschichte stieß und damit anfing, war ich so aufgeregt. Ruhm, beruflicher Aufstieg, Geld.« Sie schüttelte den Kopf und starrte auf den Pool hinaus. »Jetzt wünsche ich mir nur noch, es wäre geschafft. Nun muß ich damit fertig werden und habe nichts weiter als Angst.«

»Nicht verzagen, Spenser fragen«, sagte ich.

Sie wandte sich vom Fenster ab. »Vielleicht sollte ich tatsächlich lernen, mit dieser Pistole umzugehen.«

Ich ging zu Candys Wagen hinaus, holte die Waffe aus dem Handschuhfach und kehrte damit ins Wohnzimmer zurück. Candy betrachtete die Pistole ohne Begeisterung. Ich drückte die Schließfeder herab und ließ das Magazin herausfallen. Dann zog ich den Verschluß langsam zurück, so daß eine Patrone aus dem Patronenlager herausgezogen wurde.

»Sie war bereits durchgeladen«, erläuterte ich.

»Wenn du mir wirklich etwas beibringen willst«, sagte Candy, »mußt du dich einer Sprache bedienen, die ich verstehen kann.«

»Natürlich. Ich meine, es steckte bereits eine Patrone schußfertig im Patronenlager. Normalerweise läßt man sie im Magazin, bis man wirklich schießen will. Das ist sicherer.«

»Willst du damit sagen, die Kerle waren, als sie uns zum Farmers Market verfolgten, bereit, auf uns zu schießen?«

»Vielleicht. Vielleicht waren sie aber auch nur unvorsichtig und töricht.«

»Ist die Pistole jetzt geladen?«

»Nein. Probiere sie einmal aus.«

Sie drückte einige Male auf den Abzug der leeren Pistole und zielte dabei auf die gegenüberliegende Wand. »Geht gar nicht so schwer«, stellte sie fest.

»Jedenfalls technisch gesehen nicht.«

»Du meinst, es ist schwer, jemanden zu erschießen?«
»Unter Umständen.«
»Ist das alles, was ich tun muß? Zielen und abdrücken?«
»Wenn die Waffe geladen und gespannt ist, ja.«
»Zeig mir, wie sie geladen wird.«
Ich zeigte ihr, wie man das Magazin in den Pistolengriff schob.
»Mit den Patronen liegt sie einem schwerer in der Hand«, sagte Candy.
»Ja, ein bißchen«, bestätigte ich.
»Wenn ich jetzt den Abzug drücke, geht sie dann los?«
»Nein. Du mußt erst eine Patrone in das Patronenlager einführen. Schau her.« Ich zeigte ihr, wie sie mit der linken Hand den Verschluß zurückziehen und wieder vorschnellen lassen mußte. »Wenn du jetzt auf den Abzug drückst, geht der Schuß los.« Ich nahm ihr die Waffe aus der Hand, ließ das Magazin herausgleiten, zog die Patrone wieder aus dem Patronenlager und drückte dann auf den Abzug. Der Hahn schlug mit einem metallischen Klicken an. Dann reichte ich ihr die Pistole zurück.
»Okay, jetzt mach du es.«
Sie legte das Magazin ein, zog den Verschluß zurück und sah mich an. »Jetzt kann ich schießen?«
»Ja.«
»Muß ich dieses Ding jedesmal, wenn ich schießen will, zurückziehen?«
»Nein. Nur beim erstenmal. Dann funktioniert es automatisch. Nach dem erstenmal drückst du nur noch den Abzug. Wenn das Magazin leer ist, blockiert der Verschluß.«
»Und was ist, wenn ich mehr als, wie viele sind es, sechs Schüsse brauche?«
»Ja, es sind sechs. Falls du mehr brauchst, kannst du das Magazin nachladen. Aber wenn du sechs Schüsse abgefeuert hast und mehr brauchst, dürftest du wahrscheinlich keine Zeit zum Nachladen haben. Ich rate zur Flucht.«
Candy übte mehrere Male Laden und Spannen. Dann zielte sie mit der leeren Pistole und drückte ein paarmal ab. »Mache ich es richtig?« wollte sie wissen.
»Ja. Versuche auf kurze Distanz zu schießen. Vergeude keine Zeit damit, aus der Entfernung treffen zu wollen. Die Pistole ist nicht dafür geeignet, und du kannst nicht gut genug schießen. Ziele auf die Mitte des Körpers, da hast du die meisten Chancen zu treffen. Vielleicht willst du mit beiden Händen schießen, so wie ich es jetzt

tue.« Ich nahm ihr die Waffe ab und zeigte es ihr. »Oder falls du doch aus einiger Entfernung schießen mußt, könntest du es so machen.« Ich demonstrierte ihr die Haltung beim Zielschießen, erklärte ihr, wie sie den Atem anhalten und den Abzug abdrücken mußte. »Das dürfte allerdings reine Theorie bleiben«, meinte ich. »Wenn du schießen mußt, wird sich das Ziel aller Wahrscheinlichkeit nach sehr dicht vor dir befinden und kaum zu verfehlen sein. Dann kommt es vor allem darauf an, daran zu denken, daß du die Pistole hast und entschlossen zu sein, sie zu benützen. Halte dir immer vor Augen, daß sie dich umbringen wollen.«

»Hast du schon Menschen erschossen?«

»Ja.«

»Ist das schrecklich?«

»Nein. Es ist zwar modisch zu behaupten, es sei so, aber es stimmt nicht. Es ist nicht schrecklich. Oft ist es sogar ziemlich einfach. Nicht schmutzig wie erstechen oder erschlagen oder erwürden oder dergleichen. Es ist relativ unpersönlich. Klick. Bäng. Tot.«

»Macht es dir nichts aus?«

»Doch, sogar eine ganze Menge. Wenn ich es vermeiden kann, tue ich es nicht. Ich habe noch nie jemanden erschossen, wenn es nicht sehr viel schlimmer gewesen wäre, ihn am Leben zu lassen.«

»Erinnerst du dich an das erste Mal?«

»An den Zeitpunkt, nicht an die Person. Es war in Korea. Er war nur ein Schatten auf einer nächtlichen Patrouille.«

»Und es hat dich nicht belastet?«

»Nicht so sehr, als wenn er mich erschossen hätte.«

»Für dich steht alles immer in einem gewissen Verhältnis, nicht wahr?«

»Was? Recht und Unrecht?«

»Ja.«

»Ja.«

»Ist das nicht ethischer Relativismus?«

»Ich denke schon«, bestätigte ich. »Kannst du schießen, wenn du mußt?«

»Ja«, sagte Candy. »Ich glaube, ich kann es.«

15

Am frühen Nachmittag des folgenden Tages fuhren wir zum Polizeipräsidium und verbrachten anderthalb Stunden damit, Samuelson zu erklären, daß unsere Recherchen bezüglich der Unlauterheiten im Filmgewerbe nichts mit Mickey Raffertys Tod zu tun hätten. Ich bezweifle, daß Samuelson uns glaubte. Aber er konnte uns nicht das Gegenteil beweisen, deshalb entließ er uns nach anderthalb Stunden nicht unfreundlich. Anschließend fuhr uns Candy hinüber zu dem, was von Bunker Hill übriggeblieben ist, die Fifth Street hinab und dann die Figueroa bis zum Wilshire Boulevard.

»Ich weiß, es ist blöde«, sagte ich, »aber irgendwie mag ich Downtown L.A.«

»Tatsächlich?«

»Ja. Es vermittelt stärker die Atmosphäre einer City, als man annehmen möchte.«

»Ich komme eigentlich höchstens hierher, wenn es um eine Story geht. Für Innenstädte habe ich ganz allgemein nicht viel übrig.«

»Dann befindest du dich ja genau am richtigen Ort«, stellte ich fest.

Wir fuhren den Wilshire in Richtung Westen, vorbei an dem großen, alten Ambassador Hotel mit seinen braunen Stuckbauten. Bobby Kennedy war hier erschossen worden, als er nach einer Ansprache aus dem Ballsaal gekommen war.

»Ich kenne Feltons Privatadresse«, sagte Candy. »Als ich ihn zum erstenmal aufgesucht habe, war ich bei ihm zu Hause.«

»Willst du jetzt dorthin und sehen, ob er da ist?«

»Ja«, antwortete Candy. »Und wenn er nicht da ist, werden wir auf ihn warten.«

Ich sah auf meine Armbanduhr. Halb fünf. »Vielleicht sollten wir unterwegs anhalten und uns ein paar Sandwiches besorgen. Falls wir längere Zeit warten müssen.«

Candy nickte. In Beverly Hills hielten wir vor einem Laden mit französischen Spezialitäten. Ich ging hinein, kaufte Käse, Brot, Leberpastete, einen Apfel, eine Birne und eine Flasche Rotwein und ließ mir alles in eine große Papiertüte mit einem aufgedruckten Strohkorb packen. Die Tüte verstaute ich im Kofferraum, dann stieg ich wieder zu Candy in den Wagen.

»Jetzt sind wir versorgt, Baby. Auf geht's.«

Wir bogen zum Beverly Drive ab und fuhren nach Norden in Richtung zu den Hügeln. Candy blieb stumm. Während wir den Santa Monica Boulevard entlangrollten, betrachtete ich mir die Häuser. Sie waren eng zusammengebaut und standen ziemlich dicht an der Straße, aber wenn man in die Einfahrten spähte oder an dem dichten Buschwerk vorbei, sah man, wie weit sich die Grundstücke nach hinten erstreckten und Platz boten für Swimmingpools, Tennisplätze, Saunas, Patios und Krocketanlagen.

»Wie nennt man den Platz, auf dem Krocket gespielt wird?« fragte ich Candy.

»Wie bitte?«

»Ist das ein Krocketfeld oder ein Krocketplatz oder wie heißt das?«

»Keine Ahnung.«

»Mein Gott, nächstens sagst du mir noch, daß du auch nicht Polo spielst.«

Sie schüttelte den Kopf, und ich wandte mich wieder der Betrachtung der Architektur zu. Die Häuser waren oft in spanischem Stil mit einem Schuß Tudor gebaut und sowohl mit Holz als auch mit Steinen verkleidet. Die Rasenflächen davor waren durchweg peinlich gepflegt. Auf einem schmalen Rand des Bürgersteigs standen in regelmäßigem Abstand gleich groß gewachsene Palmen. Und nichts regte sich. Alles sah aus wie eine leere Bühnendekoration. Keine Hunde liefen herum und verbellten Fußgänger. Keine Katzen. Keine Kinder. Keine Radfahrer. Keine Basketballkörbe waren an den Garagen befestigt. Nirgendwo spielten Kinder Baseball oder hatten sich eine Baumhütte gebaut. Nicht einmal Eichhörnchen gab es.

»Die Gegend hier sieht aus wie Disneyland nach Feierabend«, stellte ich fest. »Gottverlassen.«

»O ja. Hier ist es nie anders«, bestätigte Candy.

»Was machen diese Leute«, fragte ich. »Sitzen sie in ihren Häusern und sehen sich Videoaufzeichnungen von normal lebenden Menschen an?«

Candy lächelte gezwungen. »Vermutlich. Ich habe mir ehrlich gesagt nie Gedanken darüber gemacht.«

Wir überquerten den Sunset. Die Hügel begannen.

»Gibt es noch das Haus auf dem Sunset, dessen Besitzer die Geschlechtsteile der lebensgroßen Standfiguren davor farbig anmalen ließ?«

Candy nickte.

»Ein Realist«, sagte ich.

»Spenser, mir ist im Augenblick nicht danach zumute, amüsante Konversation zu machen, verstehst du?« erklärte Candy. »Mein Freund ist tot. Vielleicht werde ich auch bald tot sein. Ich habe Angst, und ich bin traurig, und ich begreife nicht, wie du über solche Nebensächlichkeiten reden kannst, als wäre überhaupt nichts geschehen.«

»Ich könnte heulen«, sagte ich.

Sie runzelte die Stirn. »Heulen?«

»Du weißt doch, wie es in der Bibel steht: ›Es herrschte Heulen und Zähneklappern.‹«

»Du magst ja heiter gestimmt sein, aber ich möchte dich doch bitten, jetzt nicht zu scherzen. Laß uns einfach nur still sein.«

»Wie wäre es, wenn ich wenigstens ein kleines bißchen mit den Zähnen klappere. Ganz leise. Du wirst mich kaum hören.«

Sie mußte unwillkürlich lächeln.

»Klapper, klapper«, murmelte ich ganz leise.

Sie lachte stärker, und ihre Schultern bebten.

»Klapper.«

Sie lachte laut heraus. »Okay. Okay. Du bist wirklich genauso meschugge, wie ich dachte. Wir sind gerade im Begriff, uns wie zwei Würmer an die Angel zu hängen, und du hast nichts im Kopf als Albernheiten.«

Wir bogen vom Beverly Drive zum Coldwater Canyon ab. Die Straße war jetzt steiler, und als wir Linda Crest erreicht hatten, begann eine Reihe von Serpentinen. Candy mußte ständig schalten, während der MG die Haarnadelkurven nahm.

»Hier ist er in seinem Element«, bemerkte ich.

»Der Wagen? Ja. Es macht immer wieder Spaß, mit ihm hier heraufzufahren. Ich fühle mich dann wie Mario Andretti oder so ähnlich.«

»Aber du siehst besser aus.«

»Vielen Dank.«

Sam Feltons Haus war das letzte auf der Straße. Dahinter fielen die Hügel terrassenförmig wieder nach L.A. ab, und darunter erstreckte sich die City. Das Grundstück war von einer weißgetünchten Mauer mit einem schmiedeeisernen Tor umgeben. Als wir läuteten, ertönte eine Stimme aus einem kleinen Lautsprecher in einem der beiden Torpfosten.

»Wer ist dort bitte?« fragte die Stimme.

»Candy Sloan möchte zu Mr. Felton.«

»Mr. Felton ist noch nicht zu Hause. Wollen Sie eine Nachricht hinterlassen?«

»Wir würden lieber hereinkommen und auf Mr. Felton warten«, antwortete Candy.

»Es tut mir leid, aber das ist nicht möglich. Ich weiß nicht, wann Mr. Felton kommt. Wenn Sie ihm eine Nachricht hinterlassen, wird er sich bestimmt bei Ihnen melden.«

»Nein, danke«, sagte Candy. Ein kleines Schild neben dem Lautsprecher trug die Aufschrift: DIESES GRUNDSTÜCK WIRD VON DER BEL-AIR-PATROL GESCHÜTZT. »Wir werden warten.«

Es kam ein Klick aus dem Lautsprecher, dann herrschte Stille. Candy zuckte die Achseln. »Irgendwann muß er schließlich nach Hause kommen oder wegfahren«, meinte sie.

»Gibt es hier auch einen Hinterausgang?« fragte ich.

»Nicht auf diesem Berg«, erwiderte Candy. »Da müßtest du schon über irgendwelche Dächer fahren.«

Ich nickte. Dann warteten wir und aßen unser Picknick. Zehn Minuten vor sieben kam ein großer grüner BMW herangefahren und hielt vor Feltons Haus. Ein Mann musterte uns durch die Windschutzscheibe.

»Felton«, sagte Candy.

Er stieg aus und kam auf uns zugewatschelt. »Kann ich etwas für Sie tun?« fragte er.

»Mr. Felton, ich bin Candy Sloan vom KNBS. Erinnern Sie sich? Ich habe mich schon einmal mit Ihnen über illegale Machenschaften innerhalb der Filmbranche unterhalten.«

»Ja, ja. Aber ich dachte, dieses Thema sei abgeschlossen.«

»Es hat ein paar neue Entwicklungen gegeben, die ich mit Ihnen besprechen möchte, bevor wir damit an die Öffentlichkeit gehen.«

»Diesen Herrn kenne ich wohl aber noch nicht«, sagte Felton.

»Mr. Spenser ist mir bei meinen Recherchen behilflich«, erläuterte Candy.

Felton bedachte mich mit einem Kopfnicken.

»Sehr erfreut, Sie kennenzulernen«, murmelte ich.

Felton blickte auf das Tor zu seinem Grundstück, dann auf seinen Wagen und schließlich auf uns. Wenn er das Tor öffnete und hineinginge, würden wir ihm dann folgen? Es mußte peinlich wirken, wenn er wieder kehrt machte und wegfuhr. Konnte er uns hinhalten, bis die Bel-Air-Patrol vorbeikam? Er musterte mich. Gegen mich konnte er nichts ausrichten. Ich war zwanzig Jahre jünger und fünfzehn Zentimeter größer als er. Er entschied sich, Würde zu wahren.

»Kommen Sie herein«, sagte er. »Wir können einen Schluck trinken, und ich werde Ihnen Auskunft geben, soweit es mir möglich ist.«

»Vielen Dank«, sagte Candy.

Felton schloß das Tor mit einem Schlüssel auf, der mit einer Spezialkette an seinem breiten Gürtel im Westernstil befestigt war. Er hatte einen mächtigen Bauch, und der Gürtel war so eng geschnallt, daß das Fett darüber und darunter vorquoll. Der Gürtel hielt außerdem, unterstützt von breiten roten Hosenträgern, nagelneue, beutelnde Jeans. Todschick. Dazu trug er Sandalen ohne Strümpfe und ein weißes kragenloses Hemd mit gefälteltem Vorderteil. Seine Haare waren schulterlang. Er hielt das Tor auf, und wir gingen ihm voran den Weg entlang. Für die Haustür benützte er einen anderen Schlüssel. Dann ließ er uns eintreten.

Das Haus war kühl, elegant und weiträumig, glänzend von Messing und Ebenholz und angefüllt mit orientalischen Kunstgegenständen. Überall waren Parkett- und Marmorböden und deckenhohe Fenster, die eine herrliche Aussicht boten.

Eine ältere Mexikanerin in einem grünen Hauskleid und weißer Schürze erschien. Sie blieb ruhig neben einem bogenförmig gewölbten Durchgang stehen, der anscheinend in ein Eßzimmer führte.

»Was möchten Sie trinken?« erkundigte sich Felton.

»Weißwein«, antwortete Candy.

»Bier«, antwortete ich.

Felton sagte zu der Mexikanerin etwas auf spanisch. Sie lächelte und verschwand.

»Kommen Sie ins Wohnzimmer«, forderte Felton uns auf. »Dort können wir es uns gemütlich machen und reden.«

Im Wohnzimmer gab es einen mächtigen schwarzen Marmorkamin. Zu beiden Seiten befanden sich französische Türen mit dünnen Vorhängen, durch die man die abendlichen Lichter von Los Angeles schimmern sehen konnte.

Candy und ich ließen uns auf einer großen weißen Couch nieder, die von leuchtendgrünen Satinkissen belebt wurde. Ich stopfte mir zwei davon in den Rücken, um zu verhindern, daß ich in der üppigen Polsterung versank. Die Mexikanerin brachte ein silbernes Tablett mit einem Glas Weißwein, einer Flasche Carta-Blanca-Bier und dem dazugehörigen Glas sowie einem Glas, dessen Inhalt ich für Tequila hielt, auf einer Untertasse mit einer Zitronenscheibe und einem kleinen Tellerchen Salz mit einem Silberlöffel daneben. Sie stellte das Tablett auf einen niedrigen Glastisch, lächelte und verschwand wieder.

Ich goß mir mein Bier ein. Felton nahm die Zitronenscheibe, lutschte daran, tat ein bißchen Salz auf seine Hand, trank den Tequila und leckte das Salz auf. Er lächelte. »Anders kann man das nicht zu sich nehmen«, sagte er. Na, fabelhaft.

Candy nippte an ihrem Weißwein. Ich trank einen kräftigen Schluck Bier.

»Wenn Sie mich kurz entschuldigen wollen«, sagte Felton. »Ich möchte mir nur die Hände waschen. Dann können wir uns unterhalten.«

»Selbstverständlich«, versetzte Candy.

Felton verließ das Zimmer. Die Mexikanerin erschien mit einem frischen Glas Tequila und einer frischen Zitronenscheibe, bedachte uns mit einem Lächeln und ging.

Es herrschte Stille. Der Raum war mit Orientteppichen ausgestattet. Mir gegenüber, auf einem Gobelin, der vom Fußboden bis zur Decke reichte, blickte ein orientalischer Krieger auf einem Pferd in ein fernes Tal, wo Bauern mit Wasserbüffeln Felder bestellten. Mein Bier war alle. Würde mir die Mexikanerin von sich aus ein neues bringen? Würde sie einfach ohne ein Signal erscheinen? Nein. Kein Mensch erschien.

»Glaubst du, er hat sich verdrückt?« fragte Candy.

Ich zuckte die Achseln. Candy trank von ihrem Wein. Dann kam Felton zurück. Er streifte seine Sandalen ab, nahm den zweiten Tequila und inhalierte ihn gewürzt mit Salz und Zitrone. Dann ließ er sich mit übereinandergeschlagenen Beinen auf einer zweiten großen weißen Couch uns gegenüber nieder. Die Mexikanerin erschien auf der Türschwelle. Felton sagte wieder etwas auf spanisch zu ihr, und sie ging.

»Nun«, wandte er sich an uns, »wie kann ich Ihnen helfen?« Er neigte sich ein wenig vor, das heißt, so weit sein Bauch es erlaubte, und stützte die Ellbogen auf die Oberschenkel. Die Mexikanerin brachte mir ein frisches Bier und Felton einen dritten Tequila.

»Kennen Sie Mickey Rafferty?« fragte Candy.

Auf einem Beisetztisch neben Felton stand eine Schale mit Popcorn. Er nahm eine Handvoll. »Rafferty«, wiederholte er und schob Popcorn in seinen Mund. Dann kaute er erst einmal.

»Natürlich«, nickte er dann. »Arbeitet er nicht als Sensationsdarsteller?«

»Nicht mehr«, sagte Candy. »Er ist tot.«

»Oh, mein Gott. Wirklich? Wie ist es passiert? War es ein Arbeitsunfall?«

»Nein«, versetzte Candy. »Er wurde in seiner Wohnung erschossen.«

Felton hob die Augenbrauen und formte ein lautloses *Donnerwet-*

ter mit den Lippen.

Wir schwiegen. Felton kaute weiter Popcorn. Er aß hastig, griff sich eine Handvoll und schob alles, was er erwischt hatte, mit der flachen Hand in den Mund. Mit dem Tequila spülte er nach.

»Ist das nicht entsetzlich«, sagte er. »Ist das nicht entsetzlich? Wirklich schrecklich.«

»Können Sie uns etwas darüber sagen?« fragte Candy.

Auf Feltons Oberlippe glänzte etwas Feuchtigkeit. Es konnte Tequila sein, aber auch Schweiß. Er bediente sich weiter mit Popcorn.

»Wie, um alles in der Welt, sollte ich Ihnen etwas darüber sagen können?«

»Ich habe eine Information«, sagte Candy, »daß Sie die letzte Person waren, mit der er vor seinem Tod gesprochen hat.«

Auch auf Feltons Stirn glänzte jetzt Feuchtigkeit, die ganz gewiß kein Tequila sein konnte. Er warf einen Blick auf seine Armbanduhr.

»Das ist Wahnsinn. Ich kannte ihn kaum. Ich hatte ihn seit Wochen überhaupt nicht gesehen. Wahrscheinlich hätte ich ihn gar nicht mehr wiedererkannt. Ich erinnere mich nicht, je mit ihm gesprochen zu haben.«

Mir gab Feltons Blick auf seine Armbanduhr zu denken.

»Das weiß ich aber besser«, sagte Candy.

Mir gab auch zu denken, daß er noch einmal hinausgegangen war, um sich die Hände zu waschen.

»Nun hören Sie mir einmal zu, Candy. Ich weiß, daß Sie mich in Verdacht haben, in irgendwelche illegalen Machenschaften verwikkelt zu sein, aber das geht wirklich zu weit. Ich bin bereit, Ihnen zu helfen. Natürlich ist mir klar, daß Sie Ihrem Beruf nachgehen müssen, aber . . .« Er gestikulierte hilflos mit den Händen.

Ich zog meine Pistole aus dem Gürtelhalfter und hielt sie in der rechten Hand zwischen den Couch-Kissen und der Armlehne der Couch. Felton sah mich nicht. Er starrte in sein leeres Tequila-Glas. Dann hob er den Blick in Richtung zum Hauseingang.

»Wollen Sie etwa behaupten, ich hätte ihn umgebracht?« fragte Felton.

Candy musterte ihn mit ausdruckslosem Gesicht. »Wahrscheinlich haben Sie es nicht persönlich getan«, versetzte sie. »Aber haben Sie veranlaßt, ihn zu erschießen?«

Felton klatschte mit beiden Händen auf seine Oberschenkel. »Also jetzt reicht es«, stieß er hervor.

Candy hielt unverwandt den Blick auf ihn gerichtet, während ich weiter die Pistole zwischen den Kissen verborgen hielt. Felton spähte wieder auf die Diele hinaus, und seine Hoffnungen hatten sich erfüllt.

Franco war eingetroffen.

16

Er war tatsächlich fett, schätzungsweise zweieinhalb Zentner, bei einer Größe von höchstens ein Meter siebzig. Andererseits ist auch Wassili Alexejew fett. Der Gedanke war nicht tröstlich. Franco hatte eine Halbglatze, aber das schien ihn nicht zu stören. Was von seiner Haarpracht noch übrig war, trug er kurzgeschoren, so daß er kahler wirkte, als er tatsächlich war. Sein Kinnbart und der Schnäuzer waren schwarz. Er trug eine grüne Jersey-Hose, dunkelbraune Moccasins und ein geblümtes Hemd, das ihm über der Hose hing. Vermutlich um eine Pistole zu verdecken. Oder weil er das vielleicht für elegant hielt. Ich warf Candy einen Blick zu. Ihr Gesicht war versteinert und völlig ohne Ausdruck. Sie starrte auf Franco und regte sich nicht.

Hinter Franco war der blonde Schönling aufgetaucht, den ich mir auf dem Parkplatz von Farmers Market zur Brust genommen hatte. Er würde nie ein geblümtes Hemd tragen. Und er würde es auch nicht aus der Hose heraushängen lassen. Er würde seine Waffe in einem Schulterhalfter unter einem locker fallenden Leinenjackett mit aufgestelltem Kragen verborgen halten.

Ich betrachtete Felton. Es schien, als brauche er sich jetzt nicht mehr zu verstellen, und seine Drüsen konnten sich entspannen. Sein Gesicht glänzte mittlerweile vor Schweiß, und auf seiner Oberlippe standen dicke Perlen. Auf seiner Miene spiegelte sich eine Mischung aus Dankbarkeit und Angst.

Franco musterte Candy und sagte: »Nanu, unser neugieriges kleines Vögelchen! Dachtest du etwa, ich hätte es neulich nicht ernst gemeint?«

Candy schwieg. In Francos Stimme schwang ein leichter ausländischer Akzent mit, zu wenig ausgeprägt, um ihn identifizieren zu können, ein kleines Überbleibsel seiner Herkunft.

»Wie?« fragte er. »Dachtest du das?«

»Ich wußte, daß Sie es ernst meinen«, antwortete Candy.

»Was machst du dann hier, Vögelchen, wie? Wenn du das wußtest, was machst du dann hier?«

»Ich gehe meiner Arbeit nach«, sagte Candy. Ihre Stimme war ganz ruhig.

Franco warf seinem Helfer einen Blick zu. »Wie findest du das, Bubba? Sie geht ihrer Arbeit nach, hast du das gehört? Sie geht ihrer verdammten Arbeit nach. Gefällt dir das, Bubba?«

»Ja«, sagte Bubba. »Ja, das ist gut.«

»Was werden Sie machen, Franco?« wollte Felton wissen.

Franco musterte ihn sekundenlang und schüttelte dann den Kopf. »Nun seh' sich einer diesen Schweiß an«, sagte er. »Leute wie Sie bringen alle Fetten in Verruf.«

Felton wischte sich mit der Hand über das Gesicht. »Also, was werden Sie machen?« wiederholte er.

»Sie haben uns hergerufen«, erwiderte Franco. »Was war denn der Grund?«

»Die beiden haben mich mit der Ermordung Raffertys in Verbindung zu bringen versucht«, erklärte Felton.

Franco gab einen Laut von sich, der zwischen Grunzen und Lachen schwankte. »Sie haben doch gar nicht den Mumm, jemanden alle zu machen. Bestenfalls eine Flasche Tequila«, meinte er. Dann schaute er auf Candy und sagte: »Na, dann komm, Vögelchen. Du und dein Freund, ihr werdet jetzt mit uns eine Spazierfahrt machen.«

Candy warf mir einen Blick zu. Ich sagte: »Nichts da.«

Franco sah mich zum erstenmal voll an. »Ich habe nicht gefragt, ob euch das paßt«, sagte er. »Also bewegt euch gefälligst.«

Ich wiederholte: »Nichts da.« Es hatte einen netten Rhythmus.

Bubba war an Francos rechte Seite getreten, aber keiner von ihnen hatte bis jetzt eine Waffe gezückt. Das ist einer der Fehler, den schwere Jungens öfter machen. Sie überschätzen ihre Fähigkeiten. Sie sind nicht vorsichtig.

Ich zog meine Pistole zwischen den Polstern hervor und richtete sie auf die beiden. Vorsicht hat noch nie jemandem geschadet. »Nichts da«, wiederholte ich zum drittenmal.

Franco und Bubba starrten auf die Pistole. Auch Felton. Sein Gesicht wurde noch nässer vor Schweiß. Candy zuckte mit keiner Miene. Sie wirkte wie innerlich erstarrt.

»Wir haben hier«, wandte ich mich an Candy, »den überzeugenden Beweis der Komplizenschaft zwischen Felton und Franco. Und natürlich auch dem legendären Bubba. Bubba arbeitet, wie ich vermute, auf der Basis von Stundenlohn und zählt deshalb nicht viel. Aber ich glaube, aus Franco und dem alten Sammy könnten wir eine ganze Menge herausholen.«

»Was können wir wirklich beweisen?« fragte Candy.

»Wir können beweisen, daß dich Franco verprügelt hat. Wir können beweisen, daß Sam Felton, als wir hierherkamen, um mit ihm zu sprechen, Franco herbeizitiert hat, und daß Franco auch tatsächlich kam und uns zu entfernen versuchte. Seine Aufforderung zu der Spazierfahrt war eine klare Bedrohung.«

»Ich möchte aber die ganze Geschichte haben«, sagte Candy.

»Die Polizei wird auch den Rest rauskriegen, wenn wir ihr geben, was wir bereits wissen«, erwiderte ich. »Der alte Sam hier wird schmelzen wie Butter an der Sonne, wenn Samuelson ihn erst einmal in die Mangel nimmt. Auch der liebe Bubba, nur weiß der wahrscheinlich kaum etwas.«

»Werde mal bloß nicht zu übermütig, bloß weil du das Ding da in der Hand hast«, ergriff Franco das Wort. »Ich habe schon öfter eine Kanone gesehen. Die bringt dir nicht viel.«

»Wenn du nicht aufpaßt«, warnte ich ihn, »kann sie dich jedenfalls auf den Friedhof bringen.«

Candy schien Franco überhaupt nicht zu hören. Auch was ich sagte, hörte sie kaum, so sehr war sie mit ihren Gedanken beschäftigt. »Ich will die ganze Geschichte«, wiederholte sie. »Und ich will sie aus eigener Kraft kriegen.«

»Du hast schon genug erreicht«, wehrte ich ab. »Du hast die Geschichte aufgedeckt, den Rest überlaß ruhig der Polizei. Die Polizei hat in solchen Sachen Erfahrung und auch die richtigen Leute dazu.«

Candy reagierte nicht. Statt dessen wandte sie sich jetzt direkt an Franco. »Haben Sie Mickey erschossen?« fragte sie.

Franco verzog den Mund zu einem leichten Grinsen. »Na klar«, erwiderte er.

»Sie haben ihn erschossen?«

»Ja, das habe ich doch eben gesagt.«

Bubba trat noch ein wenig weiter nach rechts.

»Laß das, Junge«, sagte ich. »Meine Reaktionen sind ziemlich schnell. Ich verpaß dir sonst eine Kugel.«

»Und wenn du auf ihn schießt, was glaubst du dann, was ich mache?« sagte Franco.

»Ich erledige euch beide, bevor du überhaupt deine Kanone raus hast«, versetzte ich. »Ihr habt einen Fehler gemacht, hier mit leeren Händen hereinzukommen. Macht nicht noch einen zweiten.«

»Du kannst ihn nicht erschießen, Spenser«, mischte Candy sich ein. »Er ist unser Schlüssel zu der ganzen Geschichte.«

»O doch, das kann ich«, sagte ich. »Wir haben immer noch Felton.« Und dann lief auf einmal alles schief. Die Mexikanerin kam durch den Torbogen und blieb neben Franco stehen, als sie meine Pistole erblickte. Franco trat mit einem schnellen Schritt hinter sie. Ich hob die Waffe. Candy sagte »nein«, und zog an meinem Arm. Franco war hinter der Ecke des Torbogens verschwunden, und Bubba hatte seine Pistole gezückt. Ich riß meinen Arm los und gab zwei Schüsse auf Bubba ab, stieß Candy auf die Couch und warf mich über sie, den Blick zum Torbogen gerichtet. Die Mexikanerin kauerte neben dem Torbogen auf dem Boden. Felton saß noch immer mit übereinandergeschlagenen Beinen auf der Couch gegenüber, den Körper so weit wie möglich vorgebeugt, beide Hände über dem Kopf. Bubba war rückwärts auf die Erde gefallen. Der Geruch von Pulver hing in der Luft, aber es war alles still. Nur die Klimaanlage summte. Candy unter mir rührte sich nicht.

Dann kam Francos Stimme hinter dem Torbogen hervor. »Kommen Sie, Felton«, sagte er. »Stehen Sie auf und kommen Sie zu mir herüber.«

Felton behielt die Hände über dem Kopf verschränkt und blickte auf mich.

»Nun kommen Sie schon«, drängte Franco. »Er schießt nicht. Er braucht Sie lebend, nicht wahr, Sportsfreund? Wenn du ihn erschießt, hast du gar nichts. Außerdem kann ich die Mexikanerin von hier aus umlegen, ohne hervorzukommen. Also tauschen wir. Felton marschiert und du kriegst die Mexikanerin, okay?«

Ich schwieg. Die Waffe hielt ich weiter auf den Torbogen gerichtet. Aus den Augenwinkeln warf ich einen schnellen Blick hinüber zu Felton. Er war keine Bedrohung, aber mit der Mexikanerin hatte auch ich nicht gerechnet.

»Nun bewegen Sie schon Ihren fetten Hintern, Felton, und kommen Sie«, rief Franco. »Oder wollen Sie hierbleiben?«

»Nein«, sagte Felton. Seine Stimme klang unnatürlich hoch. »Nein, ich komme.« Er stand auf und eilte watschelnd durch das Zimmer, um hinter dem Torbogen zu verschwinden.

»Wir hauen jetzt ab, Sportsfreund«, sagte Franco. »Ich gehe rückwärts hinaus mit Felton als Schutzschild. Er ist sogar fett genug, um mich abzudecken. Um an mich heranzukommen, mußt du erst ihn erledigen. Und was hast du dann?«

Ich schwieg. Unter mir konnte ich Candys stoßweisen Atem hören. Ich roch auch ihr Parfüm, nachdem sich der Pulverdampf zu verziehen begann. Von der Diele klangen schurrende Geräusche herüber, dann wurde die Haustür geöffnet und wieder geschlossen. Ich bewegte mich nicht. Franco hatte womöglich nur die Haustür aufgemacht und wieder geschlossen, ohne zu verschwinden. Und wenn ich durch den Torbogen gestürzt kam, konnte er mich mühelos abservieren.

»Du erdrückst mich«, stöhnte Candy mit erstickter Stimme.

Ich erhob mich und blieb außerhalb der Schußlinie vom Torbogen her neben der Couch stehen.

»Sind sie weg?« fragte Candy.

Ich legte den Finger an den Mund und schüttelte den Kopf. »Ich glaube, ja«, sagte ich laut genug, daß Franco mich gegebenenfalls hören konnte. Ich schlich mich bis zum Torbogen und wartete. Die Mexikanerin kauerte noch immer an derselben Stelle. Candy war auf der Couch liegengeblieben. Dann hörte ich die Haustür noch einmal aufgehen und zuklappen. Anschließend blieb es still. Ein Doppeltrick? Von draußen hörte ich das Zuschlagen einer Wagentür. Kein Doppeltrick. Ich schob mich gebückt um die Ecke des Torbogens. Franco konnte auch Felton rausgeschickt haben, um den Wagen in Gang zu setzen. Die Diele war leer. Ich öffnete die Haustür und sah die Schlußlichter eines Autos die Straße hinab verschwinden. Dann kehrte ich in den Wohnraum zurück.

»Dieser Halunke«, stieß ich mit Nachdruck hervor.

»Ich hätte dir nicht in den Arm fallen dürfen«, sagte Candy.

»Stimmt. Aber du hattest keine Möglichkeit zu überlegen.« Ich schaute auf Bubba hinab. Auf seiner Brust war Blut, und seine Augen standen offen.

»Ich hatte Angst, die Story würde mir durch die Lappen gehen«, entschuldigte sich Candy.

»Ich weiß.« Keine Streifzüge mehr am Strand von Venice, Bubba. Keine Schießereien mehr. Kein Sonnenöl und keine knapp sitzenden Badehosen.

»Aber ich habe dein Leben dafür aufs Spiel gesetzt«, sagte Candy.

»Das gehört zum Vertrag«, versetzte ich. Die Mexikanerin stand an die Wand gelehnt neben dem Torbogen und beobachtete uns.

»Und jetzt sind wir Sam Felton los«, meinte Candy.

Ich nickte. Die Mexikanerin verfolgte jede meiner Bewegungen. Sie ließ mich nicht eine Sekunde aus den Augen. »Wir müssen die Polizei benachrichtigen«, sagte ich zu Candy.

»Nein.«

»Doch. Ich habe vor einer Augenzeugin einen Mann erschossen. Daran führt kein Weg vorbei.« Ich sah die Mexikanerin an.

»Sprechen Sie englisch, Madam?« fragte ich.
»Nicht sprechen«, antwortete sie. *»Español.«*
»Siehst du«, sagte Candy. »Sie kann nicht einmal Englisch. Sie wird die Polizei ganz bestimmt nicht anrufen.«
»Sie behauptet, nicht Englisch zu sprechen«, korrigierte ich. »Das heißt noch lange nicht, daß sie es wirklich nicht kann. Es heißt auch nicht, daß sie keine Freunde hat, die Englisch sprechen. Oder daß es bei der Polizei von Los Angeles keine Spanisch sprechenden Beamten gibt. Kannst du Spanisch?«
»Nein. Warum?«
»Ich dachte, du könntest die Frau vielleicht beruhigen. Sie muß ziemlich verstört sein.«
Candy schüttelte den Kopf. »Ich kann leider kein Wort Spanisch.«
Ich bedachte die Mexikanerin mit einem Lächeln. »Okay«, sagte ich. »Es ist alles okay.«
Ich holte die Karte heraus, die mir Samuelson gegeben hatte, und ging zum Telefon.
Candy verfolgte mich mit Panik im Blick. »Kannst du nicht Sam Feltons Namen aus der Sache heraushalten?«
»Du scheinst noch unter Schockwirkung zu stehen«, sagte ich. »Sonst müßtest du selber wissen, wie unmöglich das ist. Dies hier ist sein Haus. In seinem Wohnzimmer liegt eine Leiche. Ich kann ihn unmöglich heraushalten.«
»Aber er ist mein entscheidender Zeuge.«
»Nicht mehr. In ein oder zwei Tagen wird man ihn irgendwo tot auffinden.«
»Sie werden ihn umbringen?«
»Ohne jeden Zweifel«, bestätigte ich. »Deshalb hat Franco ihn mitgenommen. Du hast gesehen, wie leicht man ihn hätte zum Reden bringen können. Franco wußte das. Und das wissen auch die Leute, die Franco bezahlen. Felton ist ein toter Mann.«
»O Gott«, stöhnte Candy.
»Traurig, aber wahr«, sagte ich. »Wen wir jetzt noch haben, ist Franco. Er dürfte sich als härtere Nuß erweisen.«
Ich wählte die Nummer von Samuelson. Der Polizist, den man kennt, ist besser als der Polizist, den man nicht kennt.

17

Samuelson trug noch immer seine getönte Brille, obwohl es inzwischen fast Mitternacht war. Außer Samuelson waren ein Vertreter vom Sheriffsbüro, zwei uniformierte Polizisten, ein Labortechniker mit Fotoapparat sowie ein Rechtsanwalt zugegen, den KNBS nach einem Anruf von Candy herübergeschickt hatte. Einer der uniformierten Polizisten, der ein Namensschild mit der Aufschrift LOPEZ trug, verhörte die Mexikanerin in spanischer Sprache. Samuelson und der Vertreter des Sheriffs redeten mit Candy und mir englisch. Eine Menge Englisch.

Samuelson hatte seinen Mantel geöffnet und die Hände in die Taschen gebohrt. Diese Körperhaltung ließ seine Dienstwaffe sehen, die mit dem Griff nach vorn in einem Halfter an der linken Seite seines Gürtels steckte. Er schaute an uns vorbei durch die breiten Fenster auf die Lichter der Stadt weit unten. Bubba war bereits abgeholt worden. Wo sein Körper gelegen hatte, zeigten nur noch ein paar Kreidestriche die Umrisse auf dem Teppich. Innerhalb der Lageskizze war ein großer dunkler Blutfleck.

»Also fassen wir noch einmal zusammen, ob ich jetzt alles richtig verstanden habe«, sagte Samuelson, ohne seinen Blick vom Fenster zu wenden. »Rafferty sah oder sagte, er habe gesehen, wie Sam Felton einem Ganoven namens Franco irgendwelche Schmiergelder zusteckte. Das hat er Ihnen erzählt. Sie begannen zu recherchieren, engagierten Spenser hier . . .«

»Der Sender hat Spenser engagiert«, unterbrach der Anwalt.

Samuelson beachtete ihn gar nicht. ». . . um Sie vor Schwierigkeiten zu bewahren.« Er schwieg sekundenlang, musterte mich kurz, sagte: »Gute Arbeit«, und starrte dann wieder zum Fenster hinaus. »Trotz Ihrer Warnungen«, fuhr Samuelson fort, »knöpfte Rafferty sich Felton allein vor und wurde erschossen. Sie sahen keinen besonderen Grund, mich davon in Kenntnis zu setzen, sondern fuhren statt dessen in Spensers Begleitung hierher, um Felton zur Rede zu stellen. Bis derselbe Ganove namens Franco – der Sie im übrigen bereits zusammengeschlagen und Sie verfolgt hatte, was Sie mir gegenüber zu erwähnen trotzdem nicht für nötig hielten – bis also dieser Franco mit einem Helfer auftauchte und versuchte, Sie von hier wegzuschleppen. Es gelang ihm jedoch nur, mit Felton zu verschwinden, da Spenser ihn mit einer Waffe bedrohte. Und Spenser schaffte es auch, diesen Helfer umzulegen, ohne sich selbst in den Ellbogen zu schießen. Stimmt das in etwa?«

»Es gibt da einige Aspekte in dieser Zusammenfassung«, wandte der Anwalt ein, »die unterstellen . . .«

»Ja, das stimmt in etwa«, sagte ich.

Der Anwalt war beleibt, rotgesichtig und jung und trug einen blauen Anzug von europäischem Schnitt, der nicht zu seiner Figur paßte. Dazu ein weißes Hemd mit Schillerkragen und Klappmanschetten, die weit aus den Ärmeln herausragten.

»Also, hören Sie mal«, beschwerte er sich, »ich kann Sie nicht vertreten, wenn Sie . . .«

»Sie vertreten Miss Sloan, nicht mich«, fiel ich ihm ins Wort.

»Nun halten Sie doch nicht den ganzen Betrieb auf, Herr Rechtsanwalt«, ergriff der Vertreter des Sheriffs das Wort.

Der Anwalt wandte sich jetzt ihm zu. »Einen Moment mal! Wenn Sie glauben, mit Einschüchterungsversuchen weiterzukommen, sind Sie bei mir an den Falschen geraten.«

Samuelson hob den Blick zur Zimmerdecke.

»Einschüchterung«, wiederholte der Vertreter des Sheriffs verächtlich. »Das war keine Einschüchterung. Wenn ich jemanden einschüchtere, werden Sie das schon merken.«

»Beabsichtigen Sie unter klarer Verletzung der verfassungsmäßigen Grundrechte Anklage gegen diese beiden Personen zu erheben?« wollte der Anwalt wissen.

»Ich werde die beiden beschuldigen, ein Paar Arschlöcher zu sein«, sagte Samuelson. »Und ich werde mit dem Staatsanwalt besprechen, ob ich sonst noch irgendwelche Anschuldigungen erhebe. Wie steht es mit dir, Bernie?«

Der Vertreter des Sheriffs nickte. »Die Haushälterin bestätigt im Prinzip die Aussage der beiden. Sie hat zu Lopez gesagt, daß der Große« – er bedachte mich mit einem Kopfnicken –, »sehr schnell schießt.«

»Na fabelhaft«, sagte Samuelson. »Noch so einen Typ haben wir hier draußen dringend gebraucht.«

»Suchen Sie nach Sam Felton?« erkundigte sich Candy.

Samuelson warf einen Blick zu Bernie hinüber, dem Vertreter des Sheriffs. Dann sahen sie beide mich an. »Haben Sie irgendwelche Vermutungen, wo wir Felton finden könnten?« fragte Bernie.

»Nicht wo«, antwortete ich. »Aber über seinen Zustand würde ich eine Wette abschließen.«

»Ja«, sagte Samuelson. »Auf jeden Fall dürfte sein Zustand jetzt schlechter sein, als wenn Sie mir von vornherein reinen Wein eingeschenkt hätten.«

»Wie kommen Sie darauf, Felton wäre nicht umgelegt worden, wenn die Polizei die Sache in die Hand genommen hätte?« fragte ich.

»Weil wir das verhindert hätten«, sagte Samuelson.

»Natürlich«, nickte ich.

Der Labortechniker hatte seinen Fotoapparat in einer Ausrüstungstasche verstaut und stand abwartend an den Torbogen gelehnt. Von der Diele her rief Lopez zu Samuelson herüber, er würde die Haushälterin jetzt zum Übernachten zu ihrer Schwester bringen.

»Ich fahre jetzt auch nach Hause und statte meiner Frau einen Besuch ab«, meinte Samuelson. »Sie bleiben im Lande, Spenser. Ich will Sie beide morgen in meinem Büro sehen, um die Verbrecherkartei durchzublättern. Ich werde mit den Leuten von der Staatsanwaltschaft reden, und wir werden sehen, wie es weitergeht. Miss Sloan ist Reporterin, und Sie haben sie beschützt. Lassen Sie mich aber trotzdem eins sagen. Zu Ihnen beiden. Ich möchte weder Sie, Miss Sloan, noch Sie, Spenser, je wieder auch nur im entferntesten Dunstkreis dieser Affäre antreffen. Haben Sie verstanden?«

»Ich glaube, darauf können Sie sich verlassen«, sagte der Anwalt.

»Das will ich hoffen«, versetzte Samuelson. »Andernfalls werde ich die beiden festnehmen. Und das, Herr Rechtsanwalt, ist eine Einschüchterung.« Er verließ den Raum, gefolgt von dem Labortechniker und dem Vertreter des Sheriffs. Übrig waren nur noch der Anwalt, Candy, ich und der Streifenwagen-Polizist, der abkommandiert war, das Haus zu sichern.

»Kann ich Sie noch zu Hause absetzen, Candy?« fragte der Anwalt.

»Nein, vielen Dank, Keith. Ich habe meinen Wagen hier. Spenser werde ich mitnehmen.«

»Okay, wunderbar. Seien Sie vorsichtig, falls Sie die Geschichte irgendwo erwähnen«, warnte er und sah mich dabei an.

»Ja, wir werden aufpassen, Keith«, sagte Candy. »Gute Nacht.«

Wir gingen zusammen hinaus, und Keith fuhr los. Ich stieg zu Candy in den MG. Auch wir fuhren ab und rollten langsam die Serpentinen hinunter zum Sunset.

»Franco wird bestimmt in der Verbrecherkartei sein«, sagte ich zu Candy. »Typen wie er sind immer aktenkundig.«

Sie schwieg, während wir langsam durch die dunkle Leere von Beverly Hills fuhren.

»Wenn wir ihn erst einmal identifiziert haben, wird ihn die Polizei ausfindig machen. Darauf ist sie spezialisiert.«

Ich war nicht sicher, ob Candy mir überhaupt zuhörte. Das

Verdeck des MG war noch immer zurückgeklappt, und die samtdunkle Nacht schien uns fast zu streifen.

»Viel besser als wir«, fügte ich hinzu.

In der Luft hing ein schwerer Duft von Blumen, der mich unwillkürlich an Begräbnisse denken ließ. Wir überquerten den Wilshire, dann den Olympic und hielten schließlich unter dem Baldachin vor dem Hillcrest. Es stand ein Hotelangestellter bereit, um den Wagen wegzufahren. Erst die Pflicht, dann der Schlaf. Von der Dachterrasse klang keine Musik herab. Candy verschwand wortlos in ihr Zimmer und schloß hinter sich ab. Ich ging in das meine. Es war heiß. Ich stellte die Klimaanlage an und zog mich im Dunkeln aus. Als ich meine Pistole auf den Nachttisch legte, konnte ich noch immer den schwachen Geruch verschossener Munition wahrnehmen. Er gefiel mir nicht. Bubba hatte er wahrscheinlich auch nicht gefallen. Falls er ihn gerochen hatte. Was nicht anzunehmen war.

18

Mit ein bißchen Zauberei des Computers identifizierten wir Franco in etwa fünf Minuten. Sie hatten sämtliche Ganoven kreuz und quer mit Namen, Spitznamen, Pseudonymen und diversen anderen Merkmalen gespeichert, und nachdem wir die diversen Einzelheiten, die wir wußten, eingefüttert hatten, spuckte der Computer fünf Namen aus. Wir betrachteten die fünf Fotos, und das dritte zeigte Franco. Sein voller Name war Francisco Montenegro. Seine letzte Adresse lautete: Hollywood, Franklin Avenue. Er war einundvierzig Jahre alt und sechsmal verhaftet worden. Zweimal hatte er im Gefängnis gesessen. Alle seine Verhaftungen waren wegen Gewalttätigkeiten erfolgt: Körperverletzung, Erpressung, zweimal wegen Mord.

Wir sprachen mit Samuelson und einem Detektiv namens Alvarez in Samuelsons Büro.

»Ich kenne Franco«, sagte Alvarez. »Er ist gefährlich. Früher hat er für einen Kredithai namens Leon Ponce als Geldeintreiber gearbeitet. Vielleicht macht er das noch immer. Gegen Bezahlung bringt er für seine Auftraggeber Leute um. Oder er bricht ihnen die Knochen.« Er sah mich an. »Sie kennen das Spiel, nicht wahr? Er ist wie hundert andere Kerle hier in dieser Stadt oder in Ihrer. Höchstens noch ein bißchen mieser als die meisten seiner Sorte. Sie haben Glück gehabt. Im allgemeinen kommen Leute, die mit Franco zusammentreffen, nicht lebend davon.«

Das Telefon auf Samuelsons Schreibtisch läutete. Er nahm den Hörer ab, horchte, sagte »okay«, und legte wieder auf.

»Franco wohnt nicht mehr auf der Franklin Avenue«, teilte er uns mit. Es schien keinen zu überraschen. »Ich habe heute früh in Boston angerufen«, fuhr er fort, »und mit einem Sergeanten vom Morddezernat namens Belson gesprochen. Er hat mir bestätigt, daß Sie in Ordnung sind.«

»Nicht die Möglichkeit«, sagte ich.

»Ich habe ihm berichtet, daß wir Ihnen Unterschlagung von Beweismaterial vorwerfen können und ihn gefragt, was er von einer Anklageerhebung halte. Er meinte, wenn er zu entscheiden hätte, würde er darauf verzichten. In Freiheit würden Sie der Welt wahrscheinlich nützlicher sein als hinter Gittern.«

»Und was sagt die Staatsanwaltschaft?«

Samuelson grinste. »Die sagen, sie seien total überlastet.«

»Sie werden sich also nach Belsons Auskunft richten?«

»Ja.«

Das Telefon auf Samuelsons Schreibtisch läutete wieder. Samuel sagte: »Ja. Ja. Ja, damit haben wir gerechnet. Okay, ich komme hinaus. Ja.« Er legte auf und erläuterte: »Sie haben Felton gefunden. In einer Müllgrube hinter einem *Holiday Inn* draußen in Westwood.«

»Tot?« fragte Candy.

Samuelson nickte. »Ich fahre jetzt raus«, sagte er. »Sie sind Reporterin. Wollen Sie mitkommen?«

»Darf ich vorher noch im Sender anrufen, daß sie einen Kameramann schicken?«

Samuelson wies auf den Telefonapparat. »Wählen Sie erst eine acht«, sagte er. »Das heißt wohl, daß Sie auch mitkommen, wie?« meinte er mit einem Blick auf mich.

Ich nickte.

»Falls wir auf irgendeinen Hinweis stoßen, bemühen Sie sich, nicht draufzutrampeln. Okay?«

»Ich bin schon dankbar, wenn ich zugucken darf«, versetzte ich. »Vielleicht kann ich ein paar besondere Polizeitechniken lernen.«

Candy hatte ihr Telefonat beendet, und wir fuhren los.

Die fünf Stockwerke oberhalb der Lobby des Westwood-Holiday Inn auf dem Wilshire sind offene Parkebenen mit taillenhohen Einfassungsmauern. Man fährt eine Allee neben dem Hotel entlang und dann eine Rampe hinauf, und schon ist man oben. Es gibt keinen

Wächter und keine Kontrolle darüber, wer hinauffährt.

Hinter dem Hotel befand sich ein kleiner Hof mit einer großen Müllgrube. Jenseits der Müllgrube war eine hohe Betonmauer, und dahinter erstreckten sich adrette, überwiegend weiß getünchte Häuser mit roten Dachziegeln hinunter zum Santa Monica und noch weiter. Von sämtlichen Parkebenen aus konnte man den Turm des Mormonen-Tempels auf dem Santa Monica sehen und auf dessen Spitze eine männliche Statue, die entweder Joseph Smith oder den Engel Moroni darstellen sollte. Vielleicht war diese Statue das letzte gewesen, was Felton erblickt hatte.

Felton lag noch so in der Müllgrube, wie sie ihn gefunden hatten, mit abgespreizten Armen und Beinen, das Gesicht nach unten. Er trug dieselben Sachen, in denen wir ihn zuletzt gesehen hatten, in den langen Haaren an seinem Hinterkopf klebte angetrocknetes Blut. Halb war er schon von Abfall bedeckt.

Ein farbiger Detektiv mit einem graumelierten Vollbart und Schnäuzer sprach mit Samuelson. »Ich vermute, er wurde woanders erschossen, vielleicht auf einer der Parkebenen, und erst danach hier hereingeworfen. Wenn meine Annahme stimmt, möchte ich sagen, er wurde über die Ecke dort oberhalb der Müllgrube geschmissen, denn er ist ziemlich tief eingesunken. Er muß mit einiger Wucht aufgetroffen sein.« Der Polizeibeamte kam mir bekannt vor, bis ich merkte, daß er wie Billy Eckstine aussah.

»Hatten Sie schon Gelegenheit, mit irgend jemand zu sprechen?« fragte Samuelson.

»Der Hotelmanager sagt, niemand hätte etwas Ungewöhnliches gemeldet. Er selbst war vergangene Nacht nicht im Haus. Der Nachtportier ist auf dem Weg hierher. Mit den Gästen habe ich noch nicht gesprochen. Der Manager würde das am liebsten verhindern.« Es konnte nicht Billy Eckstine sein, die Stimme war völlig anders. Vielleicht, wenn er ein paar Zeilen von *»I Apologize«* sang. Ich entschied mich, lieber nicht darum zu bitten. Schon weil mich niemand hier gut genug leiden mochte.

»Ich mache ihm keinen Vorwurf daraus«, sagte Samuelson. »Aber wir befragen die Hotelgäste trotzdem. Lassen Sie zwei Ihrer Leute vom Obergeschoß aus anfangen, und nehmen Sie sich mit Ihrem Kollegen die unteren Etagen vor. Achten Sie auch auf die Zimmer, in denen sich im Moment niemand befindet. Wir wollen wissen, ob die Leute ausgezogen sind oder ob sie zurückkommen.«

Der farbige Detektiv nickte und verzog sich. Ein Kameramann war eingetroffen und konferierte mit Candy. Er hatte eine Kamera geschultert und eine große schwarze Umhängetasche und war gekleidet, als befände er sich auf dem Weg zu einer Suppenküche. Abgesehen von Moderatoren, die auf dem Bildschirm erschienen, war ich noch nie Fernsehleuten begegnet, die anders angezogen waren, als bekämen sie einen Preisnachlaß bei Woolworth.

Ich folgte Samuelson auf das erste Parkdeck, während er die Einfassungsmauer und den Boden zu untersuchen begann und sich gelegentlich bückte, um unter die Wagen zu spähen.

»Falls er nicht gerade eine Automatic benützt hat, werden keine Patronenhülsen herumliegen«, meinte ich. »Und selbst dann dürfte er sie aufgesammelt haben.«

Samuelson ignorierte mich.

»Sie haben allerdings recht, daß er ihn wohl kaum im Wagen erschossen haben wird«, fuhr ich fort. »Er hat sicher vermeiden wollen, Blut auf die Polster zu kriegen oder Brandstellen oder Einschußlöcher. Das wäre belastend.«

Samuelson ließ sich zu einem Liegestütz nieder, um auf den Zementboden unter einem weißen Pontiac Phoenix mit einem Mietwagen-Aufkleber an der unteren linken Ecke der Windschutzscheibe zu gucken. Er suchte den Boden lange und sorgfältig mit den Blicken ab, ohne seine Kleidung schmutzig zu machen, und stand dann wieder auf. Er rieb die Hände aneinander, um den Staub zu entfernen, und ging weiter. Ich folgte ihm.

Auf dem dritten Parkdeck fand Samuelson auf der niedrigen Randmauer einen Schmierfleck, der Blut sein konnte. Unten waren sie dabei, Feltons Leiche aus der Müllgrube zu holen. Ein Beamter in Zivil mit einer karierten Jacke überwachte den Vorgang. Samuelson rief zu ihm hinunter.

»Bailey, kommen Sie herauf.«

Der Beamte mit der karierten Jacke setzte sich in Bewegung. Als er oben ankam, wies Samuelson auf den Schmierfleck. »Stellen Sie fest, ob das Blut ist«, sagte er.

Bailey erwiderte, er würde sich sofort ans Werk machen. Samuelson setzte seine Tour fort. Ich folgte ihm. Draußen auf der Straße ließ Candy eine Einstellung vor dem Holiday Inn drehen. Die Vogelscheuche mit der Kamera war etwa einen Meter fünfzig auf den Wilshire hinausgetreten, um sie aufzunehmen, und ein uniformierter Polizist dirigierte den Verkehr um ihn herum.

Als wir auf das oberste Parkdeck kamen und Samuelson mit der Untersuchung fertig war, stützte er sich mit den Unterarmen auf die Einfassungsmauer und starrte hinunter auf den Wilshire Boulevard.

In einiger Entfernung zur Linken hinter ein paar Apartmenthäusern und einer Nachbarschaft von kleinen gepflegten Villen konnte man hier und da die Gebäude der University of California at Los Angeles gegen die grünen Hügel aufragen sehen.

»Was denken Sie?« fragte er.

»Wir haben Ihnen gestern abend alles gesagt, was wir wußten«, antwortete ich.

»Vielleicht«, sagte er, »vielleicht nicht. Aber im Augenblick bin ich an Ihrer Meinung interessiert. Aus Boston habe ich gehört, daß Sie wirklich ein echter Könner sind. Also, was denken Sie?«

»Eine Menge von dem, was Sie denken. Daß Felton von Franco vergangene Nacht hierher gebracht und erschossen wurde, weil Franco überzeugt war, Felton würde alles, was er wußte, auspacken und sich noch einiges dazu aus den Fingern saugen, wenn er gründlich in die Mangel genommen würde.«

»Und weiter?«

»Ich glaube, Franco ist nur eine angeheuerte Kraft. Er ist zwar ein besonders mieser Typ, aber nur von kleinem Kaliber. Die Geschichte, die Candy aufzudecken versucht, ist ein dickes Ding. Franco gehört zu der Art von Ganoven, die Nutten auspressen und kleine, illegale Buchmacher und Mexikaner mit gefälschten Papieren.«

Samuelson nickte. »Aber wer beschäftigt ihn?«

»Genau weiß ich das nicht. Aber tippen würde ich auf den Leiter von Summit Studios.«

»Hammond«, sagte Samuelson. »Noch etwas darüber hinaus, was Sie mir gestern abend erzählt haben?«

»Nein«, erwiderte ich. »Er müßte von Feltons Machenschaften so oder so gewußt haben. Er behauptete jedoch, keine Ahnung zu haben. Er war zu entgegenkommend, zu unschuldsvoll und dann zu wütend. Er steckt in der Geschichte drin, darauf wette ich ein Essen bei *Perino*.«

»Sagen wir im *Pink*«, meinte Samuelson. »Das kann ich mir eher leisten, falls ich verliere. Wie steht es mit Brewster?«

»Ich weiß nicht. Ich bin ihm nur einmal begegnet. Er könnte auch mit drinstecken. Kein Mann, der es bis zu seiner Position gebracht hat, kann es sich leisten, besonders pingelig zu sein.«

»Und er steckt hinter diesen Erpressungen? An wen geht das Geld?« wollte Samuelson wissen.

Ich schüttelte den Kopf. »Hier ist Ihr Revier, nicht meins. Haben Sie keine Vermutungen? Wie sieht es mit dem Burschen aus, für den Franco als Eintreiber tätig war?«

»Leon Ponce? Nein. Der ist dafür ein zu kleiner Pinscher. Ein Unternehmen wie Summit oder Oceania zu melken . . . Dazu hat Leon nicht die richtigen Verbindungen. Oder den Mumm. Das ist ein paar Nummern zu groß für ihn.«

Auf der gegenüberliegenden Straßenseite trat eine Frau in einem rosa Morgenrock auf den Balkon, um ihre Blumen zu gießen. Sie trug eine durchsichtige Plastiktüte auf dem Kopf. Wahrscheinlich hatte sie sich gerade die Haare gefärbt.

»Einen Augenblick mal«, sagte ich.

Samuelson sah mich an.

»Eine bedeutende Filmgesellschaft anzuzapfen, kann man doch wohl als größere Aktion betrachten, nicht wahr?« fragte ich.

Samuelson nickte. »Das habe ich doch gerade gesagt.«

»Aber diese Operation wird ziemlich dilletantisch durchgeführt«, meinte ich.

»Zum Beispiel?«

»Zum Beispiel herrscht ein ziemliches Durcheinander«, erklärte ich. »Erst wird eine Fernsehreporterin zusammengeschlagen, dann werden zwei Leute ermordet, darunter ein Filmregisseur. Ich habe zwar noch nie von Felton gehört, aber er kann nicht völlig unbekannt gewesen sein.«

»Und weiter?«

»Wie paßt es ins Bild einer großangelegten Aktion, einen Ganoven wie Franco herumzuschicken, um Bargeld von einem Regisseur bei Außenaufnahmen zu kassieren? Der sich noch dazu dabei beobachten läßt? Wenn das Syndikat Roger Hammond in der Hand hätte, würden die da nicht anders vorgehen?«

»Doch«, bestätigte Samuelson. »Doch, das stimmt. Sie würden sich Anteile an der Gesellschaft beschaffen, Kreditüberweisungen und andere Transaktionen auf dem Papier vornehmen, von denen ich noch nicht einmal den Namen weiß. Und es würde fünf Buchprüfer fünf Jahre kosten, um auszurechnen, wieviel wer bekommen hat.«

»Genau«, sagte ich.

»Vielleicht haben wir bisher in die falsche Richtung gedacht«, meinte Samuelson.

»Vielleicht betreibt Franco sein eigenes Geschäft«, ergänzte ich. »Vielleicht geht es überhaupt nicht höher.«

»Was ist mit diesem Gefühl in bezug auf Hammond?« fragte Samuelson. »Das Essen bei *Perino*, das Sie darauf wetten wollen?«

»Hatten wir uns nicht auf eine Portion Chili bei *Pink's* geeinigt?«

»Das war, als ich dachte, ich würde verlieren«, meinte Samuelson.

Ich schüttelte den Kopf. »Vielleicht irre ich mich. Ich bin zu lange in diesem Geschäft, um zu glauben, daß ich keine Fehler mache. Auf jeden Fall hat Hammond wegen irgend etwas ein schlechtes Gewissen. Um was es dabei geht, weiß ich nicht. Und ob es mit Franco zu tun hat . . .?« Ich zuckte die Achseln.

»Also, machen wir uns zuerst einmal auf die Suche nach Beweisen«, sagte Samuelson. »Falls Felton regelmäßige Zahlungen an Franco geleistet hat, muß das Geld ja irgendwo hergekommen sein. Morgen früh werde ich gleich jemand darauf ansetzen. Ich glaube, wir haben noch nicht genug in der Hand, um eine Überprüfung der Geschäftsbücher von Summit durchsetzen zu können. Bisher beruht ja alles nur auf Ihrer Vermutung. Ich bin nicht sicher, daß sich die Justizbehörden Kaliforniens damit zufriedengeben werden.«

»Kein Wunder«, versetzte ich, »daß sich unsere Justiz in einer Krise befindet.«

19

Candy und ich aßen im *Mandarin* in Beverly Hills mit einem Burschen namens Frederics zu Mittag, der der Nachrichtenchef bei KNBS war. Candy und Frederics hatten beide Geflügelpastete bestellt, während ich an einem Lammbraten auf mongolische Art mit Lauchgemüse arbeitete und dazu Kirin-Bier trank. Alles war elegant und *cool*, einschließlich Frederics, der aalglatter war als der Weg zur Hölle. Seine dunklen Haare waren in der Mitte gescheitelt und zurückgebürstet. Er trug ein schneeweißes Hemd mit kleinem, runden Kragen und einer schmalen Krawatte mit dezenten Streifen. Dazu einen weißen Häkelpullover mit V-Ausschnitt, den er in hauteng sitzende Ralph-Lauren-Jeans gesteckt hatte, und Cowboy-Stiefel aus Eidechsenleder. Ich zerbrach mir vergeblich den Kopf, wo er sein Geld verstaut haben mochte, denn eine Brieftasche hatte in den Jeans keinen Platz.

Frederics trank Weißwein zu seiner Geflügelpastete. Er nahm einen Schluck, stellte das Glas ab und sagte zu Candy: »Ja, also nach Rücksprache mit Mark Samuelson und anderen ist die Leitung des Hauses – und ich kann mich da den Herren nur anschließen – zu dem Schluß gelangt, daß für uns wirklich keine Story mehr drin ist und daß für Sie, Candy, auch weiter keine Gefahr mehr besteht. Mark sagt, Sie seien da der gleichen Meinung, Mr. Spenser.«

Candy beschäftigte sich mit ihrer Geflügelpastete, während ich antwortete.

»Sie sind doch nicht etwa *der* Frederics von Hollywood oder doch?«

So geschniegelt er auch sein mochte, auf den Arm nehmen ließ sich Frederics nicht. Er schüttelte kurz den Kopf. »Sind Sie mit Mark einer Meinung?« fragte er.

»Mit Mark?« Ich warf einen Blick auf Candy. Sie mümmelte noch immer an ihrer Pastete. »Ja, ich stimme mit Samuelson überein, daß sich Candy wahrscheinlich nicht mehr in Gefahr befindet. Ob damit auch die ganze Story gestorben ist, wage ich nicht so ohne weiteres zu beurteilen.«

»Nun, das ist sowieso eine Entscheidung, die wir zu treffen haben«, sagte Frederics.

»Ja.«

»Damit blasen wir die Geschichte also ab«, wandte er sich an Candy.

»Sie ist aber noch nicht gestorben, John. Es ist eine Story, die wir weiter verfolgen müßten. Es steckt mehr dahinter, als die Polizei glaubt. Nicht wahr, Spenser?«

»Natürlich wird er das bestätigen«, sagte Frederics. »Sein Honorar steht auf dem Spiel.« Er sah mich an. »Verstehen Sie mich nicht falsch. Ich mache Ihnen keinen Vorwurf daraus, aber Sie sind kaum als objektiv zu betrachten.«

Ich fragte: »Wo tragen Sie Ihre Brieftasche?«

»Wie bitte?« fragte er zurück.

Ich wiederholte: »Ihre Brieftasche. Wo haben Sie die stecken? Ihre Hosen sind zu eng, um die Brieftasche in der Tasche zu tragen.«

»Spenser«, sagte er, »ich habe Sie zum Essen eingeladen, weil Candy mich darum gebeten hat. Ich sehe keinen Grund, unhöflich zu sein.«

»Ja, natürlich. Sie sehen nur so verdammt schnuckelig aus, daß ich ganz eifersüchtig bin. Und vielleicht ein bißchen, weil sich Candy so wegen dieser Story abgestrampelt hat und Sie ihr jetzt nicht erlauben, diese Arbeit zu Ende zu führen.«

»Das ist eine Geschäftsentscheidung«, erklärte Frederics. »Und eine Frage journalistischer Beurteilung.« Er sah Candy an. »Der Beschluß ist getroffen worden und endgültig.«

Ich hielt den Mund. Schließlich war es Candys Karriere, nicht meine. Sie starrte wortlos auf den Tisch.

»Wir zahlen Ihnen natürlich die volle Woche«, wandte sich Frederics an mich. »Sie haben gute Arbeit geleistet, und Sie verdienen einen Bonus. Selbstverständlich auch den vollen Spesensatz. Nehmen Sie sich ein paar Tage und amüsieren Sie sich, bevor Sie wieder nach Hause fliegen.«

»Ich kündige«, sagte ich.

»Wie meinen Sie das?«

»Ich kündige. Hier und jetzt. Heute. Diese Minute. Ich arbeite nicht mehr für Sie.«

»Sie wollen das Geld nicht?«

»Junge, Sie merken aber wirklich auch alles, wie?« sagte ich.

»Sie wollen es nicht?«

»So ist es«, bestätigte ich.

Wir schwiegen alle drei. Nach Beendigung des Mittagessens erkundigte sich Frederics bei Candy, ob sie ihren Wagen mit hätte. Sie bejahte. Dann zeichnete Frederics die Rechnung ab, und wir brachen auf. Ich habe nie erfahren, wo er seine Brieftasche trug. Vielleicht hatte er überhaupt keine bei sich. Wenn man so geschniegelt ist, zeichnet man vielleicht einfach nur alles ab. Irgend jemand hat immer einen Federhalter bei sich.

»Fahr du«, sagte Candy.

»Hast du die Absicht, dich irgendwo vollaufen zu lassen?« fragte ich.

Sie nickte.

Ich fuhr den Wilshire in Richtung Downtown hinab und fand eine Parklücke in der Hope Street. Während der ganzen Zeit sagte Candy kein Wort. Der Wind zerzauste ihr Haar, und sie starrte unverwandt durch die Windschutzscheibe.

»Im Dachgeschoß des Hyatt-Regency gibt es eine nette Bar«, sagte ich.

Candy bedeutete ihr Einverständnis mit einem Kopfnicken. Wir betraten die schicke Halle des Hyatt und fuhren mit dem Fahrstuhl nach oben. An einem Fenstertisch, von dem aus man Downtown L.A. überblickte, bestellte Candy einen Jack Daniels on the Rocks. Ich trank ein Coors Bier. Für die Politik von Adolph Coors habe ich nie viel übrig gehabt, aber auch die Politik anderer gefiel mir nicht besonders. Jedenfalls braute er anständiges Bier. Ohne Krebserreger. Im Südosten ragte ein alter Wolkenkratzer auf, aus grünem Stein gebaut wie Bullocks auf dem Wilshire oder das Franklin Life Building. Das alte Los Angeles. Natürlich nicht älter als etwa aus dem Jahre 1936. Boston hatte damals schon seit 306 Jahren existiert. Rom andererseits noch sehr viel länger. Es kommt eben immer auf die Perspektive an.

»Was wirst du nun machen, Baby?« fragte ich.
»Es gibt sie«, erwiderte Candy. »Die Story ist vorhanden.«
»Vielleicht.«
»Nicht vielleicht. Du hast selbst gesagt, daß Hammond etwas verbirgt.«
»Ja, aber vielleicht ist das, was er verbirgt, nicht dasselbe, nach dem du auf der Suche bist.«
»Ich weiß, es stinkt etwas bei der Summit. Ich weiß es.«
»Weibliche Intuition?«
Sie leerte ihren Bourbon. »Es stinkt etwas«, wiederholte sie ohne zu lächeln.
»Du willst weiter nachforschen?«
Die Serviererin brachte uns eine zweite Runde.
Candy nahm einen kräftigen Schluck Jack Daniels. »Vielleicht habt ihr beide recht, du und Samuelson, wegen Franco und Felton. Vielleicht war es wirklich nur eine kleine Erpressung. Aber warum ihn dann umlegen?«
»Ich glaube nicht, daß Töten für Franco eine große Sache ist. Es war vielleicht leichter für ihn, als Felton am Leben zu lassen.«
Sie schüttelte den Kopf. »Nein. Wenn Franco nur auf eine kleine Erpressung aus war, warum hätte Felton ihn dann herbeirufen sollen? Was für einen Grund hätte Franco gehabt, Felton zu töten? Er muß befürchtet haben, daß irgend etwas herauskommt.«
Ich nickte. Unverbindlich.
»Wenn deine Theorie stimmt, hätten wir nicht mehr bekommen, als den Beweis für Erpressung. Sam Felton zu erschießen, hätte die Sache bloß noch schlimmer gemacht. Franco mußte wissen, daß er sofort verdächtigt werden würde. Es ist wenig sinnvoll, sich lieber wegen Mordes suchen zu lassen als wegen Erpressung.«
Ich nickte wieder. Die Serviererin blickte auf Candys leeres Glas. Candy nickte. Dann blickte die Serviererin auf mich. Ich schüttelte den Kopf. Die Serviererin nahm Candys leeres Glas mit und verschwand, um ein gefülltes zu holen.
»Weswegen er Felton auch erschossen haben mag, es muß etwas Schlimmeres gewesen sein als eine Mordanklage«, sagte Candy.
Die Serviererin erschien mit dem frischen Bourbon. Candy trank einen Schluck. Dann hob sie die Hand und zog die Augenbrauen empor. »Was könnte schlimmer sein als eine Mordanklage?« wollte sie wissen.
»Selbst umgebracht zu werden«, antwortete ich.
»Wer würde ihn umbringen?«

»Das Syndikat.«

Candy nahm einen weiteren Schluck Bourbon und behielt ihn im Mund, während sie über meine Antwort nachdachte. Dann schluckte sie und fragte: »Warum?«

Ich schüttelte den Kopf. »Das weiß ich auch nicht. Ich weiß nicht einmal, ob ihn das Syndikat überhaupt umbringen will, aber betrachte die Sache einmal unter diesem Gesichtspunkt. Wenn du einen Mord begehst, wirst du von der Polizei verfolgt. Erwischen sie dich, wirst du normalerweise nicht erschossen. Es kommt vor. Aber es ist nicht die Regel. Dir wird der Prozeß gemacht, und es dauert fünf Jahre, bis es zu einer Verurteilung kommt, wenn du einen einigermaßen tüchtigen Anwalt hast. Eine Todesstrafe wird so gut wie nie ausgesprochen. Und bei guter Führung wirst du vorzeitig entlassen. Niemand, der schon einmal gesessen hat, wird behaupten, daß das ein Vergnügen ist, aber es bedeutet auch nicht das Ende. Wenn du etwas machst, was dem Syndikat mißfällt, bedeutet das jedoch sehr wohl das Ende. Sie bringen dich um und verfahren nicht immer sehr sanft dabei.«

»Du sagst also«, meinte Candy und sprach das s nicht mehr ganz deutlich aus. »Du sagst also, daß Franco etwas mit Felton gemacht hat, von dem das Syndikat nichts wissen sollte?«

»Ich sage nur, daß es eine Erklärung wäre. Felton umzubringen, um zu verhindern, daß die Polizei etwas herausfindet, ergibt keinen Sinn.«

Candy schob ein wenig die Lippen vor.

»Andererseits«, fuhr ich fort, »handeln Typen wie Franco nicht immer sinnvoll. Es ist ihnen egal, ob Menschen zu Schaden kommen, und sie haben manchmal eigenartige Vorstellungen über ihren Ruf oder über ihre Selbstachtung. Deshalb tun sie bisweilen unlogische Dinge.«

»Selbss-achtung?«

»Natürlich. Auch Verbrecher haben ihren Ehrenkodex. Er läßt sich nur nicht mit normalen Maßstäben messen.«

Candys Augen begannen sich mit Tränen zu füllen, die ihr langsam über die Wangen kullerten. Ihr Gesicht verzog sich, und ihre Lippen zitterten ein wenig. Sie hob wieder ihr Glas Bourbon an den Mund.

»Willst du von hier weg?« fragte ich.

Sie schüttelte den Kopf.

»Dann hör auf zu weinen«, sagte ich. »Es ist sehr unpassend, in einem öffentlichen Lokal das heulende Elend zu kriegen.«

Sie leerte ihr Glas endgültig, machte der Serviererin ein Zeichen und wies auf das leere Glas. Dann sagte sie zu mir: »Ich gehe jetzt in den Waschraum und restauriere mich ein bißchen. Und ich weine nicht mehr.« Mit dem Wort »Waschraum« hatte sie wieder gewisse Schwierigkeiten. Aber sie stand auf und entfernte sich ohne zu schwanken.

»Noch eine Runde, Sir?« fragte die Serviererin. Ich nickte.

Die Hotelbar war fast leer am hellen Nachmittag, angenehm kühl und ruhig. Es gibt wenig Aufenthaltsorte, die reizvoller sind, als eine stille Cocktail-Lounge am hellichten Tag, wenn die Eiswürfel in den Gläsern klirren, der Barmixer mit steif gestärkter weißer Schürze hinter dem Tresen steht und im bernsteingelben Bier kleine Perlen aufsteigen. Völlig geräuschlos, abgeschieden von Glasscheiben und auf Entfernung, wirkte die City unten wie durch einen stereoskopischen Projektionsapparat betrachtet. Hier und dort, wo die Bauunternehmer noch nicht gewütet hatten, war noch etwas von der typischen Architektur der zwanziger und dreißiger Jahre übrig geblieben – solide gebaut und voller Zuversicht, ein bißchen Rokoko und ein bißchen Kaiserreich, sogar zwischen den Kriegen, hoffnungsvoll selbst noch während der Depression. Nun wurde das allmählich ausgelöscht von glitzernden Fassaden, spiegelndem Glas und oberflächlicher Tünche.

Candy kehrte mit erneuertem Make-up und entschlossen zusammengebissenen Lippen aus dem Waschraum zurück. Sie nahm wieder Platz und trank einen Schluck Bourbon. Ich hob ihr mein Bierglas entgegen.

»Dann also auf ein Neues«, sagte ich.

Sie lächelte etwas gezwungen.

»Soll ich weiter hierbleiben?« fragte ich.

»Ich kann dich nicht bezahlen.«

»Vielleicht bekomme ich einmal einen Verdienstorden dafür.«

»Ich kann es wirklich nicht.«

»Das geht schon in Ordnung«, sagte ich.

»Du könntest zu mir in meine Wohnung ziehen«, meinte Candy. »Das würde wenigstens die Hotelkosten sparen. Dein Rückflug-Ticket hast du doch schon, nicht wahr?«

»Ja.«

»Die Lebensmittelkosten würde ich übernehmen.«

»Na bitte«, sagte ich. »Da kann ich es mir ja gar nicht leisten, nach Hause zu fliegen. Ich lebe viel billiger hier.«

Sie nahm wieder einen Schluck Bourbon. Mit dem Glas noch am

Mund sah sie mich unter ihren Augenbrauen hervor an und sagte: »Außerdem könnten dir gewisse besondere Privilegien gewährt werden.«

Es kam mehr wie *Pribilegen* heraus.

»Wieder nichts mit dem Verdienstorden«, sagte ich.

20

Candy und ich zogen aus dem Hillcrest in ihre Wohnung am Beverly Drive. Das heißt, ich übernahm den Umzug. Candy war ziemlich hinüber und tat kaum mehr, als herumzustehen und zu schwanken. Erst in meinem Zimmer, während ich packte, dann in ihrem Zimmer, während ich packte, dann im Fahrstuhl, während ich das Gepäck hinunterschaffte und schließlich in der Hotelhalle, während ich die Rechnung abzeichnete. (Ich kam mir vor wie John Frederics.)

»Wir werden das direkt zum KNBS hinüberschicken, Mr. Spenser«, sagte der Kassierer.

Ich nickte, als sei ich das so gewöhnt.

Auf dem Parkplatz hatte ich Schwierigkeiten, das ganze Gepäck im MG zu verstauen, aber es gelang mir, indem ich Candy auf einen ihrer Koffer setzte. Dann fuhren wir los nach West Hollywood.

Was immer unter den besonderen Privilegien zu verstehen war, an diesem Abend gelangte ich nicht in ihren Genuß, weil Candy, als ich endlich das Gepäck ausgeladen hatte, voll angezogen auf ihrem Bett eingeschlafen war. Sie lag auf dem Rücken ausgestreckt und schnarchte gedämpft. Ich nahm die Sachen, die knautschen konnten, aus ihrem Koffer und hängte sie auf Bügel. Weil nichts zu essen im Haus war, fuhr ich hinauf zu *Greenblatt* auf dem Sunset, kaufte ein paar Roastbeef-Sandwiches und einige Dosen Bier sowie Semmeln, Kräuterkäse und Blaubeermarmelade zum Frühstück. Dann fuhr ich wieder zurück, aß die Sandwiches, trank das Bier und las bis um elf *Play of Double Senses*. Dann packte ich mich auf die Couch und schlief.

Um sechs Uhr früh erwachte ich, weil mir die Sonne ins Gesicht schien. Candy rumorte im Badezimmer. Ich stand auf, ging hinaus zu dem Swimmingpool, zog mich splitternackt aus und schwamm fünfundvierzig Minuten, bis ich das Gefühl hatte, womöglich zu ertrinken. Dann stieg ich aus dem Wasser und kehrte ins Haus zurück. Candy war wieder in ihrem Schlafzimmer verschwunden und hatte die Tür hinter sich geschlossen. Ich ging ins Bad, duschte mir das Chlorwasser ab, rasierte mich, putzte mir die Zähne, frottierte mich trocken und zog mich an.

Ich war in der Küche und gerade dabei, Brötchen aufzubacken und Kaffee aufzubrühen, als Candy erschien. Sie sah erbärmlich aus und fühlte sich anscheinend noch mieser, als sie aussah.

»Nun, wie geht's dir heute früh?« erkundigte ich mich.

»Ich habe mich schon übergeben müssen«, sagte sie.

»Oh.«

»Was machst du da?«

»Frühstück. Brötchen«, zählte ich auf, »und Kräuterkäse und Kaffee . . .« Candys Gesicht hatte einen angewiderten Ausdruck. »Willst du auch etwas?« fragte ich. »Es gibt noch Blaubeermarmelade und . . .«

»Du Ekel«, sagte sie und verließ die Küche.

Ich ließ mich am Tisch in ihrer Eßecke nieder und verspeiste die aufgebackenen Brötchen, abwechselnd mit Kräuterkäse und Blaubeermarmelade auf dasselbe Brötchen gestrichen.

Candy saß im Wohnzimmer in einem Sessel und starrte mit zusammengekniffenen Augen auf ihren Pool hinaus.

»Willst du nicht wenigstens eine Tasse Kaffee?« fragte ich.

»Nein.« Sie hielt ihren Kopf möglichst still. »Ich brauche eine Coke oder . . . Ist Coke im Haus?«

»Nein.«

»Etwas anderes? Seven-up? Fanta? Perrier?«

»Nein. Wie wäre es mit einem Glas Wasser?«

Sie schüttelte sich, und das schien ihr Kopfschmerzen zu bereiten. »Nein«, stieß sie hervor.

»Soll ich schnell zu Schwabs fahren und dir Alka-Seltzer holen?«

»Ja, bitte.«

Ich stopfte den Rest meines Brötchens in den Mund und fuhr dann los, um ihr das Alka-Seltzer zu holen. Danach goß ich mir eine weitere Tasse Kaffee ein und setzte mich auf Candys Couch, die Füße auf den Tisch gestreckt. Sie trank ihr Alka-Seltzer, während ich die *L.A. Times* las. Etwa eine Stunde blieb sie mit geschlossenen Augen in ihrem Sessel sitzen. Dann stand sie auf und nahm noch zwei Alka-Seltzer.

»Nur alle vier Stunden zwei«, mahnte ich.

»Halt den Mund.« Sie leerte das zweite Glas und kehrte zu ihrem Sessel zurück.

Ich war sowohl mit meinem Kaffee als auch mit der Zeitung fertig und erhob mich. Candy saß wieder mit geschlossenen Augen regungslos da.

»Also wie ist das nun mit den besonderen Privilegien«, fragte ich.

Ohne die Augen zu öffnen oder mehr zu bewegen als die Lippen, erwiderte sie: »Geh bloß weg.«

Ich grinste. »Okay. Haben wir irgendwelche anderen Pläne für heute?«

»Laß mir nur noch ein kleines bißchen Zeit«, sagte sie.

»Ich werde Samuelson anrufen und hören, ob irgendeine neue Entwicklung eingetreten ist«, meinte ich.

»Mmmm«, machte Candy.

Samuelson hob bereits nach dem ersten Läuten den Hörer ab. Ich sagte meinen Namen und fragte: »Haben Sie etwas dagegen, wenn ich Sie Mark nenne, wie John Fredorics das tut?«

»Wer?« sagte Samuelson.

»John Fredericks«, wiederholte ich.

»Wer ist John Fredericks?«

»Nachrichtenchef. Beim KNBS. Er nennt Sie Mark«, erläuterte ich.

»Diese Fernsehleute sind meistens schwul«, sagte Samuelson. »Ich kann den einen nicht vom anderen unterscheiden. Was wollen Sie?«

Ich sagte: »Ja, also Mark . . .«

»Nennen Sie mich nicht Mark«, fiel er mir ins Wort.

»Irgendeine Spur von Franco Montenegro, Lieutenant?«

»Nein. Dabei dürfte ein Kerl seines Kalibers gar nicht so schwer aufzustöbern sein. Er ist verschwunden. Niemand von unseren Zwischenträgern hat eine Ahnung wohin.«

»Würden die Leute den Mund aufmachen?« fragte ich. »Dem Anschein nach ist er ziemlich rachsüchtig.«

»Rachsüchtig? Mein Gott, ihr versnobten Oststaatler habt ein ziemlich komisches Vokabularium. Ja, er ist rachsüchtig, aber es gibt genug Leute, die irgendwo auf der Straße herumhängen und sogar Dracula für ein paar Dollar verpfeifen würden oder für eine Strafer-leichterung oder vielleicht, damit ich in die andere Richtung gucke, wenn sie sich eine Portion Rauschgift verschaffen. Sie kennen doch die Straßenszene, oder? Gibt es die etwa nicht in Boston?«

»Nach Boston wird um Hilfe geschickt«, versetzte ich, »wenn die Lokalhelden hier nicht mehr weiterkommen.«

»Natürlich«, sagte Samuelson. »Jedenfalls wir Lokalhelden haben keinen Hinweis, wo Franco steckt.«

»Glauben Sie, es ist nur Franco allein, Lieutenant?«

»Mehr und mehr«, gab Samuelson zur Antwort.

»Warum hat er dann Felton aus dem Weg geräumt?«

»Ja«, sagte Samuelson, »das beschäftigt mich auch. Aber sonst paßt alles zusammen. Je intensiver ich mich umhöre, je länger ich den Fall aus allen Blickwinkeln betrachte, desto mehr sieht die Geschichte aus wie eine kleine Erpressung, die schiefgelaufen ist.«

»Haben Sie eine Theorie, warum er Felton umgelegt haben könnte?«

»Nein. Vielleicht werde ich die nie haben. Ich bin ein einfacher Polizist, verstehen Sie? Ich glaube nicht, daß alles immer zusammenpaßt. Ich begnüge mich mit der besten Antwort, die ich kriegen kann. Typen wie Franco machen die seltsamsten Sachen. Die gehen nicht logisch vor.«

»Ja«, sagte ich. »Aber der Mord an Felton beschäftigt mich trotzdem.«

»Mich auch«, antwortete Samuelson. »Und ich tue, was ich kann. Falls Sie etwas hören, lassen Sie es mich wissen. Und versuchen Sie Ihr möglichstes, dieses verdammte Frauenzimmer zurückzuhalten.«

»Der Auftrag ist ihr sowieso abgenommen worden«, sagte ich. »Heute nachmittag wird sie über eine Hundeschau im Santa-Monica Auditorium berichten.«

»Gut«, sagte Samuelson. »Passen Sie auf, daß Sie nicht gebissen werden.« Er legte auf.

Ich warf Candy einen Blick zu. »Von Franco nichts Neues«, sagte ich. »Samuelson knobelt auch noch an der Tatsache, daß Franco diesen Felton umgebracht hat.«

Das Telefon klingelte, und ich nahm den Hörer ab. »Hier bei Sloan«, meldete ich mich.

Eine etwas blasiert klingende weibliche Stimme sagte: »Mr. Peter Brewster möchte gern mit Miss Sloan sprechen.«

»Einen Augenblick, bitte«, sagte ich mit meiner Allan-Pinkerton-Stimme. Dann legte ich eine Hand über die Sprechmuschel und fragte Candy: »Willst du mit Peter Brewster reden?«

Sie starrte mich eine Minute lang an, als sei sie aus einem Tiefschlaf erwacht. Dann sagte sie leise: »O Gott«, stand jedoch entschlossen auf, kam zu mir herüber und nahm mir den Telefonhörer ab.

»Ja? . . . Ja . . . Hallo, Mr. Brewster . . . Geht in Ordnung, Mr. Brewster . . .« Während Candy sprach, begann Farbe in ihr Gesicht zurückzukehren. »Nein, das ist okay, Mr. Brewster. Ich verstehe. Viele Menschen reagieren so . . . Ja. Das habe ich ihm gesagt.« Sie warf mir einen kurzen Seitenblick zu. »Ja, natürlich . . . aber gern. Wunderbar. North Wetherly Drive Nummer vier. Ich werde fertig sein . . . Vielen Dank . . . Ja. Sie auch. Auf Wiedersehen.«

Sie legte auf. Ich stand mit verschränkten Armen da und musterte sie.

»Peter Brewster will mich zum Essen einladen«, verkündete sie.

Ich zog die Augenbrauen hoch.

»Es tut ihm leid, so überreagiert zu haben, deshalb bittet er um eine Chance, das wieder ausbügeln zu können.«

»Wo wollt ihr essen?« fragte ich.

»Ich weiß nicht. Er wird mich hier um sieben abholen.«

»Okay, laß mir deine Autoschlüssel da, damit ich euch nachfahren kann.«

Sie sah mich überrascht an. »Du glaubst, es könnte gefährlich werden?«

»Auch wenn es das nicht wird, ist es eine gute Übung für mich«, sagte ich.

Candy nickte geistesabwesend. »Okay«, sagte sie. »Was soll ich tragen?«

»Eine Pistole«, erwiderte ich.

21

Brewster erschien zwei Minuten nach sieben in einem schwarzen Cadillac mit Chauffeur. Demokrat, der er war, bemühte er sich allerdings persönlich zur Haustür. Als er ankam, saß ich bereits eine Ecke weiter, in der Phyllis Street, in Candys MG und hatte den Motor laufen. Ich konnte zwar keinen Grund finden, warum Brewster Candy hätte etwas antun sollen, aber ich hatte auch keinen Grund gesehen, wieso Franco das Bedürfnis haben sollte, Felton umzubringen. Schließlich war ich kein Philo Vance.

Brewster fuhr mit Candy zu *Perino*. Ich schuldete mir selbst ein Bier, denn ich hatte gewettet, daß er sie entweder zu *Perino* oder ins *Scandia* einladen würde. Der Chauffeur ließ die beiden aussteigen und fuhr weiter. Ich parkte auf dem Wilshire in Richtung Downtown und beobachtete die Tür des Restaurants im Rückspiegel.

Auf dem Wilshire herrschte wenig Verkehr. Auch keine Fußgänger waren unterwegs. Die Sterne kamen hervor, und der Mond schimmerte zu mir herunter. Ich hörte die Übertragung eines Spiels der Dodgers und ließ mir allerhand Gedanken durch den Kopf gehen. Brewster konnte Candy zum Essen eingeladen haben, weil sie hübsch war und sexy und er mit ihr ins Bett gehen wollte. Oder er hatte sie zum Essen eingeladen, um festzustellen, wieviel sie tatsächlich über seine Affären wußte, um besser beurteilen zu können, ob sie eine Gefahr für ihn darstellte. Brewster war ein gutaussehender Bursche mit Geld und Einfluß, und er war es vermutlich gewöhnt, mit Frauen keine Schwierigkeiten zu haben – eine Erkenntnis, die mich auch nicht weiterbrachte, weil sie alle Möglichkeiten offen ließ.

Brewster würde sich vermutlich nicht eigenhändig an Candy vergreifen. Wenn er zu dem Schluß kam, daß sie gefährlich war und etwas unternommen werden mußte, würde er jemanden beauftragen. Schließlich war er nicht umsonst ein Boss. Trotzdem konnte es nichts schaden, am Ball zu bleiben. Vorsicht ist besser als Nachsicht, pflegte meine Mutter zu sagen. Allerdings glaube ich, sie meinte damit eher meine Beziehungen zu Mädchen.

Um einundzwanzig Uhr fünfundvierzig kam der Cadillac wieder vorgefahren. Auf seiner Motorhaube hätten kleinere Flugzeuge Platz zum Landen gehabt. Im Falle eines Krieges hätte ganz Liechtenstein darin evakuiert werden können. Der Geschäftsführer von *Perino* öffnete beflissen die Tür des Restaurants, und Candy kam, gefolgt von Brewster, heraus. Sie hatte sich für ein leuchtend grünes Kostüm mit smokingähnlicher Jacke entschieden. Darunter trug sie ein paillettenbesticktes, trägerloses Oberteil. Ihre silbernen Schuhe waren sehr hochhackig. Das Licht, das aus der geöffneten Tür fiel, ließ ihr blondes Haar schimmern.

Sie hatte eine kleine silberne Handtasche bei sich, in der, wie ich wußte, die Colt .32 steckte, die ich dem toten Bubba abgenommen hatte. Gegen fünf Uhr nachmittags, bevor sie angefangen hatte, sich zum Ausgehen fertigzumachen, hatten wir noch ein paar Schießübungen gemacht. Candy war nicht allzu scharf darauf gewesen, die Waffe mitzunehmen. Sie war schwer und beulte die Tasche aus. »Werde ich das Ding denn bei *Perino* brauchen?« hatte sie gefragt.

»Vielleicht ist die Suppe kalt«, hatte ich erwidert. Und wir hatten debattiert, bis sie schließlich so in Eile war, daß sie nachgegeben hatte.

Candy lachte, als sie herauskam, den Kopf ein wenig zurückgelegt und zu Brewster gewandt, der ihr folgte. Offenbar hatte sie noch keine Veranlassung gehabt, die Pistole zu benützen. Sie hielt seine Hand gefaßt. Der Chauffeur stieg aus und hielt ihnen die Wagentür auf, um sie einsteigen zu lassen. Dann ging er um den Caddy herum, setzte sich hinter das Lenkrad und fuhr den Wilshire entlang

Richtung Westen. Ich wendete und folgte ihnen. Um zweiundzwanzig Uhr an einem Mittwochabend war der Wilshire Boulevard so leer, daß auch ein Atom-U-Boot mühelos hätte wenden können. Das machte die Verfolgung des Cadillacs etwas schwieriger, weil es keine Wagen gab, um sich zu verstecken. Ich ließ mich ziemlich weit zurückfallen, bis ein dritter Wagen aus einer Seitenstraße kam und sich zwischen uns schob und ich mich hinter ihm anschließen konnte.

Brewster wohnte auf dem Roxbury Drive zwischen Lomitas und Sunset in einem großen stuckverzierten Haus mit einer seitlichen überdachten Einfahrt. Der Caddy bog in die Einfahrt ab, während ich weiterfuhr. An der Ecke Sunset hielt ich und spähte in den Rückspiegel. Der Caddy tauchte nicht wieder auf. Ich fuhr den Roxbury Drive zurück und warf einen Blick in die Einfahrt. Von dem Caddy war nichts zu sehen. Er mußte ziemlich weit auf das Grundstück gefahren sein. Vielleicht besaß er einen eigenen Hangar.

Ich fuhr bis zum Lomitas, parkte um die Ecke und blickte zu Brewsters Haus zurück.

Ich hatte ein Problem. Vielleicht sogar mehrere. Dies war keine Gegend, wo ein fremder Wagen stundenlang parken konnte, ohne daß eine Verkehrsstreife hielt, um sich nach dem Grund für den ausgiebigen Aufenthalt zu erkundigen. Und nur Gott allein wußte, was womöglich mit mir geschah, wenn mich eine Bel-Air-Patrol erwischte. Ich konnte versuchen, mich anzuschleichen und vielleicht einen Blick zu erhaschen, was in Brewsters Haus vorging. Aber in dieser Umgebung und bei Brewsters Position war das Grundstück bestimmt mit einer Alarmanlage ausgestattet und elektronisch geschützt. Vielleicht gab es sogar einen Wassergraben mit Drachen.

Ich kurvte noch einmal um den Block. Drei Hausnummern von Brewsters Grundstück entfernt befand sich ein Haus mit einer glatten weißen Front, das aussah wie eine Pumpstation für den Gualdalajara-Bewässerungs-Distrikt. Im Vorgarten verstreut lagen die Zeitungen von mehreren Tagen. Ich fuhr in die Einfahrt und parkte. In dem Haus rührte sich nichts. Die liegengebliebenen Zeitungen ließen Rückschlüsse zu. Falls sich jemand im Haus befand, dann wahrscheinlich höchstens ein Einbrecher.

Ich stieg aus und ging zu Brewsters Grundstück zurück. Von der Straße her war kein Licht zu sehen, deshalb eilte ich die überdachte Einfahrt entlang und hinter das Haus. Der Caddy parkte auf einem gepflasterten Wendekreis vor einer Garage, die so gebaut war, daß sie wie ein Pferdestall wirkte. Die Garage war leer. Über der Garage befand sich noch ein Stockwerk, und in einem der Fenster brannte Licht. Die Chauffeurswohnung. Zu meiner Linken erstreckte sich der Park. Nicht breiter als ein Fußballplatz, aber mindestens so lang. In der gegenüberliegenden Richtung sah ich einen Swimmingpool, ein paar Tennisplätze und Umkleidekabinen. Etwas näher zum Haus lag im hellen Mondlicht ein Krocket-Rasen. Am hinteren Ende des Hauses, zu meiner Rechten, war ein Eckzimmer erleuchtet. Während ich darauf zusteuerte, versuchte ich so zu wirken, als gehöre ich durchaus hierher. Ein Clipboard hätte mir gute Dienste geleistet. Wenn man ein Clipboard bei sich hat und drei gespitzte Bleistifte in der Brusttasche, kann man überall hingehen und tun, was man will, ohne belästigt zu werden.

An der Hausecke standen ein paar blühende Büsche. Ich verkroch mich in deren Schutz und spähte durch das Fenster. Candy und Brewster befanden sich auf der Couch. Vor ihnen auf einem Tisch standen eine Flasche Courvoisier, ein Soda-Siphon, ein Gefäß mit Eiswürfeln und zwei Gläser. Candy und Brewster tranken aber nicht. Sie schmusten miteinander. Auf der Couch. Ich errötete. Die Schmuserei wurde intensiver. Unelegant. Nicht stilvoll, wie etwa Tanzen auf einem Hotelbalkon. Ich schaute weg und lehnte mich an die Hauswand. Was nun? Candy schien nicht in echter Gefahr zu sein, es sei denn, Brewster hatte die Absicht, sie zu Tode zu befummeln. Aber was geschah später? Ich spähte wieder hinein. Candy war teilweise ausgezogen. Ich kam mir vor wie ein Fotoreporter des *Hustler*. Etwas peinlich berührt schaute ich zum Mond empor. *Auf der Couch*? dachte ich. *Du lieber Himmel! Diese überdrehten Superreichen.* Ich riskierte noch einen Blick. Beide waren jetzt nackend. Und bumsten. Auf der Couch.

Ich hatte eine ganze Reihe Dick-Tracy-Krimis in meinem Bücherregal zu Hause, aber so etwas kam in keinem vor. Was würde wohl Allan Pinkerton tun? Was sollte ich der Bel-Air-Streife sagen, wenn sie mich hier im Gebüsch ertappten? Meine Handflächen fühlten sich ganz feucht an. Ich kniff die Augen zusammen, um nicht so deutlich sehen zu müssen, und warf einen hastigen Blick durch das Fenster. Sie waren noch immer dabei. Privatdetektiv zu sein war eine Sache, aber Voyeur? Ich strebte zum MG zurück.

Ich saß noch immer in Candys Wagen, der in der Einfahrt des leeren Hauses geparkt stand, als zwanzig vor vier der Caddy aus Brewsters Grundstück herauskam und nach rechts abbog. Am Sunset bog er noch einmal rechts ab, und ich sah ihn Richtung Osten davonfahren, als ich meinerseits um die Ecke bog und so weit hinter ihm zurückblieb, wie es ging, ohne ihn aus den Augen zu verlieren. Wer drin saß, konnte ich nicht erkennen, und es hätte natürlich ein Trick sein können, um mich wegzulocken, aber die Vermutung lag nahe, daß Candy von dem Chauffeur nach Hause gebracht wurde. Die Vermutung erwies sich als richtig.

Ich wartete auf dem Sunset, während der Chauffeur den Wagenschlag öffnete und Candy zur Haustür geleitete. Dann stieg er wieder in den Caddy, fuhr ein Stück den Wetherly Drive hinab und verschwand um die Ecke Phyllis Street. Erst nachdem er endgültig weg war, fuhr ich bis vor Candys Haus und parkte den MG.

Candy machte mir bereits nach dem ersten Klopfen die Tür auf. »Warst du die ganze Zeit hinter mir?« wollte sie wissen.

»Die ganze Zeit«, bestätigte ich. Sie sah genauso aus wie vor neun Stunden, als sie abgeholt worden war. Ihr Lippenstift war frisch aufgetragen. Ihre Kleidung war unzerdrückt. Ihre Frisur saß tadellos. Sie roch wunderbar nach Parfüm und gutem Kognak, und ihre Augen glänzten.

»Ich habe mich nicht getraut, nach dir Ausschau zu halten. Vor *Perino* habe ich dich noch gesehen, aber das war alles. Es ist ein komisches Gefühl, beschattet zu werden.«

»Ja, ich bin dein Schatten«, sagte ich. »Das Unkraut des Verbrechens trägt bittere Früchte.«

»Er ist wirklich ein charmanter Mann«, erklärte Candy.

Ich nickte.

»Er ist sehr selbstsicher, wenn du weißt, was ich meine. Sehr Herr der Situation. Überall scheint er gewesen zu sein, und alle Leute scheint er zu kennen.«

»Wer weiß«, sagte ich, »welche Sünde in den Herzen der Menschen nistet.«

»Außerdem haben wir dauernd Nostalgie-Schallplatten gehört.«

»Du magst den alten Peter also, nicht wahr?« fragte ich.

»Nein«, erwiderte sie. »Ich mag ihn überhaupt nicht. Aber ich gefalle ihm, und er glaubt, daß er mir auch gefällt. Und in diesem Glauben werde ich ihn lassen, bis ich ihn endgültig festnageln kann.« Während sie sprach, sah ihr Gesicht sehr flach und hart aus, und die Backenknochen schienen weiter vorzustehen als sonst.

Ich fand noch Bier im Kühlschrank, lümmelte mich mit einer Dose in Candys Sessel und ließ ein Bein über die Armlehne hängen.

»Hast du einen Eindruck gewonnen, worauf er aus war?« Tolle Formulierung.

Candy nickte. »Ich glaube, er versucht herauszufinden, was ich weiß.«

»Stellt er das geschickt an?«

»Jedenfalls nicht ungeschickt«, antwortete Candy. »Aber ich bin schon von Leuten bedrängt worden, die besser waren. Allerdings hatten es die meisten davon nur auf meinen Körper abgesehen.«

Ich nickte.

»Es tut mir leid, daß du so lange draußen herumsitzen mußtest«, sagte Candy.

Ich zuckte die Achseln.

»Willst du mich gar nicht fragen, was ich bis um vier Uhr früh bei ihm drin gemacht habe?«

»Das weiß ich schon«, sagte ich.

Sie hob überrascht die Augenbrauen.

»Ich habe durchs Fenster gesehen«, erläuterte ich.

Candy wurde rot. »Du hast zugeguckt?«

»Nur kurz«, sagte ich.

Sie war jetzt puterrot. »Hast du uns beobachtet, wie . . .?«

»Ja«, nickte ich. »Etwa eine Minute.«

Sie schwieg sekundenlang. »Na ja«, sagte sie dann. »Du hast nichts gesehen, was du nicht schon kanntest, nicht wahr?«

»Der Blickwinkel war anders«, sagte ich.

Ihr Gesicht wurde wieder hart, wie es gewesen war, als sie davon gesprochen hatte, Brewster festnageln zu wollen. »Hat es dich scharf gemacht?« wollte sie wissen.

Ich schüttelte den Kopf. »Nein. Nur verlegen. Ich wollte dich nicht aus den Augen verlieren, und ich wollte euch nicht beobachten. Deshalb habe ich mich entschieden, im Wagen zu warten.«

Ihr Gesicht war noch immer hart. »Mißbilligst du, was ich getan habe?«

»Ich weiß nicht. Es könnte sein«, versetzte ich. »Wobei ich nicht mißbillige, daß du dich von jemandem bumsen läßt. Mich stört nur, daß du es tust, um ihn besser festnageln zu können.«

»Daß ich nicht lache«, sagte sie. »Das ist wieder einmal typisch Mann. Es sind nicht die Frauen, die verrückt nach Sex sind, sondern die Männer. Ihr glaubt, es müßte sich dabei um etwas besonders Wichtiges handeln.« Sie zog das Wort in drei zerdehnte Silben auseinander. »Frauen glauben das nicht. Frauen wissen, daß Sex nützlich ist.«

Ich ging in die Küche, um mir noch ein Bier zu holen. »Klingt mir ziemlich sexistisch«, meinte ich vom Kühlschrank her.

»Warum? Wenn ich einsetze, was ich habe, um einen Mann

auszuholen und für meine Interessen zu nützen, was ist daran sexistisch? Die Männer besitzen die Stärke, und wir den Sex. Sie zögern auch nicht, ihre Stärke auszuspielen.«

Ich ließ mich wieder in dem Sessel nieder. »Okay«, sagte ich. »Willst du einen Schluck von meinem Bier?«

Sie schüttelte den Kopf. »Du hast kein Gegenargument, nicht wahr? Deshalb wechselst du einfach das Thema.«

»Ich bin ein Romantiker«, erklärte ich. »Argumente sind bei Romantikern sinnlos. Willst du nicht doch einen Schluck?«

»Nein.« Sie starrte mich an, während ich mein Bier trank. »Du findest es noch immer nicht richtig, nicht wahr?«

»Ich tue mein Bestes, dir zuzustimmen und mißbillige nur mein eigenes Benehmen. Immer ist mir damit kein Erfolg beschieden, aber ich versuche es zumindest. Ich bemühe mich auch jetzt und werde meine Bemühungen fortsetzen. Wie wäre es mit einer ganzen Dose Bier für dich?«

»Ich mag kein Bier«, sagte sie.

22

Um zwölf Uhr mittags mußte Candy zur Arbeit. Ich begleitete sie. Da sie überzeugt war, daß Brewster herauszukriegen versuchte, was sie wußte, bestand Grund zu der Annahme, daß sie womöglich auch weiter Schutz brauchte. Besonders falls er dahinterkam, daß sie, während er sie auszuspionieren versuchte, ihrerseits darum bemüht war, ihm auf die Schliche zu kommen.

Die erste Stunde des Nachmittags verbrachten wir damit, den Broadway entlangzuspazieren. Das heißt, Candy spazierte mit der Gattin eines mexikanisch-amerikanischen Kongreß-Kandidaten und unterhielt sich mit ihr, oder tat zumindest so, während die Kameras surrten. Candy stellte ein paar Fragen, und die Kameras fuhren näher heran. Ich hielt mich in gewissem Abstand, jederzeit darauf gefaßt, daß ein Industriekapitän aus der Menge springen und Candy auf eine Couch zerren würde. Die Gattin des Kandidaten machte sich nicht die Mühe, Candys Fragen zu beantworten. Sie hatte dergleichen schon öfter durchexerziert und wußte, daß das echte Interview irgendwo anders aufgenommen und den Außenaufnahmen später unterlegt werden würde. Dann fuhren wir alle zu den KNBS-Studios zurück, wo Candy das Interview auf Band nahm und noch ein paar Rückpro-Aufnahmen gemacht wurden. Dann brachte ein Wagen die Gattin des Kandidaten nach Hause.

Um zwanzig Uhr erschien Brewster samt Chauffeur und Cadillac vor dem Studio und holte Candy zu einem Spiel der Dodgers ab, das sie von seiner Privatloge aus verfolgten. Zumindest nahm ich an, daß sie in seiner Privatloge saßen. Er war genau der Typ dafür. Aber ich hatte keine Möglichkeit, mir Gewißheit zu verschaffen, denn ich kam nicht hinein in das Stadion. Ich saß in dem MG auf dem Parkplatz und begnügte mich mit der Radioübertragung. Gegen dreiundzwanzig Uhr folgte ich ihnen bis zu seinem Haus, dann fuhr fuhr ich zu Candy, schloß mir mit ihrem Schlüssel auf und legte mich schlafen.

Wir hatten uns vormittags vor unserem Aufbruch geeinigt, daß es keinen Sinn für mich hatte, vor Brewsters Haus im Gebüsch herumzustehen. Falls er ihr etwas antun wollte, konnte ich ihr dort sowieso nicht von Nutzen sein. Bei ihr zu Hause war ich wenigstens telefonisch zu erreichen.

In dieser Nacht kam sie überhaupt nicht nach Hause. Ich fühlte mich wie ein besorgter Vater, bis sie schließlich um Viertel nach sieben mit den zwitschernden Vögeln erschien.

An diesem Tag hing ich müßig herum, während Candy das Opfer einer Vergewaltigung interviewte, sich mit der Vorsitzenden einer Gruppe für Reformen im Erziehungswesen unterhielt, einen kleinen Bericht über eine neueröffnete Boutique in Beverly Hills machte und sich schließlich eine Viertelstunde lang mit einem gelackten Jüngling beschäftigte, der gerade den Pilotfilm für eine Fernsehserie abgedreht hatte, die zufälligerweise im Lokalbereich der KNBS-TV ausgestrahlt werden sollte. Ich blieb auch noch im Studio, während Candy einen Filmbeitrag sendefertig machte, den Begleittext auf Band sprach und anschließend noch eine halbe Stunde mit Frederics, dem Nachrichtenchef, konferierte.

An diesem Abend beendete ich die Lektüre meines Buches über Edmund Spenser, und Candy ging mit Brewster zu der Wiederaufführung eines Broadway-Musicals im Music Center.

Am nächsten Tag machte Candy Reportagen über die Verknappung von Blutkonserven bei der Blutbank des Roten Kreuzes von L.A., eine Protestaktion der Vereinigung »Recht auf Leben« vor einer Abtreibungsklinik in El Monte, eine von den Ehefrauen der *California Angels* veranstaltete Modenschau zu wohltätigen Zwekken und die Ausscheidungskämpfe eines Wettbewerbs im Trommelstock-Wirbeln in Pasadena.

Abends fuhr Candy mit Brewster zu einer Party nach Marina del Rey. Ich hielt an einem Drugstore auf der La Brea Avenue kurz vor der Melrose und kaufte mir eine Paperback-Ausgabe von *The Great Gatsby*. Ich hatte seit etwa fünf Jahren nicht mehr hineingeschaut und fand, daß es wieder einmal an der Zeit war. Zum Abendessen besorgte ich mir bei *Ralph* ein paar Tomaten, Kopfsalat, Schinken, Brot, eine Sechser-Packung Bier und ein Glas Majonäse. Damit fuhr ich dann zu Candys Wohnung zurück, um eine Freß- und Sauforgie, begleitet von eleganter Prosa, zu veranstalten.

Gegen neun am folgenden Morgen rief mich Candy an, um mir zu sagen, daß sie fast den ganzen Tag im Sender verbringen würde und mich deshalb nicht brauche. Die im Hause üblichen Sicherheitsvorkehrungen böten Schutz genug.

»Heute abend komme ich aber nach Hause«, sagte sie. »Brewster ist bis Donnerstag verreist.«

Ich erbot mich, sie abzuholen, wenn sie fertig war, und sie sagte, sie würde mich noch einmal anrufen. Ich legte den Hörer auf. Den großen Gatsby hatte ich in einem Zug durchgelesen. Zum Frühstück hatte ich mir die *L.A. Times* zu Gemüte geführt. Ich war gereizt, gelangweilt, unruhig, kribbelig, frustriert und fühlte mich nutzlos. Weder verdiente ich Geld, noch klärte ich ein Verbrechen auf. Statt Witwen und Waisen zu retten, schlief ich auf einer Couch und bekam einen steifen Rücken. Ich überlegte, ob ich einfach meine Sachen packen und nach Hause fliegen sollte. Dann konnte ich schon heute abend mit Susan essen. Ich schaute auf meinen Koffer, der zwischen Couch und Wand eingequetscht stand. Zehn Minuten zum Packen, zehn Minuten, um ein Taxi zu besorgen, eine halbe Stunde Fahrt bis zum Flugplatz. Die Mittagsmaschine konnte ich mit Leichtigkeit schaffen. Ich schüttelte den Kopf. Noch nicht. In der Romanze zwischen Sloan und Brewster ging es nicht nur um Beischlaf. Ich mußte bleiben, bis ich herausgefunden hatte, was da sonst noch war.

Aber in der Zwischenzeit mußte ich das Gefühl loswerden, daß ich allmählich einrostete. Ich zog meinen Trainingsanzug an und machte zehn Minuten lang Streckübungen. Dann lief ich hoch zum Sunset und setzte mich in leichten Trab in Richtung Westen. Da es auf dem Sunset keinen durchgehenden Bürgersteig gibt und zuviel Verkehr herrscht, um auf der Fahrbahn zu laufen, wechselte ich einen Block hinunter zum Lomitas, joggte, umgeben vom Überfluß, weiter bis zum Whittier Drive und den Whittier bis zu dem Platz, wo er am Beverly Hilton Hotel auf den Wilshire trifft. Dann trabte ich den Wilshire weiter und ein Stück Beverly Glen hinauf und anschließend kreuz und quer durch die Straßen von Westwood, bis ich schließlich auf der Le Conte Avenue vor dem *Medical Center* der

Universität landete.

Die Sonne war heiß, und der Schweiß hatte angenehm mein T-Shirt durchnäßt. Die Hügel von Westwood kamen mir gerade recht. Wenn man im Wagen fährt, bemerkt man sie kaum, aber sie bieten ein fabelhaftes Jogging-Gelände. Ich überanstrengte mich nicht, zehn Meilen à jeweils zwölf Minuten, und betrachtete mir die Gegend dabei. Am Westwood Boulevard machte ich kehrt und trabte in Richtung Osten die Le Conte Avenue zurück. In den Vorgärten der Häuser wuchsen Orangen- und Zitronenbäume mit reifen Früchten an den Zweigen und gelegentlich sogar auch Olivenbäume, die kleine schwarze Früchte trugen. Die Dächer der Häuser waren überwiegend mit roten Ziegeln gedeckt, die Mauern weiß getüncht und die Gärten makellos gepflegt. Nirgendwo waren Sand und Salz vom Winterschnee zurückgeblieben. Die Einfahrten hatten häufig leichte Aufwärtstendenzen ohne Angst vor Eis. »Er hat uns den ewigen Frühling gesandt, Der hier alles überglänzt.« Wer hatte das geschrieben? Nicht Peter Brewster.

Ich hielt ein leichtes Dauerlauftempo, gerade schnell genug, um einen eventuellen Fußgänger zu überholen. Nur war, wie in dieser ganzen Flimmerstadt, kein Mensch zu Fuß unterwegs. Irgendwo hörte ich zwei Hunde bellen. Vermutlich eine Schallplattenaufnahme: »Er hängt in Schatten das orangefarbene Leuchten, /Wie goldene Lampen in einem grünen Licht.« Die Häuser standen dicht zusammengebaut. Ich habe nie herausbekommen, warum. Es gab doch so unendlich viel Platz hier. Warum hockten alle so eng aufeinander? Warum kam nie jemand auf die Straße heraus? Wie konnte jemand etwas so Albernes wie den Rodeo Drive zustande bringen? Wie konnte sich Candy mit Peter Brewster einlassen?

Es war früher Nachmittag, als ich in Candys Wohnung zurückkam. Ich war etwa fünfzehn Meilen gelaufen und fühlte mich besser. Ich verbrachte ziemlich lange unter Candys Dusche, dann zog ich mich an und nahm Candys Wagen, um ein Stück spazierenzufahren. Ich hatte am Morgen in der *L.A. Times* gelesen, daß die überwiegenden Klagen von Touristen sich auf Verkehrsstaus bezögen. Dabei konnte es sich keinesfalls um Touristen aus dem Osten gehandelt haben. Im Vergleich zu Boston und New York war das Autofahren in L.A. wie das Fahren in Biddeford, Maine. Nur die Freeways waren unangenehm, aber die brauchte ich ja nicht zu benutzen. Ich fuhr gemächlich den Hollywood Boulevard Richtung Osten, vorbei an der Vermont Avenue, wo sich der Hollywood Boulevard mit dem Sunset verbindet, und weiter auf dem Sunset Richtung Downtown

L.A. Am *Dorothy Chandler Pavillion* bog ich ab, kurvte ein bißchen in Downtown herum und fuhr dann zurück auf die Third Street.

Ich bin schon viel unterwegs gewesen und habe immer irgendwelche Ähnlichkeiten entdeckt. Boston und San Francisco hatten beispielsweise Vergleichspunkte, und beide Städte waren New York nicht unähnlich, nur kleiner. Und New York wiederum war London nicht unähnlich, nur neuer. Los Angeles jedoch war mit nichts zu vergleichen, was ich bisher gesehen hatte. Ich kannte keine Stadt, die sich flächenmäßig so ausdehnte, die eine anscheinend so exzentrische Mischung von Wohn- und Geschäftsbezirken, Einkaufsmöglichkeiten und Vergnügungsparks bot. Es gab kein Zentrum im eigentlichen Sinne, keinen Fixpunkt, von dem aus man sich orientieren konnte. Die Stadt breitete sich aus, wucherte in üppigem Wildwuchs über die bizarre Landschaft – grell und faszinierend, unorthodox und skurril, eingehüllt von Smog und dem süßen Duft von Bougainvilleas, voller Rasenflächen und Bäume, Blumen, Neon- und Glitzerfassaden. Und weiter nordöstlich, jenseits der Hügel von Hollywood, über dem Benzindunst und weit entfernt von Disneyland, ragten die Berge mit ihren schneebedeckten Gipfeln. Ich fragte mich, ob es dort oben irgendwo einen frosterstarrten Leoparden geben mochte.

Das Verdeck des MG war heruntergeklappt, und der Wind blies mir warm ins Gesicht. Ich bog zur La Brea Avenue ab und parkte. Dann ging ich den Wilshire entlang bis zu den La Brea Teergruben mit ihren mächtigen, halb im Teer versunkenen Plastikdarstellungen prähistorischer Tiere. Dort gab es ein Museum, in das ich hineinging, um mir die Funde aus dem Pleistozän, die Dioramen und die Grafiken zu betrachten. Es war vier Uhr, als ich wieder herauskam. Ein junger Mann mit Stulpenstiefeln und einem Cowboyhut, der noch nie eine Kuh gesehen hatte, spielte laut aber wenig melodiös Banjo. Den aufgeklappten Banjokasten hatte er für milde Gaben vor sich auf die Erde gestellt. Es lag nicht sehr viel drin. Vermutlich kaum mehr, als der junge Mann zum Anreiz selbst hineingetan hatte. Ein paar Kinder standen um ihn herum, während er »Camptown Races« spielte, und schlenderten dann weiter. Dem Banjospieler schien das nicht viel auszumachen.

Ich kehrte zum MG zurück und fuhr, von freundlichen Gefühlen für L.A. erfüllt, wieder zu Candys Wohnung. Diese Stadt war wie ein großer, strahlender Possenreißer: deftig, bunt und chaotisch, aber doch heiter. Die letzte Halluzination, das schwindende Fragment des – wie hatte Fitzgerald es ausgedrückt? – letzten und größten aller menschlichen Träume«.

Ich hatte in Candys Wohnzimmer zwei Bier getrunken, als sie anrief und mich bat, sie abzuholen.

»Mach dich schön«, sagte sie. »Ich will dich zum Essen einladen.«

»Mit Krawatte?« fragte ich.

»Die sei dir gestattet.«

23

Wir aßen im *La Maison*, das aussieht wie das Küchenzelt bei einem Grillabend des Rotary-Clubs und so *in* ist, daß seine Nummer nicht im Telefonbuch steht. Es waren etliche berühmte Leute unter den Gästen und viele gutaussehende junge Frauen in Begleitung älterer, ziemlich aus dem Leim gegangener Männer. Das Essen war einfach göttlich.

»Du siehst nicht zufällig Rudd Weatherbox im Restaurant, oder?« fragte ich Candy.

»Ich habe noch nie von ihm gehört«, erwiderte sie.

»*Sic transit gloria*«, sagte ich. »Ist das nicht . . .?«

Candy nickte. »Bloß auch nicht mehr so gertenschlank wie einst.«

»Während der Brunftzeit der Wale sollte sie sich jedenfalls nicht ins Wasser wagen«, meinte ich.

Candy lächelte. Wir schoben die letzten Stücke von unserem Spargel vinaigrette in den Mund. Der Ober brachte uns Kalbsmedaillons und schenkte von dem weißen Bordeaux ein, den wir bestellt hatten.

»Gut«, stellte Candy fest. »Was für eine Sorte ist das?«

»Graves«, antwortete ich.

»Jetzt bin ich endlich mit Peter weitergekommen«, sagte Candy.

Zu den Kalbsmedaillons gab es gebratene Kartoffeln, wie ich sie noch nie vorzüglicher gegessen hatte. Ich spießte eine auf die Gabel. »Inwiefern?«

Ihr Gesicht strahlte. »Ich glaube, ich habe ihn am Schlafittchen. Aber ich brauche deine Hilfe.«

»Jederzeit. Du weißt, daß ich noch immer die Verdienstmedaille anstrebe. Womit meinst du, ihn in der Hand zu haben?«

»Ein Grund, weshalb ich versucht habe, jede Nacht mit ihm zu verbringen, war, daß ich ihn so weit haben wollte, bevor du dich womöglich langweilen und nach Hause fliegen würdest. Ich wußte, daß ich dich brauchen würde und mußte mich beeilen.«

»Ich mich langweilen? Ich bin ja noch nicht einmal bei *Knott's*

Berry Farm gewesen.«

»Nun ja, letzte Nacht hat es sich ausgezahlt. Er war betrunken und fing an, davon zu erzählen, wie einflußreich und bedeutend er sei. Übrigens hatte er sich auch schon vorher jede Nacht angetrunken, wenn ich bei ihm war. Ich nehme an, er hielt sich für besonders raffiniert und dachte, ich würde unter Alkoholeinfluß damit herausrücken, was ich für ein Interesse an ihm nehme. Aber er trank dann jedesmal selber zu viel und ließ sich vom Alkohol forttragen. Es war immer dasselbe. Erst gingen wir ins Bett, dann trank er, stolzierte herum und hielt lange Monologe darüber, wie bedeutend er ist. Er redete über seine Verbindungen mit Politikern, mit dem Syndikat, mit Filmstars. Wie er alles regeln lassen könne, sogar aus dem Weg räumen lassen könne er jemand, wenn er wolle. Natürlich prahlte er auch mit einigen Schauspielerinnen, mit denen er geschlafen habe.«

»Mala Powers?« fragte ich.

»Nein.«

»Phhh!« machte ich verächtlich.

»Aber ich habe mich in guter Gesellschaft befunden«, meinte Candy.

»Hat er vergangene Nacht noch mehr herausgelassen?« wollte ich wissen.

»Ja. Er sagte zum Beispiel, er wisse, wo Franco sei. Er benutzte seinen vollen Namen.«

»Montenegro«, sagte ich.

»Ja. Er sagte, er wisse, wie an Franco Montenegro heranzukommen sei. Außerdem sagte er, Franco habe einen Fehler gemacht, und das würde er noch bedauern.«

»Und?«

»Ach, es ist so langweilig, dir alles Wort für Wort wiederzuerzählen, aber ich habe herausgekriegt, daß Franco ihn angerufen und Geld verlangt hat. Sonst würde er zur Polizei gehen und über Peters Verbindungen zum Syndikat auspacken. Brewster will sich morgen mit ihm treffen.«

»Brewster will zu dem Treffen tatsächlich persönlich gehen?«

»Darauf hat Franco bestanden.«

»Und wo soll das stattfinden?«

»Das weiß ich nicht«, antwortete Candy. »Aber ich bin morgen mit Peter zum Essen verabredet, und falls ich in Erfahrung bringe, wo er sich mit Franco treffen wird, können wir ihn vielleicht dorthin verfolgen.«

»Wenn Franco merkt, daß wir hinter Brewster her sind, fühlt er sich womöglich verraten und verpaßt dem guten Peter auf der Stelle eine Fahrkarte ins Jenseit«, gab ich zu bedenken.

»Das Risiko muß ich eingehen«, sagte Candy.

»Hauptsache, du kannst Brewster festnageln, nicht wahr?«

Candy legte ihre Gabel aus der Hand und musterte mich. »Sprich gefälligst nicht in so einem Ton mit mir. Peter Brewster ist ein durch und durch korrupter Kerl, und ich werde ihn erwischen. Falls das für ihn mit einem Risiko verbunden ist, kann ich das nicht ändern. Das Leben ist eben manchmal gefährlich.«

»Bei was genau werden wir ihn erwischen?« fragte ich.

»Ich kenne mich mit den juristischen Formalitäten nicht so genau aus. Komplizenschaft. Kontakte mit einem gesuchten Verbrecher. Beihilfe zur Flucht. Das müßtest du besser wissen als ich.«

»Brewster wird nicht allein zu dem Treffen mit Franco fahren«, sagte ich.

»Franco hat aber gesagt, das müsse er, sonst würde er, Franco, gleich zur Polizei gehen.«

Ich schüttelte den Kopf. »Franco geht nicht zur Polizei, und das weiß Brewster. Deshalb wird er auch jemanden mitbringen, vermutlich Simms. Und wenn er so mies ist, wie du behauptest, wird er versuchen, Franco aus dem Weg zu räumen.«

»Warum geht Franco nicht zur Polizei?«

»Weil er sich in einer aussichtslosen Lage befindet. Weil er so dringend Geld braucht, daß er es riskiert, Brewster zu erpressen und auf diese Möglichkeit nicht verzichten wird. Wenn Franco zur Polizei geht, ist diese Möglichkeit futsch. Und Brewster wird ihn umbringen, wenn sich die Gelegenheit ergibt – beziehungsweise, wenn sich für Brewster oder seine Helfer die Gelegenheit ergibt –, denn so lange Franco hier herumspukt, ist er eine ständige Gefahr für Brewster.«

Der Ober brachte uns Birnentorte und Kaffee.

»Franco braucht also Geld, um aus der Stadt zu verschwinden«, sagte Candy halb fragend.

»Das vermute ich. Vielleicht auch einfach bloß, um leben zu können. Wenn du auf Tauchstation bleiben mußt, ist es nicht so leicht, etwas zu verdienen.«

»Aber wenn Simms ihm hilft, Franco umzubringen, weiß Simms dann nicht, daß Brewster ein«, sie hob hilflos die Hände, »ein Verbrecher ist?«

»Natürlich. Aber das weiß er vermutlich auch jetzt schon. Wenn Brewster Verbindung mit dem Syndikat hat, möchte ich annehmen, daß Simms sowieso ein Wachhund des Syndikats ist.«

»Du meinst, das Syndikat hat Peter in der Hand?«

»Andersherum ist es ja wohl kaum denkbar«, sagte ich.

Candy bezahlte die Rechnung und wir verließen *La Maison*. Ein junger Mann brachte Candys Wagen vor die Tür und ließ uns einsteigen. Candy fuhr die Melrose Avenue entlang, über den Santa Monica Boulevard bis zur Doheny Avenue und dann auf direktem Weg nach Hause. Während der Fahrt sprachen wir beide kein Wort.

»Wollen wir noch einen Schluck Kognak mit Soda trinken?« fragte Candy, nachdem wir die Wohnung betreten hatten.

»Natürlich«, sagte ich.

Sie füllte zwei Gläser, die wir mit hinausnahmen, um uns an den Swimmingpool zu setzen.

»Du hast dich jetzt schon ziemlich lange mit der Couch begnügen müssen«, meinte Candy.

»Ja.«

»Ist sie sehr unbequem?«

»Ziemlich«, sagte ich.

»Es tut mir leid.«

Der Wasserfilter am Swimmingpool machte ein kleines, schlürfendes Geräusch.

»Nicht deine Schuld«, versetzte ich. »Die Möbeltischler haben heutzutage keinen Handwerkerstolz mehr.«

»Ich meine, daß ich dauernd mit Peter zusammen war, statt hier bei dir.«

»Ein Job ist ein Job«, sagte ich.

»Möchtest du heute nacht ins Schlafzimmer übersiedeln?« fragte Candy.«

Ich schüttelte den Kopf. »Nein, vielen Dank. Ich bleibe lieber auf der Couch.«

Ihr Gesicht wurde wieder hart, und die Falten um ihren Mund vertieften sich. »Warum?«

»Das wäre etwas, was ich Susan nicht erzählen könnte, ohne mich zu schämen.«

»Letztes Mal hast du dich auch nicht geschämt. Ist es wegen Peter Brewster?«

»Zum Teil.«

»Es geht gar nicht um Susan, nicht wahr? Du bist bloß eifersüchtig.«

»Ich glaube nicht«, erwiderte ich. »Weißt du, neulich, in einer warmen Sommernacht in einer fremden Stadt, als die Musik von der

Dachterrasse herunterdrang, hatte alles einen besonderen Zauber. Jedenfalls für mich. Jetzt dagegen, wo ich bei dir wohne, und du mir ›besondere Privilegien‹ versprechen zu müssen meintest und du dich dafür entschuldigst, nicht . . .« Ich suchte nach dem richtigen Ausdruck, ». . . nicht aufmerksam genug gewesen zu sein – das wäre Untreue.«

»Ich glaube, so edel ist das alles gar nicht«, meinte Candy. »Du bist auch nicht anders als alle anderen. Du bist eifersüchtig. Du kannst es nicht vertragen, mich mit Peter zu teilen.«

»Wenn das wirklich so ist«, versetzte ich, »welchen besseren Grund gäbe es, weiter auf der Couch zu schlafen? Wenn wir an einem Punkt angelangt sind, wo ich auf dich eifersüchtig bin, dann betrüge ich Susan. Und ich will auf niemanden eifersüchtig sein als auf Suze. Das sollte ich auch nicht.«

Candy schüttelte den Kopf. »Das ist Blödsinn. Du beharrst ständig darauf, alles ganz besonders klingen zu lassen. Dauernd redest du von Ehre und von Treue und davon, sich nicht schämen zu müssen. Alles, was du tust, wird immer gleich zu so 'ner Art von Suche nach dem Heiligen Gral. Das ist bloß Selbstdramatisierung, damit du dir nicht eingestehen mußt, wie schäbig dein Leben ist und wie inhaltlos.«

»Das wär's dann also«, sagte ich.

»Und behandle mich nicht so gönnerhaft, verdammt noch mal! Wenn ich einen allergischen Punkt getroffen habe, solltest du Manns genug sein, das zuzugeben.«

»Persönlichkeit genug«, korrigierte ich. »Sei nicht sexistisch.«

»Du hast also beschlossen, alles nur komisch zu nehmen. Du weißt, daß du die Debatte nicht gewinnen kannst, also machst du Witzchen.«

»Candy, ich bin längst über den Punkt hinaus, die Welt in Begriffen von Debattierthemen zu sehen. Mir ist es ganz egal, ob ich bei einer Auseinandersetzung gewinne oder verliere. Noch einmal mit dir zu schlafen, wäre – zumindest in meiner, und auch ihrer Definition – ein Betrug an Susan. Das genügt. Du bist genauso begehrenswert wie immer. Und ich bin auch noch genauso scharf auf dich. Aber ich habe nun einmal gewisse Prinzipien. Also laß mich auf der Couch schlafen und sei nicht beleidigt.«

»Du sturer Kerl«, sagte sie.

»Ja«, antwortete ich.

»Aber morgen wirst du mir helfen?«

»Ja«, sagte ich.

24

Am nächsten Vormittag begleitete ich Candy ins Studio. Sie fuhr, und ich betrachtete mir die Gegend.

»Ich werde so dicht wie möglich dranbleiben«, sagte ich. »Selbst auf die Gefahr hin, daß ich entdeckt werde. Das ist immer noch besser, als wenn du eine Kugel einfängst.«

»Hältst du das Unternehmen wirklich für so gefährlich?«

»Allerdings. Womöglich erinnert sich Brewster, was er dir alles erzählt hat. Und sollte das der Fall sein, muß er dich als ernste Bedrohung betrachten.«

»Aber er glaubt, ich liebe ihn.«

»Nach fünf Tagen?«

»Nun ja, er glaubt, alle Frauen liegen ihm zu Füßen. Er hält sich für unwiderstehlich.«

»Das klingt einleuchtend«, meinte ich. »Und ich will einräumen, daß Brewster nicht übermäßig viel Köpfchen hat. Wirtschaftsbosse werden da häufig unterschätzt, habe ich festgestellt. Aber sie sind auch höchst selten sentimental. Selbst wenn er der Meinung ist, daß du seinem Charme restlos verfallen bist, was verliert er schon, wenn er dich erschießen läßt?«

»Vielen Dank.«

»Damit will ich dich durchaus nicht herabsetzen. Das geht allein gegen Brewster. Er bringt dir kein echtes Gefühl entgegen. Er hat für nichts und niemanden echte Gefühle. Er kann dich noch heute abend gegen ein beliebiges Starlet auswechseln, wenn er will. Das würde für ihn keinen Unterschied machen.«

Candy schwieg.

»Denk einmal darüber nach. Was will er von dir?«

»Sex.«

»Ja, und was sonst noch?«

»Bewunderung. Ich soll ihm versichern, wie fabelhaft er ist. Und ich soll beeindruckt sein, wieviel Geld und Einfluß er besitzt.«

»Und wenn er dich nicht dafür hätte, was dann?«

»Würde er eine andere haben.«

»Sind es dein Verstand, deine Intelligenz, dein Scharfblick und deine Energie, die er braucht?«

»Nein.«

Wir fuhren auf den Parkplatz hinter dem Sender.

»Was bietest du ihm also?«

»Ich sehe dekorativ aus«, versetzte Candy. »Ich bin gut im Bett, und ich hänge ihm an den Lippen.«

»Wie viele Frauen in Hollywood könnten bei ihm die gleiche Rolle spielen?«

»Millionen«, sagte Candy.

»Also sei vorsichtig«, warnte ich. »Und meide Plätze, wohin ich dir nicht folgen kann.«

Candy nickte, und wir gingen ins Studio.

Den größten Teil des Vormittags nahm eine anberaumte Mitarbeiterkonferenz in Anspruch. Ich überließ es Candy, dieser Pflicht Genüge zu tun. In gewisser Weise war die Konferenz vermutlich kaum weniger tödlich als Brewster, wenn auch von einer Tödlichkeit, die ich nicht abändern konnte.

Ich nahm mir ein Taxi vom Sender zu einer Hertz-Niederlassung und lieh mir einen Ford Fairlane, dessen Modell ungeheuer verbreitet war. Der MG war inzwischen zu auffällig. Er hatte Brewster zu lange verfolgt. Auf der Rückfahrt zum KNBS hielt ich an einer Imbißbude und kaufte mir zum Mittag einen Bohnen- und Käse-Burrito. Dazu trank ich Kaffee. Stilechtheit ist nicht immer möglich.

Am Nachmittag fuhr ich dann mit Candy hinunter nach Marineland. Wir trafen uns dort mit einer Kamerafrau, und Candy machte einen Bericht über einen Killerwal, der während der Woche dort geboren worden war.

»Glanz und Prickel«, sagte ich auf der langen Heimfahrt zu Candy. »Ihr Leute aus dem Schaugeschäft führt wirklich ein beneidenswert aufregendes Leben.«

Sie saß am Steuer. »Glaubst du wirklich, Peter Brewster könnte versuchen, mich umzubringen?«

»Ja.«

Wir fuhren auf dem Harbor Freeway Richtung Norden. Die Straße bestand aus großen, quadratischen Asphaltblöcken, und die Räder machten jedesmal, wenn sie auf die Nahtstellen trafen, ein rhythmisches Geräusch.

»Ich habe Angst«, sagte Candy.

»Warum machst du dann weiter? Warum gehst du nicht mit dem, was du herausgekriegt hast, zu Samuelson und läßt ihn den Rest erledigen?«

»Was habe ich denn schon groß?« meinte Candy.

»Du weißt, daß Brewster mit dem Syndikat in Verbindung steht«, versetzte ich. »Darauf könntest du rein zufällig gestoßen sein. Franco und Felton haben vielleicht gar nichts damit zu tun. Aber du weißt jetzt Bescheid. Er hat dir verraten, daß er über illegale

Kontakte verfügt. Und wenn er sich daran erinnert, betrachtet er dich bereits als eine Gefahr.«

Die Wagenräder machten ihr leichtes Rumpelgeräusch. Das zurückgeklappte Verdeck ließ mir den warmen Wind mit festem Druck über das Gesicht streichen.

»Ich kann nicht«, sagte Candy. »Dazu habe ich zu viel investiert. Die Sache bedeutet zu viel für mich.«

»Du könntest trotzdem den Ruhm einstreichen«, gab ich zu bedenken. »›Aufgrund eines Hinweises der Journalistin Candy Sloan hat die Polizei heute . . .‹ Das würde sich doch gut anhören.«

Candy schwieg. Sie fuhr an einem Schild mit der Aufschrift TORRANCE vorbei. In der entgegenkommenden Fahrtrichtung, aus L. A. heraus, war der Verkehr dichter. Alle strebten sie nach Hause zu einem kühlen Bier. Vielleicht auch, um den Rasen zu sprengen, ein paar Koteletts zu grillen und dann später vor dem Fernsehapparat zu sitzen. Dann mußten die Kinder ins Bett, und die Klimaanlage wurde angestellt. Vielleicht noch einen letzten Blick auf den Bildschirm, ein kleines Bierchen und ein Sandwich vor dem Schlafengehen. Und vielleicht einen Gutenachtkuß von der Gattin.

»Ich kann nicht«, wiederholte Candy. »Ich bringe es einfach nicht fertig. Es wäre zu typisch kleines, dummes Mädchen. Würdest du den Fall der Polizei übergeben?«

»Noch nicht«, antwortete ich.

»Also verstehst du vielleicht, warum ich es nicht tun werde.«

»Verstehen, ja. Richtig finden, nein.«

»Obwohl du selbst nicht anders handeln würdest?«

»Nur weil ich meschugge bin, brauchst du es nicht auch zu sein. Die Polizei wird schließlich für ihre Arbeit bezahlt. Es wäre entschieden schlauer, die Burschen dort ihr Geld verdienen zu lassen.«

»An der Seitenlinie zu stehen und hübsch auszusehen, während die Männer das Spiel machen?«

»Es geht hier nicht um Männlein oder Weiblein«, erklärte ich, »sondern um die Gefahr, in die du dich begibst.«

»Wenn ich diese Sache nicht zu Ende verfolge, bestärke ich das Vorurteil, das praktisch alle hegen. Du weißt nicht, wie es zugeht beim Fernsehen. Es ist eine männliche Domäne. Weisungsbefugnis haben ausschließlich Männer. Und jeder einzelne davon ist der Ansicht, daß ich dafür tauge, neugeborene Wale zu interviewen. Jeder einzelne von ihnen, dem ich je begegnet bin, glaubt, wenn es brenzlig wird, raffe ich meine Röcke und gebe Fersengeld.«

»Und du willst ihnen beweisen, daß sie unrecht haben.«

»Genau.«

»Okay«, sagte ich.

Wir verließen den Harbor Freeway und wechselten auf den San Diego Freeway über. Es war schon fast sieben, als wir vor Candys Wohnung ankamen. Sie parkte den Wagen, zog die Handbremse an und musterte mich.

»Du bleibst, nicht wahr?« fragte sie.

»Ja.«

»Obwohl ich dir kein Honorar zahle?«

»Ja.«

»Ich könnte das Geld etwa ein Jahr lang in monatlichen Raten abstottern«, schlug sie vor.

»Ich könnte dir auch eins von diesen Einzahlungsheftchen geben, die Banken ihren Kunden für Anschaffungskredite ausstellen«, versetzte ich. »Sechsunddreißig monatliche Raten, die ihr Budget nicht belasten. Frei nach dem Motto ›Miete-dir-einen-Detektiv‹.«

»Ich meine es ernst.«

»Ich brauche das Geld nicht«, sagte ich. »Der Sender hat mich nicht schlecht bezahlt.«

Wir saßen noch immer in Candys Wagen vor dem Haus. »Und du reist nicht ab, bevor die Geschichte beendet ist?« fragte sie, ohne den Blick von mir zu wenden.

»Nein.«

»Ohne Bezahlung?«

»Ja.«

»Und obwohl ich nicht mit dir schlafe?«

»So ist es.«

»Warum?«

»Ich mag dich. Du brauchst Hilfe. Und ich kann dir diese Hilfe bieten.«

Sie sah auf ihre Armbanduhr. »Mein Gott, es ist schon sieben. Peter wird in einer Viertelstunde hier sein.« Sie sprang aus dem Wagen und eilte mit jenen merkwürdigen, weiblichen Schritten zum Haus, die hohe Absätze verursachen.

Ich stieg ebenfalls aus, setzte mich in meinen gemieteten Fairlane, der ein Stück entfernt auf der anderen Straßenseite geparkt stand, und wartete. Ich dachte gerade sehnsüchtig an den *burrito*, den ich zu Mittag gegessen hatte, als Brewster erschien. Diesmal kam er nicht mit dem Cadillac, sondern in einem dunkelgrünen Mercedes 450 SL, den er selbst fuhr.

Niemand war in seiner Begleitung. Warum nicht? Warum hatte er seine Gewohnheit geändert? Hatte er etwas vor, wobei er keinen Zeugen haben wollte? Mir gefiel das gar nicht. Brewster ließ mein Mißfallen jedoch unbeeindruckt. Er steuerte mit energischem Schritt zur Haustür. Fünf Minuten später kam er mit Candy am Arm wieder heraus. Sie stiegen in den Mercedes und fuhren los.

25

Jenseits des Sepulveda Boulevard, weiter draußen in Richtung zum Flugplatz, ragten von der Straße her sichtbar ein paar übriggebliebene Bohrtürme, die sogar noch Öl pumpen, zum Himmel – Erinnerungen daran, daß nicht alles Geld in L. A. aus dem Filmgeschäft stammt.

Ich folgte Brewster und Candy bis dort hinaus und dann weiter auf eine Seitenstraße, die sich nach etwa hundert Metern gabelte. Brewster nahm die linke Gabelung. In ziemlicher Entfernung sah ich seine Bremslichter aufleuchten und dann verlöschen. Ich bog in die rechte Gabelung ein, fuhr um eine leichte Kurve, stellte den Wagen ab und ging zu Fuß zurück.

Die Ölpumpen ringsherum, die automatisch und fast geräuschlos arbeiteten, wirkten in der Abenddämmerung ein wenig saurierhaft. Ich ging zwischen ihnen hindurch über ein kleines Feld zu der anderen Straßengabelung, wo Brewster geparkt hatte. Die Spannung kroch mir fast körperlich das Rückgrat entlang und ballte sich in meinen Schultermuskeln. Dies war kein Ort, wohin man mit seiner Freundin fuhr. Abgesehen davon war Brewster zu alt, um im Auto zu schmusen. Einen Picknickkorb hatte ich auch nicht gesehen.

Ich schlich vorsichtig vorwärts, darauf bedacht, kein Geräusch zu machen. In weiser Voraussicht hatte ich meinen Arbeitsdreß angezogen – ein dunkelblaues Sweatshirt mit abgeschnittenen Ärmeln, Blue jeans und dunkelblaue Joggingschuhe. Keine leuchtenden Farben. Meine Windjacke hatte ich im Wagen zurückgelassen. Es war mir egal, falls irgendwelche Leute meine Pistole sahen. Im Gegenteil, ich hoffte sogar, sie würden die Waffe sehen und entsprechend beeindruckt sein.

Das Dröhnen der ankommenden und abfliegenden Maschinen vom naheliegenden Flugplatz bot eine ständige Geräuschkulisse, deren man sich nur bewußt wurde, wenn einmal eine Pause eintrat. Ich erspähte Brewsters Wagen. Die Scheinwerfer waren ausgeschaltet und die Türen geschlossen. Ich pirschte mich heran und sah durch ein Fenster. Der Wagen war leer. Ich blieb regungslos stehen und horchte. Das Dröhnen der Flugzeuge. Das Geräusch der Ölpumpen. Der gedämpft herüberklingende Verkehrslärm vom San Diego Freeway jenseits des Sepulveda. Kein anderer Laut.

Ich kauerte mich hinter den Wagen und versuchte, etwas zu erkennen. Die Sterne waren zwar hervorgekommen, aber es schien kein Mond, und das Licht war mehr als spärlich. Die Straße war hier unbeleuchtet, und es gab auch keine Häuser in der Nähe. Die gleichförmige Bewegung der Ölpumpen wirkte in der Dunkelheit fremd und bedrohlich.

Ich machte ein paar behutsame Schritte zwischen den Bohrtürmen entlang und blieb immer wieder stehen, um zu horchen, aber alles, was ich hörte, war ein aufkommender Wind. Er verursachte unheimliche Geräusche, während er durch die anachronistischen Apparaturen strich. Der Boden des Ölfeldes war von weicher, lockerer Beschaffenheit, und als der Wind zunahm, wirbelte der Staub auf und trieb ihn durch die Luft. Ich begann schneller und weniger vorsichtig zuzuschreiten. Allmählich bekam ich es mit der Angst. Candy und Brewster waren jetzt schon zu lange miteinander verschwunden.

Der Wind war noch stärker geworden und zerrte an den lockeren Kabeln der Bohrtürme. Ich rannte quer über das Ölfeld, bemühte mich, den Pumpen auszuweichen und kniff die Augen gegen den umherfliegenden Schmutz zusammen. Die Pistole hielt ich in der Hand. Dabei versuchte ich, das ungute Gefühl zu unterdrücken, das mir in der Kehle saß. Der Wind hatte Wolken mitgebracht, die sich vor den Sternen zusammenballten. Es wurde noch dunkler, und ich mußte mein Tempo herabsetzen, weil ich kaum noch einen Meter weit sehen konnte. Wenn ich mit dem Kopf gegen eine Pumpe prallte, würde ich Candy keine große Hilfe mehr sein. Der Boden war stellenweise feucht und glitschig, und es lag ein übler Geruch in der Luft, den der Wind nicht zu vertreiben vermochte.

Während ich mich in der Dunkelheit vorwärts bewegte, bemerkte ich, daß Teile des Geländes mit Büschen bewachsen waren. Wenn ich dicht an sie herankam, konnte ich sehen, wie der Wind gespenstisch an ihren Zweigen riß. Dann hörte ich den Schuß. Der Knall saß auf dem Wind wie ein Vogel auf einem Telegrafendraht. Ich schnellte herum, um vielleicht das Mündungsfeuer noch zu sehen, und erspähte es tatsächlich zu meiner Linken, als noch mehr Schüsse fielen. Ich preschte mit gezückter Pistole los. Noch zwei Schüsse. Ich prallte gegen die Konstruktion einer der Pumpen, taumelte zurück und schaffte es, auf den Beinen zu bleiben. Dann rannte ich weiter auf die Stelle zu, wo ich das Mündungsfeuer gesehen zu haben meinte.

Ich nahm ein kurzes Aufblinken wahr, das vermutlich von Autoscheinwerfern stammte, die abdrehten. Dann herrschte nur noch Dunkelheit und das Pfeifen des Windes. Es hatte sich abgekühlt, und vom Westen kam Donnergrollen. In der Luft hing ein neuer Geruch von Regen. Ich blieb einen Augenblick stehen und horchte, die Augen starr auf die Stelle gerichtet, wo ich das Mündungsfeuer und die Scheinwerfer gesehen hatte. Dann zuckte ein Blitz über den Himmel, und ich sah vor mir einen geparkten Wagen stehen. Ich strebte darauf zu und erreichte ihn, bevor dem Blitz der Donnerschlag folgte.

Der Wagen, ein fünf Jahre alter Plymouth Duster, war leer. Ich lauschte, hörte jedoch nichts als den Wind. Wieder zuckte ein Blitz auf. Vor dem Wagen erstreckte sich eine große, gesäuberte Fläche, vielleicht ein Parkplatz. Menschen sah ich nicht. Der Geruch nach Regen war stärker geworden, und der Donner folgte dem Blitz in kürzerem Abstand. Das Gewitter kam schnell heran. Ich öffnete die Wagentür, faßte zum Armaturenbrett und schaltete, hinter die geöffnete Tür gekauert, die Scheinwerfer an.

Nichts passierte. Nichts regte sich. Ich legte mich flach auf den mit Kies bestreuten Boden und sah unter den Wagen. Nichts. Dann stand ich vorsichtig auf und entfernte mich gebückt von dem Fahrzeug. Die Scheinwerfer tauchten einen weiten Halbkreis theatralisch in Licht. Etwa sechs Meter von dem Wagen entfernt lag Franco Montenegros Leiche. Daneben die von Candy.

Ich ließ mich neben ihr auf die Knie nieder, aber sie war tot, und ich wußte es, bevor ich vergeblich nach ihrem Puls gefühlt hatte. In ihrem Körper steckten zwei Kugeln. Ihre ganze Vorderseite war voller Blut. Neben ihr auf der Erde lag ihre geöffnete Handtasche. Die 32er war herausgeholt, aber nicht abgefeuert. Sie hatte es zumindest versucht. Wie ich es ihr gesagt hatte. In ihrer Stirn war ein kleines, rundes Loch, aus dem dunkles Blut sickerte. Ich warf einen Blick auf Franco. Er hatte ein ähnliches Loch in der Stirn. Die letzten beiden Schüsse, die ich gehört hatte. Der Gnadenschuß, einen für jeden. Ich hockte mich auf die Fersen und starrte auf Candy. Trotz des Blutes und des Einschußlochs sah sie aus wie immer. Für etwas, das so groß ist, wirkte der Tod zumindest im Augenblick wenig beeindruckend.

Blitz und Donner kamen jetzt fast gleichzeitig, und kleine Regentropfen mischten sich zwischen den Wind. Ich blickte auf Franco. Neben seiner rechten Hand lag eine Pistole. Ich ging zu ihm hinüber, ließ mich, ohne die Waffe zu berühren, zu einer Art Liegestütz nieder und roch an der Mündung. Aus der Pistole war nicht geschossen worden. Franco lag auf dem Bauch, das Gesicht zur Seite gewandt. Sein Hemd war blutgetränkt. Mit zusammengebissenen Zähnen rollte ich ihn auf den Rücken. Auf seiner Vorderseite war kein Blut. Die Kugel war nicht durchgegangen. Er war von hinten erschossen worden.

Candy hatten die Schüsse von vorne getroffen. Ich stand auf und entfernte mich etwa fünf Meter von Francos Leiche. Auf dem lockeren Kies des Parkplatzes glänzten ein paar Messing-Geschoßhülsen. Der Schütze hatte eine Automatik benützt, wahrscheinlich eine neun Millimeter. Ich ging zurück und betrachtete Candy. Ein gleichmäßiger, vom Wind getriebener Regen hatte eingesetzt und etwas von dem Blut bereits rosa verdünnt.

Ich schaute mich auf dem Parkplatz um, aber es war nichts zu sehen. Dann richtete ich den Blick wieder auf Candy. Auch dort war nichts weiter zu sehen. Dennoch wandte ich den Blick nicht von ihr ab. Der Regen war dichter und heftiger geworden und rann über ihr zum Himmel gewandtes Gesicht. Es hatte sich empfindlich abgekühlt, aber Candy war das jetzt egal. Meine Kleidung war durchweicht, und die Haare klebten mir am Kopf. Regen lief mir die Stirn herab und behinderte meinen Blick. Candys Wimperntusche war zerlaufen und machte ihre Wangen streifig. Ich sah zu, wie der Regen auch die Streifen wegwusch.

»Ein schöner Leibwächter«, sagte ich.

26

Ich ließ sie dort von den Autoscheinwerfern angestrahlt im Regen liegen, ging die Straße zurück bis zur Gabelung und dann weiter zu meinem gemieteten Ford. Brewsters Wagen war verschwunden. Ich war so naß, als sei ich ins Wasser gefallen. Triefend stieg ich ein und ließ den Motor an. Ich fuhr zum Sepulveda zurück, dann auf den Freeway und wieder nach Beverly Hills. Der Regen wirkte im Licht der Scheinwerfer wie silberne Schrägstreifen.

Es herrschte so wenig Verkehr, daß ich es bis Beverly Hills in fünfzehn Minuten schaffte. Vor einer Telefonzelle hielt ich an und meldete die beiden Morde. Als sie meinen Namen wissen wollten, legte ich auf und fuhr weiter. Ich ignorierte das Stoppschild am

Roxbury Drive, lenkte den Ford über den Bordstein und auf Brewsters Rasen. Während ich an der Haustür klingelte, ließ ich die Wagentür offenstehen und den Motor laufen. Niemand meldete sich. Ich trat zwei Schritte zurück und stieß mit dem Fuß gegen die Tür. Bei meinem dritten Tritt splitterte der ganze Türrahmen, und ich konnte hinein.

Nichts regte sich. Kein Licht wurde angemacht. Auch nicht, als ich durch das Wohnzimmer in die Küche ging und dann weiter ins Eßzimmer, das Arbeitszimmer und noch vier weitere Räume, deren Bestimmung mir nicht recht klar war. Alles blieb still. Schließlich stieg ich, immer zwei Stufen auf einmal nehmend, in den ersten Stock hinauf und schaute in alle Zimmer. Brewster war nicht da. In einem Raum, der sein Schlafzimmer sein mußte, stand ein großes, rundes Bett. Ich hob es an und kippte es um, weil ich sicher gehen wollte, daß er sich nicht darunter verkrochen hatte. Dann raste ich die Treppen wieder hinab und durch die Hintertür hinaus zu dem Gebäude, in dem der Chauffeur wohnte. Er war auch nicht da. Als ich aus der Garage kam, sah ich ein rotes Blinklicht aufblitzen. Die Bel-Air-Zivilstreife im Einsatz. Ich hatte nicht an das Alarmsystem gedacht, sondern nur an Brewster.

Ich schlich mich in den angrenzenden Garten und lief im Schutz von einigen Büschen hinunter zum Roxbury Drive. In Brewsters Haus ging Licht an. Ich kam im Vorgarten des Nachbarhauses von Brewster heraus. Ein privater Streifenwagen mit eingeschaltetem Blinklicht parkte in der Nähe meines Fords. Der Streifenwagen war leer. Ich ging an ihm vorbei zu meinem Wagen, stieg ein und fuhr los.

Mit durchgetretenem Gaspedal raste ich nach Centura City. Ich parkte auf der Straße und rannte zu Brewsters Bürobau. Es regnete noch immer in Strömen. Ich hatte meine Windjacke nicht übergezogen, und mein Schulterhalfter war deutlich zu sehen. Außerdem war ich klitschnaß. Ein paar Leute starrten mich an.

Brewsters Bürogebäude war natürlich verschlossen. Ich blickte auf meine Armbanduhr. Viertel nach zehn. Kein Wunder, daß niemand mehr da war. Ich versuchte mein Glück auf der Rückseite, aber auch vergeblich. Dann trabte ich einen der regennassen Wege hinab, die von der Plaza abgingen, und probierte, die Tür zum Parkhaus zu öffnen. Es war auch abgeschlossen und zusätzlich mit einem Eisengitter gesichert. Mit Gewalt konnte ich nirgends eindringen, ohne die Polizei zu alarmieren. Und das wollte ich nicht. Noch nicht.

Ich kehrte zu meinem gemieteten Wagen zurück und überlegte.

Es bestand kein Grund, etwas zu überstürzen. Candy hatte jetzt mehr Zeit, als ihr lieb war. Außerdem wußte ich nicht einmal, ob sich Brewster in dem Bürohaus befand. Falls er drin war, mußte er irgendwann herauskommen. Und falls nicht, mußte er irgendwann hineingehen. Ich konnte warten.

Der Regen fiel mit unverminderter Stärke, nur der Wind hatte nachgelassen. Frauen, die aus dem Restaurant oder aus dem Century Plaza Hotel auf der gegenüberliegenden Straßenseite kamen, preßten ihre Röcke eng an die Beine und duckten sich unter die aufgespannten Schirme, während ihre Belgeiter, zumeist sogar hutlos, männlich dem Regen trotzten und Taxis herbeiwinkten. Passanten eilten, dicht an die Häuserfronten gedrückt, vorbei, als könne sie die Tuchfühlung mit den Zeugen der Zivilisation vor den Naturgewalten bewahren.

Das Problem, hier draußen auf Brewster zu warten, war nur, daß ich nicht wußte, von welcher Seite er das Gebäude betreten würde. Einen Platz, um alle Eingänge im Auge zu behalten, gab es nicht. Es blieb mir nichts übrig, als zu warten, bis sie am Morgen aufmachten, um dann hineinzugehen und mich umzusehen.

Gegen Mitternacht war in Century City keine Menschenseele mehr unterwegs. Um Viertel nach zwölf hielt eine Polizeistreife neben mir, und einer der Polizisten fragte durch sein herabgekurbeltes Seitenfenster: »Haben Sie irgendein Problem, Sir?«

»Ja, mein Wagen ist nicht angesprungen«, erwiderte ich, »und jetzt ist, wie ich fürchte, der Motor abgesoffen. Ich will ein paar Minuten warten und es dann noch einmal versuchen.«

»Okay«, sagte der Polizist. »Wir kommen nachher noch einmal vorbei. Falls es nicht geklappt hat, schicken wir Ihnen jemand.«

»Besten Dank«, sagte ich.

Der Streifenwagen fuhr los. Aber er würde zurückkommen, und wenn ich dann noch da war, konnte es Ärger geben. Manche Polizisten haben eine etwas lange Leitung, andere wieder nicht, aber keinesfalls sind Polizisten naiv. Sie würden unter allen Umständen wieder vorbeikommen, um meine Geschichte von dem abgesoffenen Motor zu überprüfen.

Ich startete, rollte ein Stück den Santa Monica Boulevard entlang und fuhr dann auf den Parkplatz hinter dem Beverly Hilton Hotel. Dort stellte ich den Ford unter einem Schild mit der Aufschrift NUR FÜR GÄSTE ab, zog meine Windjacke über und marschierte den Santa Monica entlang nach Century City zurück. Ich stand im Schatten des Eingangs zum Oceania Building, als der Streifenwagen wieder auftauchte, an der Stelle, wo ich gestanden hatte, das Tempo verlangsamte und dann weiterfuhr.

Der Regen hörte die ganze Nacht nicht auf. Und obwohl kalifornischer Sommer war, begann ich gegen Morgen mit den Zähnen zu klappern. Der neue Tag brach mit grauem Licht im Osten an, aber ohne sichtbare Sonne, und der Regen strömte weiter herab, als würde das ewig so weitergehen. Meine Kleider klebten mir feucht auf der Haut, und meine Augen brannten vor Schlaflosigkeit, als hätte mir jemand Sand hineingestreut. Allmählich tauchten die ersten Vertreter der werktätigen Bevölkerung auf. Küchenpersonal mit verquollenen Augen, den Kragen hochgeschlagen und weißen Hosen, die unter den Regenmänteln hervorsahen. Dann die Leute, die in den Büros arbeiteten. Sekretärinnen mit sauber aufgetragenem Make-up und nach Parfüm duftend erschienen rechtzeitig, um Kaffee zu kochen. Etwa eine Stunde später, gefolgt von den frisch rasierten leitenden Angestellten, die ihre Aktentaschen zum Schutz vor dem Regen eng gegen die Brust gepreßt hielten , damit das Lunchpaket nicht naß wurde. Brewster sah ich nicht.

Um neun verließ ich meinen Hauseingang, suchte mir eine Telefonzelle und rief Oceania an. Ich ließ mich mit der Dame in Brewsters Vorzimmer verbinden – derjenigen, die so wie Nina Foch aussah.

»Ist Pete da?« fragte ich in einer tiefen, satten Stimme.

»Nein, Sir. Mr. Brewster ist noch nicht im Büro.«

Ich lachte. »Der alte Fuchs ist sicherlich die ganze Nacht herumgestreunt. Wann erwarten Sie ihn denn?«

»Um halb zehn, Sir.« Ninas Ton war ein wenig mißbilligend.

»Na, wenn er kommt, richten Sie ihm aus, daß Ed im Lande ist und daß ich ihn später noch einmal anrufe. Sagen Sie ihm, ich will ihn, sobald er bereit ist, im Racquet-Ball schlagen.«

»Ja, Sir. Ich werde es weitergeben«, sagte Nina. Ihre Mißbilligung war jetzt unverhohlen.

Ich hängte ein und kehrte zu meinem Platz im Hauseingang zurück.

Um neun Uhr fünfundvierzig betrat ich das Oceania-Gebäude, stieg in den Fahrstuhl und fuhr zu Brewsters Büro im obersten Stockwerk hinauf. Verschiedene Leute im Fahrstuhl musterten mich verstohlen. Ich sah aus wie ein Mann, der die ganze Nacht im Regen herumgestanden hatte. Nicht wie einer, der sich auf dem Weg zur Vorstandsetage befand. Was die Leute nicht wußten war, daß ich noch nie so ausgesehen hatte.

27

In Brewsters Vorzimmer hielten sich drei Männer in teuren Anzügen auf. Sie hatten neben sich Aktenkoffer aus echtem Leder stehen. Außerdem war noch eine Dame in einem Schneiderkostüm anwesend, die nicht nur einen Aktenkoffer aus echtem Leder, sondern auch noch eine lederne Handtasche bei sich hatte. Ich steuerte auf die Tür von Brewsters Büro zu.

Nina Foch war flink wie ein Wiesel. »Kann ich Ihnen behilflich sein, Sir?« fragte sie und sprang von ihrem Schreibtisch auf, um mir in den Weg zu treten. Ihre Augen weiteten sich, als sie mich erkannte. Ich legte ihr eine Hand auf die Schulter und stieß sie zurück. Da ich mächtig gereizt war, machte ich das mit mehr Kraft als nötig, so daß sie rückwärts gegen ihren Schreibtisch flog und dann mit den Beinen strampelnd auf dem hochflorigen Teppichboden landete.

Ich drückte Brewsters Tür auf und stürmte durch die kleine Bibliothek. Brewster saß hinter seinem Schreibtisch. Der Umriß seines Oberkörpers zeichnete sich silhouettenhaft gegen das graue Licht der Fensterwand ab. Die Bibliothek war für eine Konferenz vorbereitet, mit einer Art von Staffelei neben der Innentür. Ich stieß im Vorbeigehen mit der Schulter dagegen, die Staffelei fiel um, und die Grafiken, die darauf gestanden hatten, flatterten über den Boden.

Simms war bei Brewster im Büro. Er trat mir entgegen, als ich hereinkam, und faßte dabei unter seiner Jacke zur Hüfte. Ich verpaßte ihm einen linken Haken und eine rechte Gerade, so daß er hintenüber fiel und die halb gezogene Pistole aus seiner Hand auf den Teppich polterte. Simms flog auf die Couch, rollte wieder herab und landete mit seiner rechten Körperseite auf dem Boden. Als ich an ihm vorbeiging, packte er meinen Fußknöchel. Ich stieß seine Hand weg und eilte auf Brewster los.

Brewster war von seinem Sessel aufgesprungen und versuchte, sich hinter seinem Schreibtisch zu verschanzen. Seine Augen waren weit aufgerissen, und sein Gesicht war so blaß, daß seine Sonnenbräune gelblich wirkte. Ich warf mich über die Schreibtischplatte, so wie man sich in die Brandung wirft, und erwischte mit der Linken sein Jackett. Er prallte zurück und zog mich dabei über die Tischplatte. Ich kam wieder auf die Füße und tauchte wie aus einer Schneelawine hoch. Brewster schlüpfte aus seinem Jackett, so daß es mir in den Händen zurückblieb, und hastete davon, um in sein Vorzimmer zu gelangen.

Simms kroch auf der Suche nach seiner Pistole auf allen vieren. Als ich an ihm vorbeikam, hatte er die Waffe gerade entdeckt. Ich trampelte ihm mit dem linken Fuß auf die Hand und stieß ihm mit dem rechten Knie gegen die Schläfe. Danach fiel er um und rührte sich nicht mehr. Brewster hatte bereits die Bibliothek durchquert und das Vorzimmer erreicht. Ich holte ihn an der Tür ein, bekam ihn an den Haaren zu packen, riß ihn zu mir herum und versetzte ihm einen Schwinger, der ihn rücklings ins Vorzimmer fliegen ließ. Zwei der Männer in den gepflegten Anzügen waren bereits verschwunden. Die Frau und der dritte Mann betrachteten die Szene unschlüssig. Nina Foch hatte nach dem Telefonhörer gegriffen. Mit einer schnellen Bewegung riß ich die Schnur aus dem Apparat. Brewster versuchte auf Händen und Füßen kriechend an mir vorbeizukommen. Der verbliebene Mann sagte: »Heh, Moment mal.«

Ich ignorierte ihn, packte Brewster vorne am Hemd, hob ihn hoch, zog ihn zu mir heran und knallte ihn dann gegen die Wand neben der Tür zur Bibliothek. Dann wiederholte ich dasselbe noch einmal. Brewsters Atem kam in keuchenden Stößen. Der verbliebene dritte Mann versuchte mich an den Armen zu greifen und wegzuziehen. Ohne Brewster loszulassen, sagte ich: »Verschwinden Sie hier. Sie wissen nicht, auf was Sie sich da einlassen.«

Er versuchte meine Arme an meinem Körper festzuklammern. Nina Foch war zur Tür hinausgerannt. Ich ließ Brewster los, befreite mich aus dem Griff des dritten Mannes, drehte mich um und schlug ihm so hart ich konnte in die Magengrube. Er sagte: »Uff«, taumelte zurück, klappte vornüber und lehnte sich gegen die Tür. Brewster versuchte währenddessen an mir vorbei die Flurtür zu erreichen, ich zerrte ihn jedoch zurück und knallte ihn noch einmal gegen die Wand. Er stieß mir mit den Händen ins Gesicht, aber er war nicht sonderlich stark. Wieder knallte ich ihn gegen die Wand. Dann trat ich zurück. Er sackte ein bißchen zusammen, als ich ihn losließ. Ich schlug ihm mit der linken geöffneten Hand ins Gesicht, dann mit der rechten, mit der linken und wieder mit der rechten. Er hob beide Hände, um seinen Kopf zu bedecken, und ich boxte ihn in den Magen. Er schnappte nach Luft und ließ die Hände fallen. Wieder schlug ich ihm rechts und links ins Gesicht. Jedesmal, wenn ich ihn traf, zuckte es in meinem Innern auf wie eine rote Blitzlichtbirne, und meine Muskeln schienen neu aufgeladen zu werden. Wenn ich mit den Fäusten zugeschlagen hätte, das wußte ich, hätte ich ihn umgebracht.

Er versuchte gleichzeitig, den Kopf und Magen zu schützen, aber das gelang ihm nicht, und mein nächster Schlag war so hart, daß er sich nicht mehr auf den Beinen halten konnte. Er sackte vornüber, die Brust auf die Knie gepreßt, beide Hände über dem Kopf. Ich trat ihm in die Nieren. Er bäumte sich auf, versuchte wegzukommen und mich von seinen Nieren abzuhalten, und ich stieß ihm mit dem Fuß in den Magen. Simms erschien im Türrahmen hinter Brewster. Sein rechtes Auge begann zuzuschwellen, und an seiner Nasenwurzel klebte Blut. Aber er hatte seine Pistole in der Hand und musterte mich blinzelnd. Die Dame in dem Schneiderkostüm, die uns die ganze Zeit wortlos zugesehen hatte, sagte: »O mein Gott«, und tauchte hinter Ninas Schreibtisch weg.

Simms war noch benommen, und das machte ihn langsam. Ich wich seitwärts aus und schlug ihm die Waffe aus der Hand. Sie fiel neben Brewster zu Boden. Ich bückte mich, um sie aufzuheben, und schob sie in meine Hosentasche. Als ich mich aufrichtete, traf mich Simms mit einem weit ausholenden Schlag auf die Schädeldecke, daß mir der Kopf dröhnte. Als Revanche kassierte er von mir links und rechts einen Schwinger. Er taumelte drei Schritte rückwärts. Ich folgte ihm und stieß ihn vor mir her in Brewsters Büro bis zu dessen Schreibtisch, wo er zu Boden sackte. Dann kehrte ich zurück, um mich wieder Brewster zu widmen.

Der verbliebene dritte Mann, dem ich in den Magen geboxt hatte, erwies sich als erstaunlich hart im Nehmen. Obwohl er noch immer halb zusammengekrümmt dastand, machte er keine Anstalten zu verschwinden. Im Gegenteil, er versuchte meinen Arm festzuhalten, so daß ich ihn mit einem Ruck von mir wegschleudern mußte. Ich beugte mich hinab und zerrte Brewster wieder an der Wand hoch. Aus seinem Mund rann Speichel. Seine Lippe war aufgeplatzt, und seine Nase blutete. Ich schlug ihn erneut.

Dann war plötzlich etwas hinter mir. Ich krümmte mich vorsichtshalber und zog den Kopf ein, und etwas traf mich hart auf die linke Schulter. Ich ließ Brewster los, drehte mich um und sah zwei Sicherheitsbeamte der Oceania in stahlblauen Uniformen. Sie waren mit Gummiknüppeln bewaffnet. Einer der beiden hatte mich gerade geschlagen und war im Begriff, es wieder zu tun. Ich fing seinen Schlag mit dem linken Unterarm ab und versetzte ihm einen rechten Uppercut. Als er aufstöhnend zurückprallte, ließ ich meine linke Hand an seinem Arm herabgleiten und entriß ihm den Gummiknüppel. Dann drehte ich den Spieß um und verprügelte ihn und seinen Kumpel mit dem Knüppel. Der Mann, der mich angegriffen hatte, ging zu Boden, während der andere sich mit seinem Gummiknüppel zu wehren versuchte. Ich stieß ihm in den Magen, und als er instinktiv die Hände herabnahm, verpaßte ich ihm einen Schlag an die Schläfe. Daraufhin ging auch er zu Boden.

Ich packte wieder Brewster am Schlafittchen, zerrte ihn hoch, schob ihn vor mir her in sein Privatbüro, schloß die Tür und verriegelte sie. Ich sah alles wie durch einen dünnen, rötlichen Schleier, aber mein Kopf schien so klar zu sein wie Gebirgsluft, und alles, was geschah, wirkte, als spiele es sich im Zeitlupentempo ab.

Ich zog meine Waffe heraus und drückte Brewster den Pistolenlauf direkt unter der Nase auf die Oberlippe. Er schwankte so heftig, daß ich ihn mit der linken Hand am Hemd festhalten mußte, um ihn nicht umkippen zu lassen. Ich preßte den Pistolenlauf noch fester auf die Lippe.

Meine Stimme klang so leise, daß ich sie wie aus weiter Ferne zu hören schien. »Ich kann mir ungefähr denken, was passiert ist, Peter«, sagte ich. »Sie haben draußen auf dem Ölfeld ein Treffen mit Franco arrangiert und ließen Simms, oder auch jemand anders, schon dort warten. Dann brachten Sie Candy mit und ließen – ganz cleverer Geschäftsmann, der Sie sind – gleich alle beide von Simms, oder wem auch immer, erledigen. Zwei Fliegen mit einer Klappe, könnte man sagen. Damit waren die Personen aus dem Weg geräumt, von denen Sie sich bedroht fühlten. Und dann kamen Sie zurück, verbrachten einen angenehmen Abend, schliefen friedlich und erschienen am Morgen hier ausgeruht und wohlgelaunt, um einen neuen Arbeitstag zu beginnen.«

Während ich sprach, versuchte er den Kopf zu schütteln. Der Druck des Pistolenlaufs unter seiner Nase machte eine Bewegung jedoch kaum möglich, so daß sein Kopf nur ein wenig zuckte. Mehr schaffte er nicht. Zu meiner Rechten rappelte sich Simms, den Rücken gegen die Couch gestützt, zu einer Sitzstellung hoch.

»In einer Minute werden hier hundert Polizisten sein, Freundchen«, sagte Simms. Seine Stimme klang ein wenig verzerrt.

»Um so besser«, versetzte ich. »Dann können sie dich ja gleich in den Knast verfrachten, du kleiner Schlaumeier. Du hast Franco und das Mädchen doch umgelegt, nicht wahr?«

Simms sah mich an, ohne zu antworten.

»Er war es doch, oder?« wandte ich mich an Brewster.

Brewster machte »Unnuh« und versuchte noch einmal, den Kopf zu schütteln. Ich stieß ihm mit dem Pistolenlauf gegen die Oberlippe.

»War er es?« fragte ich.

»Unuh.«

Ich stieß ihm wieder gegen die Oberlippe. Ihm liefen Tränen die Wangen herab. »Ich bin Ihnen nach dort draußen gefolgt«, sagte ich gedämpft. »Ich weiß, daß Sie Candy auf dem Gewissen haben. Es würde mir nichts ausmachen, Ihnen jetzt auf der Stelle in den Oberkiefer zu schießen. Ich hatte Candy gern.«

»Simms hat sie erschossen«, sagte Brewster. »Er war nur hinbestellt, um uns vor Franco zu schützen, aber er drehte durch und erschoß sie.«

»Na, wie klingt das, Rollie?« wandte ich mich an Simms.

Er musterte Brewster verächtlich. »Vorhin haben Sie das schon ganz richtig geschildert.«

Jemand versuchte die Tür zu Brewsters Büro zu öffnen und klopfte dann. »Hier ist die Polizei«, sagte eine Stimme. »Machen Sie auf.«

»Falls jemand hereinkommt«, rief ich, »jage ich den beiden Typen hier drinnen eine Kugel in den Kopf.«

Es herrschte Schweigen. Dann sagte eine andere Stimme: »Mein Name ist Sergeant Eugene Hall. Ich werde Sie auf dem Apparat dort drinnen anrufen, und dann können wir uns unterhalten. Es gibt nichts, worauf wir uns nicht einigen könnten.«

»Nein. Noch nicht«, erwiderte ich. »Ich muß erst ein Telefongespräch führen. Danach werde ich mit Ihnen reden. Rufen Sie in fünf Minuten an.«

»Einverstanden«, sagte Hall. »Es besteht keine Eile. Regen Sie sich nicht auf.«

Ich hob den Hörer ab und ließ mir die Information geben. Dann wählte ich die Nummer des KNBS und verlangte John Frederics, den Nachrichtenchef, zu sprechen.

28

Als ich Frederics erklärte, worum es mir ging, sagte er: »Ich werde selber kommen«, und legte auf. Vielleicht hatte ich ihn unterschätzt.

Brewsters Lippe war aufgequollen, ein Auge geschlossen, und das Blut rann noch immer aus seiner Nase. Während ich telefonierte, war er zu Boden gerutscht und saß jetzt gegen das Fenster gelehnt, die Beine geradeaus gestreckt. Simms war andersherum verfahren und hatte sich auf die Couch gestemmt, auf der er nun hockte. An seiner Schläfe hatte er eine große Platzwunde, und ihm schien ein Zahn zu fehlen. Mit einem Blick auf die Knöchel meiner linken

Hand stellte ich fest, daß ich mir die Haut abgeschrammt hatte.

»Was wollen Sie machen?« fragte Brewster. Er hatte Mühe, deutlich zu sprechen.

»Sie müssen vor der Kamera den Mord an Candy Sloan gestehen«, antwortete ich.

»Und wenn ich mich weigere?«

»Dann bringe ich Sie um«, sagte ich.

»Draußen ist die Polizei.«

»Ja, und wie werden die weinen, wenn ich ihnen erkläre, warum Sie abtreten mußten!«

Das Telefon klingelte, und ich nahm den Hörer ab. »Ja?«

»Gene Hall am Apparat«, sagte eine Stimme. »Worauf können wir uns einigen?«

»Kennen Sie einen Beamten vom Morddezernat mit dem Namen Samuelson?« fragte ich.

»Natürlich«, erwiderte Hall.

»Holen Sie ihn her«, sagte ich. »Richten Sie ihm aus, ich hätte die Leute, die Sam Felton, Candy Sloan und Franco Montenegro umgebracht haben. Ich werde ihm die beiden ausliefern, aber vorher will ich noch ein bißchen Zeit, um etwas zu erledigen, was mir am Herzen liegt.«

»Wen haben Sie da drinnen bei sich? Die Sekretärin ist so aufgeregt, daß ich Schwierigkeiten habe, sie zu verstehen.«

»Ich habe Peter Brewster, den Chef dieses Ladens, und Rollie Simms, den Sicherheitsbeauftragten.«

»Und wie ist Ihr Name?«

»Spenser.«

»Okay. Bleiben Sie in der Nähe des Telefons, damit wir wieder Kontakt aufnehmen können?«

»Rufen Sie mich an, wann immer Sie wollen«, sagte ich und legte den Hörer auf.

Brewster und Simms saßen noch immer in der gleichen Körperhaltung.

»In ein paar Minuten wird ein Mann von KNBS mit einem Kamerateam erscheinen«, wandte ich mich an Brewster. »Er wird hereinkommen und Sie interviewen, und Sie werden ihm eine Erklärung abgeben, die ich jetzt für Sie aufsetze.«

Ich zog eine IBM-Selectric-Schreibmaschine samt Tischchen zu mir heran, schaltete sie ein und begann mit einem Finger zu tippen, während ich die Waffe auf Simms gerichtet hielt. Brewster hatte aufgegeben, aber Simms war aus härterem Stoff.

Das Telefon läutete. Ich hörte zu tippen auf und nahm den Hörer ab.

»Noch einmal Gene Hall, Spenser. Hier draußen ist ein Mann vom KNBS-Fernsehen und behauptet, Sie hätten ihn herbestellt.«

»Ja«, sagte ich. »Schicken Sie ihn rein.«

»Es gibt da ein Problem«, meinte Hall. »Sie haben bereits zwei Geiseln, und ich möchte die Zahl nicht noch erhöhen.«

»Das kann ich verstehen. Wir können einen Tausch machen. Ich schicke Ihnen Simms raus, wenn Sie die Fernsehleute hereinlassen.«

»Das ist trotzdem ein Verhältnis drei zu eins«, wandte Hall ein.

»Ja. Wissen Sie von den Fernsehleuten, was wir vorhaben?«

»Sie haben mir von dem Telefonat mit Ihnen berichtet.«

»Haben Sie sich schon mit Samuelson in Verbindung gesetzt?« wollte ich wissen.

»Ja. Er ist auf dem Weg hierher.«

»Okay. Warum warten wir dann nicht, bis er eintrifft, und dann rede ich mit ihm.«

»Einverstanden, Spenser«, sagte Hall. »Können wir in der Zwischenzeit noch etwas für Sie tun?«

»Wer sagt mir eigentlich, ob Sie und Ihre Kollegen mich auch noch so zuvorkommend behandeln, wenn ich Brewster und Simms erst einmal ausgeliefert habe?«

»Aber das ist doch gar keine Frage. Sie waren anständig zu uns, und wir werden anständig zu Ihnen sein. Wir wollen nichts weiter, als daß alles möglichst glatt läuft. Möchten Sie Kaffee oder irgend etwas?«

»Nein, besten Dank, Eugene«, sagte ich und legte auf. Dann tippte ich weiter. Nach drei Minuten klingelte das Telefon wieder. »Ja?« meldete ich mich.

Eine Stimme, die nicht Eugene gehörte, sagte: »Spenser, was, zum Teufel, machen Sie eigentlich?«

»Samuelson?«

»Wen hatten Sie erwartet? Barbara Walters?«

»Jeder Mensch hat seine Träume«, versetzte ich.

»Was ist hier los?«

»Haben Sie Candy Sloan und Franco gefunden?«

»Ja.«

»Brewster und Simms haben die beiden auf dem Gewissen. Brewster hat mit dem Syndikat zu tun. Franco versuchte, ihn zu erpressen, und Candy war noch immer hinter ihrer Story her. Deshalb ließ Brewster sie gleich alle beide aus dem Weg räumen.«

»Und Sie haben Brewster dort drinnen?«

»Ja, und Simms. Simms hat vermutlich geschossen. Brewster hätte sicher nicht die Kaltblütigkeit gehabt. Aber er steckt dahinter.«

»Und jetzt sollen die Fernsehleute zu Ihnen hineinkommen?«

»Ja. Brauchen Sie eine Erklärung?«

»Nein«, antwortete Samuelson. »Die brauche ich nicht. Okay. Wir lassen das Team hinein, und ich komme auch mit. Und wenn die Sache gelaufen ist, liefern Sie die beiden mir aus. Und auch sich selber.«

»Sie wissen, warum ich es so haben will«, sagte ich.

»Okay«, sagte ich und legte den Hörer auf. Dann nahm ich das Blatt Papier aus der Schreibmaschine und reichte es Brewster. »Wenn die Fernsehleute mit der Technik fertig sind, verlesen Sie, was ich Ihnen hier aufgeschrieben habe. Falls Sie sich weigern, erschieße ich Sie.«

»Was ist schon der Unterschied«, brachte Brewster undeutlich hervor. »Wenn ich das lese, werde ich von Staats wegen zum Tode verurteilt.«

»Ach wo«, sagte ich. »Hier draußen ist seit Jahren kein Todesurteil mehr gesprochen worden. Und an Leute mit Ihren Verbindungen hat man sich wahrscheinlich überhaupt noch nicht ernsthaft herangewagt. Sie kennen alle Tricks, Brewster. Sie können in ein paar Jahren schon wieder draußen sein. Wer will Ihnen das Gegenteil beweisen, wenn Sie vor Gericht behaupten, gezwungen worden zu sein? Vielleicht klappt es. Wenn Sie das hier verlesen, haben Sie eine ganze Menge Chancen. Wenn Sie es nicht tun, bleibt Ihnen gar keine. Sehen Sie mich an, wenn ich mit Ihnen spreche. Sehen Sie mich an! Sie wissen, daß ich es ernst meine.«

Brewster starrte mich mit seinem offenen und dem fast geschlossenen Auge an. Er nickte. Ich ging zur Tür, schob den Riegel zurück und machte auf. Dabei achtete ich peinlich darauf, außerhalb der Schußlinie zu bleiben. Vorsicht hat noch niemand geschadet.

Samuelson kam zuerst herein. Er trug wieder seine getönten Augengläser und wirkte erfreulich entspannt. Ihm folgte Frederics, makellos in Schale und sorgfältig gekämmt. Hinter Frederics erschien ein bärtiger Farbiger im Gammellook mit einer Kamera auf der Schulter und einer großen, ramponierten schwarzen Ledertasche, die an einem Schulterriemen herabhing. Als letzte folgte eine junge Frau, die sich in punkto Gammellook offenbar in Konkurrenz mit dem Farbigen befand. Sie schien die Tontechnikerin zu sein, denn sie trug eine Kabelrolle und eine lange Stange, auf der ein

Mikrofon montiert war.

Samuelson durchquerte den Raum und blieb neben Simms stehen. Simms starrte zu Boden. Frederics bedachte mich mit einem Nicken.

»Stehen Sie auf«, sagte ich zu Brewster. Ich hielt mit ausgestrecktem Arm die Pistole auf ihn gerichtet. Ein bißchen Dramatik konnte nicht schaden. Brewster erhob sich träge. Der Farbige stieß einen erschrockenen Laut aus, als er Brewsters Gesicht sah.

Samuelson warf mir einen Blick zu. »Er hat sich nur ziemlich schwer beruhigen lassen«, erklärte ich.

»Das sehe ich«, meinte Samuelson.

Frederics sah auf seine beiden Begleiter. »Sind wir soweit?«

Die beiden nickten. Die Tontechnikerin nahm das Mikrofon von der Stange und reichte es Frederics. Er schaute in die Kamera und sagte dann: »Hier spricht John Frederics. Ich wende mich aus den Geschäftsräumen der Oceania Industries in Century City an Sie, wo im Augenblick eine Art Geiselnahme stattfindet. Die Lösung dieser Situation verlangt es, daß eine der Geiseln, Peter Brewster, der Präsident der Oceania, eine Erklärung verliest. Bitte, Mr. Brewster.«

Der Kameramann schwenkte die Kamera auf Brewster, und Frederics hielt Brewster das Mikrofon entgegen. Ich hielt weiter die Pistole gezückt. Brewster stand ein wenig wacklig zwar, aber aufrecht gegen seinen Schreibtisch gelehnt. Er hatte mein getipptes Manuskript in der Hand und begann zu lesen:

»Einer Mitarbeiterin von KNBS, der Reporterin Candy Sloan, ist es durch ihre gewissenhaften und beharrlichen Recherchen gelungen, die Tatsache aufzudecken, daß ich in Verbindung mit einer einflußreichen Verbrecherorganisation in kriminelle Aktivitäten verwickelt war. Sie stand im Begriff, die Ergebnisse ihrer Nachforschungen zu enthüllen. Um das zu verhindern, habe ich Candy Sloan durch einen Mann namens Rollie Simms umbringen lassen. Ohne den unbeirrbaren Einsatz Candy Sloans wäre ich niemals erwischt worden.«

Es folgte Schweigen. Ich ließ die Pistole sinken, drehte sie um und hielt sie mit dem Knauf voran Samuelson entgegen. Er mußte um die Tontechnikerin herumlangen, um sie mir abzunehmen. Dann schob er die Waffe in eine Hosentasche. Brewster war unbeweglich stehengeblieben. Frederics hob das Mikrofon wieder vor sein Gesicht, und die Kamera schwenkte ein Stückchen.

»In diesem Raum herrscht jetzt Stille. Eine Kollegin ist tot. Sie hörten John Frederics von den KNBS-Nachrichten.« Er verharrte noch eine Sekunde lang und gab dann ein Handzeichen, daß alles okay war. Er sah mich kurz an. »Die Aufnahme wird gesendet, sobald ich zurück im Studio bin«, sagte er.

Ich nickte. Dann brachen die drei Fernsehleute auf. Die Tontechnikerin ging als letzte und schaute noch einmal zu mir zurück. Sie hatte nasse Augen.

»Okay«, sagte Samuelson. »Fahren wir jetzt also zum Polizeipräsidium.«

29

Es war elf Uhr drei am späten Abend im Polizeipräsidium. Seit ich mit Samuelson eingetroffen war, hatte ich mit drei Detektiven, zwei Staatsanwälten, einem Untersuchungsrichter, einem leitenden Beamten vom Morddezernat, dem Chef der Kriminalpolizei (der mich einen »provinziellen Schaumschläger« genannt hatte), dem Beauftragten für Öffentlichkeitsarbeit, einem Menschen vom Bürgermeisteramt (der etwas von »staatsbürgerlicher Verantwortung« gesagt hatte, was ich nicht ganz verstand – was sich aber im großen und ganzen im Einklang mit den Äußerungen des Chefs der Kriminalpolizei zu befinden schien) und einem Rechtsanwalt gesprochen, den KNBS herübergeschickt hatte, um meine verfassungsmäßigen Rechte zu wahren. Es war derselbe, den sie uns zu Felton geschickt hatten. Jetzt saß ich bei geschlossener Tür in Samuelsons Büro, trank schätzungsweise meine dreiundachtzigste Tasse ganz abscheulich schmeckenden schwarzen Kaffee und sah mir zusammen mit Samuelson die Spätnachrichten an. Das Fernsehgerät, das wir dazu benützten, hatte einen Zwanzigerbildschirm und stand auf einem Aktenschrank in der linken Ecke des Raumes.

Auf der Mattscheibe wirkte Frederics, der Nachrichtenchef, größer und bedeutend natürlicher. Er saß im Nachrichtenstudio von KNBS auf einer Schreibtischkante und sprach direkt in die Kamera.

»Jeder Reporter muß zuweilen über einen gewaltsamen Tod berichten«, sagte er. »Aber heute ist es für alle beim KNBS anders als sonst. Diesmal handelt es sich bei dem Opfer um eine von uns.«

Samuelson saß ohne Jackett da. Der Schlips hing ihm lose um den Hals, sein Hemd war aufgeknöpft, und die Ärmel hatte er hochgekrempelt. Seine Füße ruhten auf einer Ecke seines Schreibtisches, und er trommelte lautlos mit den Fingern seiner linken Hand auf die Tischplatte, während er die Sendung verfolgte. Ich trank in kleinen Schlucken meinen Kaffee. Er schmeckte zwar nicht, aber mir blieb nichts weiter zu tun beim Fernsehen.

»Gestern abend wurde die KNBS-Reporterin Candy Sloan im Zusammenhang mit von ihr betriebenen Recherchen ermordet, die leitende Persönlichkeiten aus der Filmindustrie mit organisiertem Verbrechertum in Verbindung bringen«, erklärte Frederics. Ich betrachtete mein Spiegelbild in der dunklen Fensterscheibe hinter Samuelsons Schreibtisch. Meine nassen Sachen waren mir zwar inzwischen am Leibe getrocknet, sahen aber mächtig zerknautscht aus. Die Haare standen mir steif vom Kopf ab. Außerdem hatte ich einen Zweitagebart und zwei Nächte lang nicht mehr geschlafen. Man hätte mich glatt für den Türsteher eines Obdachlosenasyls halten können.

»Stadt der Illusionen«, sagte ich. »Flitterglanz.«

Samuelson sah zu mir herüber. »Land der Träume«, fügte er hinzu. Auf dem Bildschirm faßte Frederics die Ereignisse zusammen, die in Candys Ermordung gipfelten.

»Ist Ihnen schon einmal aufgefallen, daß diese Burschen einen Sachverhalt niemals richtig hinkriegen?« fragte Samuelson.

»Nicht einmal diesen«, pflichtete ich ihm bei.

»Möchten Sie noch Kaffee?«

»Nein, danke.« Ich fühlte mich direkt elend von dem vielen Kaffee, den ich an diesem Tag schon getrunken hatte. Gegessen hatte ich fast so lange nichts, wie ich nicht geschlafen hatte. Samuelson stand auf und stellte den Ton des Fernsehgerätes ab, so daß Frederics nur noch Pantomime machte.

»Wollen Sie wissen, was wir bis jetzt haben?« fragte Samuelson.

»Ja.«

»Okay. Wir hatten Glück. Brewster konnte es gar nicht abwarten, Simms alles in die Schuhe zu schieben. Wir lasen ihm seine Rechte vor und wiesen ihn darauf hin, daß alles, was er sage, gegen ihn verwendet werden könne. Natürlich erklärten wir ihm auch, daß er ohne seinen Anwalt überhaupt nichts zu sagen brauche. Aber er war derart erpicht darauf, zu Protokoll zu geben, daß Simms der Alleinschuldige ist, daß er wie ein Wasserfall redete. Das brachte wiederum Simms so in Rage, daß er seinerseits auszupacken begann, und so haben wir wohl ziemlich alles, was aus den beiden herauszuholen war. Sie hätten sich auch auf die Hinterbeine stellen können wegen der groben Behandlung.«

Ich nickte.

»Jedenfalls«, fuhr Samuelson fort, »haben wir die Akten von Simms herausgesucht und festgestellt, daß er ein Strafregister hat, das Attila dem Hunnen gehören könnte. Er fungiert als Eintreiber des Syndikats. Brewster hatte enge Kontakte zu den Gangstern und natürlich umgekehrt. Sie hatten Simms in die Oceania eingeschleust, um alles im Auge zu behalten.«

»Können Sie diese Aussagen vor Gericht gebrauchen?« wollte ich wissen.

Samuelson zuckte die Achseln. »Dafür bin ich nicht zuständig. Die Burschen von der Staatsanwaltschaft meinen, vielleicht. Aber Sie wissen ja, wie das so läuft. Für Brewsters Verteidigung werden sicher teure Anwälte aufgeboten. Wahrscheinlich sagen sie, er wurde von Ihnen unter Druck gesetzt. Sie werden auch behaupten, er sei ohne einen Anwalt nicht befugt gewesen, eine Aussage zu machen. Sie werden auf den Grundrechten der amerikanischen Justiz herumreiten. Und unsere Seite wird von irgendeinem Jüngling vertreten werden, der knapp sein juristisches Staatsexamen hinter sich hat.« Samuelson seufzte resigniert.

»Gehen Sie noch ein bißchen weiter zurück«, forderte ich ihn auf. »Warum hat Franco eigentlich Felton umgelegt?«

»Franco war als Abkassierer tätig. Zuletzt für Ray Zifkind. Vor etwa fünf oder sechs Jahren standen die Summit-Studios vor der Pleite, und Ray Zifkind half ihnen wieder auf die Beine. Damit hatte das Syndikat den Chef von Summit, einen Mann namens Hammond, in der Tasche.

»Ich kenne Hammond«, sagte ich. »Zifkind ist also der große Macker hier?«

»Ja. Jedenfalls führte eins zum anderen, und Brewster geriet auch mit hinein. So ähnlich etwa, wie wenn jemand Karten spielt und bemerkt, daß ein anderer betrügt. Statt den Betrug an die große Glocke zu hängen, macht er mit und sahnt ebenfalls ab. Haben Sie jemals Karten gespielt?«

»Ja. Ich verstehe, worauf sie hinaus wollen.«

»Ziemlich bald mauserten sich Summit-Filme und Oceania-Produkte zu echten Marktrennern, und Zifkind verdiente, Brewster verdiente, und Summit verdiente auch. Gelegentlich wurde vielleicht in Omaha ein Kino verwüstet oder einem Holzgroßhändler in Olympia, Washington, brannte das Lagerhaus ab, aber das gehört zum Geschäft. Alles lief fabelhaft – außer vielleicht für den Holzgroßhändler oder für den Kinobesitzer in Omaha –, bis Candy Sloan auf der Bildfläche erschien.«

Auf dem stummen Bildschirm hatte Frederics zu reden aufgehört. Die Kamera fuhr zurück und zeigte eine Totale des Nachrichtenstudios. Dann wurde der Bildschirm grau. Ich stand auf und schaltete den Apparat aus.

»Meine Weisheiten habe ich hier und da aufgeschnappt«, fuhr Samuelson fort. »Auch wir sind diesen Machenschaften schon seit geraumer Zeit auf der Spur. Heute nachmittag haben wir Hammond einkassiert – unsere beiden Herren unten waren schließlich recht gesprächig. Candy Sloan wandte sich an Felton, der wurde nervös und sprach seinerseits mit Hammond. Hammond wiederum nahm Kontakt zu Brewster auf und so weiter. Und schließlich wurde Franco Montenegro geschickt, um Miss Sloan mit einer Tracht Prügel abzuschrecken. Wenn es zu vermeiden ist, legen sie eine Journalistin nicht so ohne weiteres um.«

»Jetzt weiß ich aber noch immer nicht, warum Felton von Franco erschossen wurde.«

»Nur Geduld«, sagte Samuelson. »Darauf komme ich noch. Was wir beide nicht wußten, war die Tatsache, daß die Gewinne, die Summit für Zifkind abwarf, über Felton liefen. Und nicht einmal Brewster, Hammond und Zifkind wußten, daß Felton dabei einiges in seine eigene Tasche fließen ließ. Aber Franco wußte es.«

Wäre ich eine Figur aus einer Cartoon-Serie gewesen, hätte in einem Ballon über meinem Kopf jetzt eine Glühbirne aufleuchten müssen. »Und Franco schnitt sich auch ein Stück von dem Kuchen ab«, sagte ich.

»Sehr scharfsinnig«, lobte mich Samuelson. »Sie sind ja ein richtiger Intellektueller. Waren Sie in Harvard?«

»Ich habe eine Freundin, die dort einen Sommerkurs macht«, erklärte ich.

»Das muß abfärben«, meinte Samuelson. Durch die klare Glastür seines Büros konnte ich die Wanduhr im Mannschaftsraum erkennen. Sie zeigte elf Uhr achtunddreißig. »Felton und Franco bedienten sich heimlich also alle beide. Und niemand wußte davon.«

»Als wir Felton dann jedoch so dicht auf den Pelz rückten, daß Franco befürchten mußte, er würde auspacken, blieb ihm nichts anderes übrig, als Felton umzubringen«, sagte ich. »Denn wenn das Syndikat erfahren hätte, was die beiden gemacht hatten, wären sie . . .«

Samuelson nickte. »Ja«, bestätigte er. »Langsam, schmerzhaft und sicher ins Jenseits befördert worden. Was mir besonders gefällt, ist die Tatsache, daß Felton ausgerechnet Franco herbeizitierte, um ihm aus der Patsche zu helfen, und sich damit seinen eigenen Mörder einlud.«

»Franco hatte recht«, sagte ich. »Felton wäre umgekippt. Er hätte schon nach einer halben Minute alles ausgepackt, wenn die Polizei ihn in die Zange genommen hätte.«

»Was nun aber Candy Sloans Freund betrifft – wie war doch gleich der Name?«

»Rafferty«, sagte ich. »Mickey Rafferty. Aber er war nicht eigentlich ihr Freund.«

»Was Rafferty beobachtete, als Felton Geld an Franco übergab, war groteskerweise gar nicht das, für was wir es alle hielten. Es war lediglich Francos kleines Nebengeschäft mit Felton. Aber es brachte die Lawine ins Rollen, versetzte Hammond und Brewster in Panik und zuletzt vermutlich sogar Zifkind, obwohl wir an den nicht herankommen werden.«

»Und Brewster?« brachte ich mit Anstrengung hervor. Ich fühlte mich, als würde ich niemals mehr von meinem Stuhl aufstehen können. Als würde ich allmählich zum Fossil, aus dem das Leben mehr und mehr wich. Meine ganze Energie war darauf konzentriert, Samuelson zuzuhören. »Wollte Franco den auch anzapfen?«

»Ja. Vermutlich brauchte er Geld, um zu verschwinden – vor Zifkind und vor uns.«

»Und Brewster befürchtete, Candy könnte der Wahrheit auf die Spur kommen?«

»Ja. Er nahm ihr nicht ab, daß sie so verliebt in ihn war, wie sie vorgab.«

»Und er beorderte Simms und vielleicht noch jemand anders. War noch jemand anders dabei?«

»Ja, ein gewisser Little Joe Turcotte, den wir momentan suchen.«

»Brewster veranlaßte also Simms und Little Joe vorauszufahren und auf Franco zu warten. Und als Franco erschien, legten sie ihn um. Einer der beiden hat eine Automatik benützt.«

»Turcotte«, bestätigte Samuelson.

»Und sie brachten nicht nur Franco, sondern auch Candy um, während ich auf dem Ölfeld herumschlich.«

»Ich kann mir vorstellen, daß dieser Gedanke Sie nicht gerade erheitert«, meinte Samuelson.

»Stimmt. Ich bin mir, wie man so schön sagt, selber nicht grün.«

»Ich wüßte nicht, wie Sie es besser hätten machen können«, sagte Samuelson.

Ich schwieg.

»Candy Sloan hatte sich an der Geschichte festgebissen«, fuhr Samuelson fort. »Keine Macht der Welt hätte sie davon abzubringen vermocht.«

»Die Sache ist die«, begann ich. Meine Stimme schien gar nicht recht zu mir zu gehören. Ich stockte und versuchte erst einmal zu überlegen, was ich sagen wollte. »Die Sache ist die«, wiederholte ich, »daß Candy eigentlich alles nur getan hat, weil sie in der Nachrichtenredaktion nicht nur eine hübsche Larve sein wollte. Nicht nur eine Art Kleiderpuppe, die benutzt wird, das Programm ein bißchen aufzuputzen. Sie wollte ihre Fähigkeiten beweisen, ihre berufliche Qualifikation. Und was, wenn man es recht bedenkt, schließlich zu ihrem Tod führte, war, daß sie glaubte, Brewster gegenüber das Weibchen hervorkehren zu können. Als es darauf ankam, verließ sie sich auf . . .« Ich stockte wieder, weil mir der richtige Ausdruck nicht einfiel.

»Ihre Waffen als Frau«, vollendete Samuelson.

»Ja«, nickte ich. »Ihre Waffen als Frau. Und die waren für sie selbst tödlich.«

30

Das Telefon auf Samuelsons Schreibtisch läutete. Die Uhr im Mannschaftsraum zeigte zwölf Uhr fünfundzwanzig. Ich saß fast empfindungslos, während Samuelson den Hörer ans Ohr gepreßt hielt. Zwei oder dreimal sagte er »Mmmm«, dann horchte er weiter. Schließlich legte er, ohne noch etwas gesagt zu haben, den Hörer wieder auf.

»Die Staatsanwaltschaft will gegen Sie Anklage erheben«, teilte er mir mit.

Ich nickte.

»Unter anderem wegen Widerstandes gegen die Staatsgewalt, Körperverletzung und weil Sie ein provinzieller Schaumschläger sind.«

»Die Burschen haben mit Ihrem Chef gesprochen«, stellte ich fest.

»Ja, und sie haben sogar erwogen, Ihnen eine Anklage wegen Kidnapping anzuhängen. Da aber die beiden Leute, die Sie festgehalten haben, Mordverdächtige waren, bezweifelt die Staatsanwaltschaft selbst, damit durchzukommen. Es gibt aber so ein paar neue Gesetze wegen Geiselnahme, die die Staatsanwaltschaft gerne ausprobieren möchte. Deshalb wird man Sie wahrscheinlich unter Bezugnahme auf eines dieser Gesetze vor den Kadi bringen.«

»Eine gute Gelegenheit zum Üben«, bemerkte ich.

»Ja.«

Wir schwiegen beide. Der Mannschaftsraum hinter uns war fast leer. Samuelson massierte mit der rechten Hand seinen Nacken.

»Ich soll mit Ihnen rüberkommen und Sie einsperren.«

Die Klimaanlage unter dem Fenster hinter Samuelson sprang mit einem dumpfen Rauschen an.

»Haben Sie ein Flugticket?« wollte Samuelson wissen.

»In meiner Brieftasche.«

»Okay«, sagte er. »Fahren wir los.«

Wir verließen sein Büro. Er knipste das Licht aus und schloß hinter sich behutsam die Tür. Dann durchquerten wir den Mannschaftsraum, traten hinaus auf den Flur und fuhren mit dem Fahrstuhl hinab.

»Hier entlang«, sagte Samuelson.

Wir gingen durch den Haupteingang und die Stufen hinab. Der Regen hatte aufgehört, aber die Feuchtigkeit hing noch in der Luft. Die Nacht war heiß und schwül. Und man spürte, daß es bald wieder zu regnen anfangen würde. Wir bogen um die Hausecke und stiegen in eine Chevrolet-Limousine, die nicht als Polizeifahrzeug gekennzeichnet war. Samuelson fuhr auf den Harbor Freeway und dann Richtung Süden.

Ich hatte den Kopf zurückgelehnt und kämpfte dagegen an, einzuschlafen.

»Wollen Sie mich in Long Beach einsperren?« fragte ich.

»Nein.«

Am Santa Monica Freeway verließen wir den Harbor Freeway und fuhren in westlicher Richtung weiter.

Es herrschte kein Verkehr, und Samuelson trat das Gaspedal durch. In wenigen Minuten hatten wir West L.A. erreicht. Wir bogen vom Santa Monica Freeway auf einem verschlungenen Kleeblatt zum San Diego Freeway ab und fuhren dann nach Süden, Richtung Flugplatz.

Es war zehn Minuten vor eins, als Samuelson den Century Boulevard hinab zum L.A. Airport preschte.

»Für welche Fluglinie ist Ihr Ticket?« fragte er.

»American.«

Der Flughafen war strahlend erleuchtet, und die Lichter verschwammen in der Feuchtigkeit, die in der Luft hing, zu einem orangegelben Dunst. Der Komplex vermittelte den Eindruck greller Leere, wie ein Einkaufszentrum nach Geschäftsschluß. Nur ein einziges Taxi rollte an uns vorbei. Zwei Stewardessen warteten an einer Bushaltestelle vor dem internationalen Terminal.

Samuelson parkte vor dem Büro der American Airlines, und wir gingen hinein. Es gab einen Flug um ein Uhr zwanzig nach Dallas, Fort Worth, mit Anschluß nach Boston. Die Abfertigung erfolgte an Flugsteig 46. Samuelson zeigte dem Polizisten bei der Sicherheitskontrolle seine Dienstmarke, und es gab kein Theater, als der Metalldetektor wegen Samuelsons Dienstpistole anschlug. Meine Waffe lag irgendwo in einem Schubfach beim Morddezernat.

Am Flugsteig 46 sagte Samuelson zu mir: »Also los dann. Fliegen Sie nach Boston. Aber wenn hier Ihre Zeugenaussage verlangt wird, möchte ich Sie zurück haben.«

»Ich dachte, Sie sollen mich einsperren«, erwiderte ich.

»Sie sind mir eben unterwegs entwischt«, sagte Samuelson.

»Das wird Ihnen aber keine Beförderung zum Captain einbringen«, meinte ich.

»Das Examen habe ich sowieso schon verpatzt«, versetzte Samuelson. »Hauptsache, ich kann mich darauf verlassen, daß Sie zurückkommen, um Ihre Aussage zu machen.«

»Ich komme bestimmt«, sagte ich.

»Ja«, nickte Samuelson. »Das weiß ich.«

Während wir so standen, schwankte ich leicht vor Müdigkeit. Es war ein Uhr fünfzehn. Ich streckte die Hand aus, und Samuelson ergriff sie.

»Sie haben für Candy Sloan getan, was Sie konnten, Spenser«, sagte er. »Einschließlich hinterher bei der Oceania.«

Ich nickte.

»Staatsanwälte haben für so etwas kein Verständnis«, fuhr Samuelson fort. »Auch unser Chef nicht.«

Ich nickte wieder.

»Niemand ist vollkommen«, sagte Samuelson.

»Das stimmt«, bestätigte ich.

Ich war schon auf meinem Sitz eingeschlafen, noch bevor wir abhoben. Mit Ausnahme eines halb in Trance vorgenommenen Maschinenwechsels in Dallas schlief ich durch bis Boston und träumte auf dem ganzen Heimflug von Susan Silverman.

Nachwort

Robert Brown Parker gehört heute zu den wichtigsten Vertretern des harten amerikanischen Privatdetektivromans. Die acht bisher erschienen Romane über den Bostoner Privatdetektiv Spenser stehen ganz klar in der Tradition der Klassiker Hammett und Chandler. Und wie diese und deren besseren Nachfolger Ross Macdonald, Michael Collins, Roger Simon, Timothy Harris usw. zeichnen Parker Eigenständigkeit und Originalität im Stil und ein kritischer Blick für gesellschaftliche Mißstände aus.

Parker wurde am 17. September 1932 in Springfield, Massachusetts, geboren. Nach dem College ging er auf die Universität, wo er 1957 seine Doktorarbeit über Hammett, Chandler und Ross Macdonald vorlegte. Er ist also auch in der Theorie »Fachmann« für den harten amerikanischen Privatdetektivroman. 1971 promovierte er. In seiner Dissertation wies er nach, daß die für die amerikanische Populärkultur so wichtige Figur des einsamen, unabhängigen und hartgesottenen Privatdetektivs direkt vom Mythos des Westeners abstammt. Von 1954 bis 1956 leistete er seinen Armeedienst. Nach seiner Entlassung heiratete er; aus der Ehe gingen bisher zwei Söhne hervor. Parker arbeitete in der Versicherungsbranche, in der Werbung und als Zeitschriftenherausgeber. Aber er kehrte auch immer wieder als Dozent an die Universität zurück und ist seit 1977 ordentlicher Professor für englische und amerikanische Literatur an der Universität von Boston. Heute lebt er in Lynnfield, Massachusetts.

1973 erschien sein erster Kriminalroman, The GODWULF MANUSCRIPT (bei Ullstein in Vorbereitung). Es war auch der erste Roman mit Spenser, der als Romancharakter seitdem eine interessante Entwicklung durchgemacht hat. »Ich begann damals mit einer bewußten Anlehnung an Raymond Chandler zu schreiben. Als ich sicherer wurde und mich mehr und mehr entkrampfte, wurde auch Spenser mehr und mehr er selbst und blieb nicht länger nur ein Marlowe-Nachfolger. In den zehn Jahren, in denen ich über Spenser schreibe, lernte ich selber eine Menge dazu. Ich machte all die Erfahrungen, die man zwischen dem 39. und 49. Lebensjahr macht. Meine Jungs waren damals zwölf und acht Jahre alt, heute sind sie so ziemlich erwachsen und haben das Elternhaus verlassen. Mein Zuwachs an Reife spiegelt sich in Spenser wider. Die Dinge sind für ihn nicht mehr so einfach wie früher. Aber die Beziehung zu Susan hilft ihm. Er ist besser dran als Marlowe, Spade, Travis McGee oder

Lew Archer.«

Parker untertreibt. Auch wenn er sich erst mit seinem dritten Roman, *Leichte Beute für Profis*, UB 1848, der mit dem EDGAR ausgezeichnet wurde, vollends freischwamm, versprach schon sein Erstling soviel Substanz an Originalität, daß die Kritiker aufhorchten. Die Figur Spenser war von Anfang an so angelegt, daß einem klar wurde, daß Parker nicht einfach nur ein weiterer Chandler-Epigone war und einen eigenen Weg suchte. Spenser war zwar genauso hart wie Sam Spade und frech wie Marlowe, aber er zeigte auch ganz persönliche Eigenschaften, die sich im Laufe der Jahre noch stärker herausbildeten. Er ist wahrscheinlich der intellektuellste der harten Privatdetektive (was bei Parkers akademischem Hintergrund kaum verwundert): Er liest viel und reflektiert auf einer wissenschaftlichen Ebene mit emotionsloser Neutralität die Vorgänge, in die er verwickelt wird. Das heißt natürlich nicht, daß er nach der Analyse unbeteiligt bleibt. Im Gegenteil! Spenser zeichnet ein Engagement aus, das seine Jobs fast zu Kreuzzügen macht. Diese Moralität verbindet ihn wiederum sehr stark mit Chandlers Marlowe. Politisch zeichnet Spenser eine linksliberale Haltung aus.

Um körperlich in Topform zu sein, trainiert Spenser täglich. Parker läßt den Leser intensiv an Spensers körperlicher Abrackerei teilhaben. Das macht die Figur glaubwürdiger, wenn sie in gefährliche Situationen kommt und physische Belastungen durchstehen muß. Im zweiten Buch der Serie, *Kevins Weg ins andere Leben*, UB 1760, lernt er die Psychologin Susan Silverman kennen. Seitdem sind die beiden liiert. Für Spenser wird diese Beziehung im Laufe der Zeit immer wichtiger. Sie übt einen guten Einfluß auf ihn aus, und er wird immer ausgeglichener und gehört zu den ganz wenigen harten Privatdetektiven der Kriminalliteratur, die ein glückliches Privatleben führen. Besonders nach einem harten Tag braucht er die Mußestunden mit Susan, um wieder zu regenerieren und für den nächsten Kampf fit zu sein.

Parker liefert mehr als nur spannende Unterhaltung. Er behandelt in seinen Büchern Probleme, mit denen jeder von uns im Alltag zu tun hat. Ein Themenkreis, der für ihn von besonderer Bedeutung ist und auf den er immer wieder zurückkommt, sind zwischenmenschliche Beziehungen. In *Bodyguard für eine Bombe*, UB 10103, sind es die Beziehungen zwischen den Geschlechtern unter der besonderen Berücksichtigung der Frauenemanzipation, der Parker/Spenser selbstverständlich als intelligente Menschen positiv gegenüberstehen. Die Beziehungen zwischen den Generationen nehmen in jedem

Buch einen großen Platz ein. Besonders Erziehungsprobleme und das Verhältnis zwischen Eltern und Kindern behandelt Parker immer wieder. Neben *Kevins Weg ins andere Leben*, wo dieses Thema noch peripher behandelt wird, ragt besonders der Roman *Finale im Herbst*, UB 10142, heraus. Das Buch ist eine gelungene Kombination aus Entwicklungs- und Kriminalroman, wie es nichts Vergleichbares in der Kriminalliteratur gibt. Wenn Parker über die Spannungen zwischen Erwachsenen und Heranwachsenden erzählt, zeigt er, daß die Entfremdung zwischen den Generationen meist auf Verständnisverweigerung der Erwachsenen und deren gnadenlosen Konkurrenzkampf zurückzuführen ist. Spenser allerdings gelingt es fast immer, einen guten Kontakt zu den Jugendlichen herzustellen, da er ihnen auf gleicher Ebene begegnet, ohne seinen Erfahrungsvorsprung als etwas Nichthinterfragbares hinzustellen. Er begegnet den Jugendlichen mit Respekt – ohne sich dabei anzubiedern – und stellt durch seine Taten Vertrauen zwischen sich und ihnen her. Spenser hat keine Schwierigkeiten, von Jugendlichen als Autorität anerkannt zu werden, weil er nicht autoritär ist. Oft besteht ein Teil seiner Arbeit mehr im Kampf für eine gesunde Sozialisation eines Heranwachsenden als in der Jagd nach Gangstern. Und dabei hat er mit Eltern und falschen Vorbildern mehr Schwierigkeiten als mit Ganoven.

Parkers Romane haben immer auch eine politische Dimension: In *The Godwulf Manuscript* übt er Kritik an dem Universitätsleben; hier allerdings noch sehr oberflächlich. In *Endspiel gegen den Tod*, UB 1765, nimmt er den Profibaseballsport unter die Lupe und analysiert die dort herrschenden Korruptionsmechanismen. Sein am wenigsten gelungener Roman, *Kopfpreis für neun Mörder*, UB 10057, beschäftigt sich mit rechtsradikalen Terroristen, die Spenser und sein schwarzer Freund Hawk um den halben Erdball jagen. In dem großartigen Roman *Bodyguard für eine Bombe* kommentiert er schließlich äußerst kritisch eine Männergesellschaft, die auch auf der Unterdrückung der Frauen aufgebaut ist. Spensers Ehrenkodex gerät manchmal in Kollision mit den Gesetzen oder den Interessen seiner Auftraggeber. Dann entscheidet sich Spenser regelmäßig für seinen Kodex und damit für mehr Gerechtigkeit im kleinen. Spenser ist zwar nicht skrupellos, aber er schreckt auch nicht davor zurück, im Dienst *seiner* Gerechtigkeit zum regelrechten Vigilanten zu werden. Was ihn von vergleichbaren Protagonisten unterscheidet, ist, daß er über sein Handeln reflektiert und sich auch selbst in Frage stellt. Letztlich sind Spenser Menschen wichtiger als Geld oder daß dem Gesetz genüge getan wird.

Martin Compart.

Bibliographie

The Godwulf Manuscript (bei Ullstein in Vorbereitung), Boston 1973
God Save the Child (Kevins Weg ins andere Leben), Boston 1974
Mortal Stakes (Endspiel gegen den Tod), Boston 1975
The Promised Land (Leichte Beute für Profis), Boston 1976
The Judas Goat (Kopfpreis für neun Mörder), Boston 1978
Looking For Rachel Wallace (Bodyguard für eine Bombe), Boston 1980
Early Autumn (Finale im Herbst), Boston 1981